プラスチックの祈り

下

白石一文

JN030622

朝日文庫

本書は二〇一九年二月、小社より刊行されたものを
二分冊にしたものです。

プラスチックの祈り　下　目次

第二部　破（承前）

第三部　急

上巻　目次

プラスチックの祈り　下

第二部　破（承前）

第七章　発光する左肘、プラスチック化する家

1

九月に入ってしばらくするとようやく天気は落ち着いてきた。日中はまだまだ残暑が厳しかったが、朝晩は過ごしやすくなってきている。ワインとつまみを持ってバルコニーに出て、デッキチェアに腰を下ろして夜景を楽しむ回数も徐々に増えていったのだった。

母と八年ぶりの対面を果たしたのは六月の末だった。

プラスチックの粒子を大量に吐いたのがその前の週の週末で、レントゲンで白い影が消失しているのを確認したあとも数日のあいだ模様眺めをし、翌週になって「グランマイオ成城学園」に母を訪ねたのだ。咳も止まり、体調はすっかり良くなっていた。

事前の約束より三十分ほど早めに着くと、すでに中曽根あけみがロビーの受付で待機していた。

「おかあさまはいま職員とお散歩中ですので、しばらくこちらでお待ち下さい」

そう言われて、中曽根と一緒にロビーのソファセットに腰を落ち着けた。ロココ風の豪華なソファは座り心地も素晴らしい。

「お身体、何でもなくて本当によかったですね」

中曽根が親身な表情を見せて言う。詳しい検査をしたところ、肺がんではなかったと今朝の電話で伝えてあった。

「おかげさまで、いのち拾いをしました」

中曽根がここのクリニックの東郷院長にこの話を伝えたら、院長はさぞや面妖な心地になるに違いない。それを想像するといささか愉快だった。

ソファからは奥のレストランの大きな窓が見え、梅雨の晴れ間の透き通った陽光がふんだんに射し込んでいた。昼時をだいぶ過ぎた時間帯とあってレストランは閑散としている。

「晴れた日は、いつも散歩に連れて行って下さっているんですか？」

そののち、一緒に母と散歩するのが日課になるのだが、このときは施設周辺の散歩コースも、散策にうってつけの広い庭の様子も何も知らなかった。

「お散歩は毎日なんですよ。よほど冷え込んだり大雨でない限りは、おかあさまは必ず一度は外にお出になります。とくに庭の木々がお好きなので、日によってはお庭と外と二回、外出されることもあるんですよ」

「そうなんですか。ありがとうございます」

たしかに母は若い頃から庭いじりが好きだった。和白という福岡でも辺鄙な場所に家を建てたのも、とりわけ広い庭が欲しかったからだ。そこに気に入った木々や花々を植えて、母は丹精込めてそれらの世話をしていた。海洋時代小説の第一人者だった父も、博多湾に面した和白浜のすぐ近くに一家を構えることに異存はなかったのだ。

あの和白の広い庭を捨てて、誰一人知り合いもいないこんな街に移り住み、あげく頼りの一人息子は八年ものあいだ顔一つ見せず、母は一体どのような気持ちで日々を送ってきたのか。

おそらく息子の識別は困難だろうと中曽根は話していたが、それにしたって身内の情愛まで感じられなくなるわけではなかろう。たとえ相手が誰かは判別できなくなったとしても、赤ん坊と同様に、親身になって接してくる肉親の情はきっと理解できるに違いない。

そう考えると、いかなる理由にしろ、長期間にわたって母親を放り出していた我と我が身に愛想が尽きる思いだった。

中曽根と話し始めて三十分を少し回った頃、エントランスの側へ視線をやると、遠くから三人の女性たちが歩いてくるのが分かった。中曽根もすぐに気づいて、

「おかあさまたちですよ」

と言った。

小柄な一人を両脇から挟むように二人が寄り添っているが、真ん中の女性は足取りも確かで、認知症を抱える老女だとはおよそ見えないしっかりとした雰囲気を醸し出している。

先に中曽根が立ち上がり、つられるようにソファから立ち上がった。

百メートルほどの距離がだんだんに狭まってくる。

久方ぶりに見る母の姿にじっと目を凝らしていたが、その姿が徐々にはっきりとしてく

るに従って、次第に呼吸が苦しくなってくるのが分かった。

まさか、まさか、と心のうちで呟きながら、半ば呆然とした心地で、三人がエントランスの正面玄関にさしかかるのを見つめていた。

両開きの自動ドアがゆっくりと開き、女性たちがロビーに姿を現わした。

三人とも、日よけのつばの広い帽子をかぶっていたが、ここまで近づけば、帽子の下の顔もはっきりと見て取れる。

「まさか」が現実だと分かった瞬間、驚愕という言葉では表現できない、それこそ全身を壁に叩きつけられたような衝撃が身の内を駆け巡ったのだった。

――これは一体、何なんだ。

沈黙の声が毛穴という毛穴から噴き出してくる。

これは、一体、何なんだ。

「姫野さん」

私服の若い女子職員に付き添われた母が、中曽根あけみの言葉にこちらを向く。ふくよかな顔に笑みを浮かべ、母の塔子はゆっくりと顎紐を外して麦わら帽のような大きな帽子を取った。真っ白な髪がその下からあらわれる。

彼女のことはよく知っている。懐かしい顔だった。

だが、その顔は母の顔ではない。

彼女は、小雪の母、本村千鶴だったのだ。

飲み出して三十分ほど経ったところで、弱い雨が降ってきた。

昼間の暑熱を含んでいた夜気が、雨の力ですーっと冷めていくのが分かる。

「本降りになる前に部屋に入ろうか」

ガーデンパラソルを広げているので、この程度の雨で濡れることはない。かすかに吹いていた風もひんやりしてきて、肌に心地よかった。

夜景は、降り出す前と変わらぬ輝きを放っている。

「たぶん、これ以上の雨脚にはならないと思いますよ」

「だったら、ここで飲むか」

そう言って、空になっていた高畠響子のグラスにワインを注いでやった。

「ありがとうございます」

響子はいつもそうするように礼を口にした。

今月、響子とこうして飲むのは三度目だった。前田の会社「エム・フレール」に入った響子は、新藤ルナではなく、あべのハルカスで食事をしたときにも名前の挙がった今宮樹里のマネージャーになった。今宮も新藤に負けず劣らずの売れっ子モデルだという。彼女の付き人になったと聞いてネットで画像を検索してみると、なるほどテレビや雑誌、駅のポスターなどでよく見かける顔だった。

「どんな子なの、その今宮樹里って子は？」

一度訊ねたことがある。

「信じられないようなわがまま娘ですね」

別に困ったふうでもなく、響子は言っていた。

「じゃあ、とんだ外れくじってわけか」

「というか、すでにマネージャーが何人も音を上げて降りちゃったみたいで、それもあってあんなにあっさり私に東京に来いって言ったんだと思いますよ」

「なるほどね。前田らしいな」

「でも、社長は本当に先生のことが大好きみたいです。会社でも何かと言えば先生と先生の小説の話をしていますから」

「そうなんだ……」

「はい」

東京に出るきっかけを与えてくれるなら誰でもいい、と言っていた響子だったが、どうやら前田のことはさほど嫌いではなさそうだった。

テーブルの上には生ハム、ソーセージ、チーズ、ピザ、バゲット、野菜サラダなどが並んでいる。ワインはボルドー産のシャトー・ラガルドの赤だった。ワインと野菜サラダ以外はすべて響子のおみやげだ。サラダは彼女が来る前に買い置きの野菜でこしらえておいた。

肺がんの疑いをかけられて以降は、肉や魚、卵や乳製品はなるべく食べないようにしていた。ことに肉類は、牛も豚も鳥も、あれから一口も口にしていない。

プラスチック化によって事なきを得たものの、K大学付属病院で経皮生検の末に肺がんの診断がついたのだ。いまも肺以外の臓器にがん細胞が巣食っている可能性は高かった。だとすれば、玄米菜食を食事の柱に据えなくては根治は望めない。

幾らなんでも身体中に散っているがん細胞に向かって「全部、プラスチックになれ！」と念ずるわけにもいかなかった。そんなことをして全身がプラスチック化してしまったら、それこそどんな不測の事態が起きるか知れたものではない。がん細胞を壊滅させて、そのかわりにいのちまで持っていかれては、それこそ医者が行う治療と似たようなことになってしまう。

響子の予想の通り、雨脚は強まるでもなく、三十分もすると止んでしまった。

ボトルが空になったのでもう一本取りに部屋に戻る。

めきめきというのも妙な言い方だが、ここ数カ月でさらにめきめき酒量は減っていた。最近は、ワインにしてもグラス二、三杯も飲めば、満腹みたいな感じでアルコールが欲しくなくなってしまう。今夜にしても、飲んでいるのはもっぱら響子の方だった。彼女はするすると、まるで空気でも吸うみたいにワイングラスを空にしていく。それでいて顔つきも物腰も飲み始める前とちっとも変わらない。

二本目は白のラガルドにした。味が変われば、あと一杯くらいはいけるだろう。

テーブルにボトルを置き、立ったままオープナーでコルクを抜いていると、

「先生……」

赤ワインの最後の一口を飲み干した響子が、グラスを持ったまま手を止めて、不思議そうな顔でこっちを見ていた。彼女の視線はボトルを支える腕に注がれている。

「先生、その左肘、なんだか光っていませんか？」

そう言われて、ボトルを握る左腕の肘を見た。

「あれっ」

思わず、小さな声が出た。

左肘の先端部分がプラスチック化したのは半月ほど前だった。二度、脱落と再生を繰り返しているがまだ正常組織には戻っていなかった。

たしかに、プラスチック化した左肘の先っぽが、ほんの薄っすらではあるが青白く光っているように見える。

この肘は、透明化した直後に響子に見せていた。

「やっぱりほんとだったんですね」

悠季のときと同じように、その部分をためつすがめつしながら、響子は感じ入るような口調になっていた。

東京で彼女と初めて再会したときに、プラスチック化については詳しく打ち明けていた。その折も最初は疑り深そうに聞いていたが、話が詳細に及ぶに従って、だんだんと顔つきが真剣になっていくのが分かった。

コルクを抜いて、腕を伸ばし、あらためてプラスチック化した部分を見る。錯覚ではなく、明らかに薄く光っていた。

「ほんとだね。かすかに発光している」

響子も立ち上がって近づいてきた。

「ですよね」

「こんなの初めてだよ」

「そうなんですか」

「ああ」

言いながら、思い出してみればプラスチック化した部位を暗がりでじっくり眺めたことはなかった気がした。眠るときも明かりを絶やしたことがないので、もう何年も真っ暗闇を経験していない。こういう暗がりに身を置くのも、プラスチック化が起きてからは初めてなのではないか。

断りもなく、響子が肘の先端を触ってくる。

「別に熱くなったりはしてませんね」

「そうだね」

一つ大きく息を吐いて、響子は席に戻った。

新しいグラスに白ワインを注いで彼女の方に差し出す。自分のグラスにも注いだ。

「ありがとうございます」

響子はグラスを受け取ると、そのまま一息に半分くらい飲んでみせた。

「先生、それって本当にプラスチックなんでしょうか」

グラスを置いて言う。

「というと？」

「いかにもプラスチックみたいに見えますけど、実際はそれが何で出来ているかは分からないんですよね」

「まあ、そうだね」

「プラスチックそっくりに見える、全然別の物っていう可能性もあるんじゃないですか。少なくとも、普通のプラスチックがそんなふうに発光したりはしないと思うし」

「たしかに」

「先生、あのとき見せて下さったプラスチックの粒子をもう一度見せて貰えませんか」

響子がわずかに身を乗り出してきた。

「両方とも？」

「はい、二本とも」

こちらの目を見据えるようにしてしっかりと頷く。

その勢いに促され、空のボトルや空いた皿を持ってふたたび部屋に入った。夜風が冷たさを増しているので二人分の防寒着をクローゼットで探し、それから仕事机の引き出しに保管している二本のガラス瓶を取り出す。

カーディガンを肩にひっかけ、響子用のウィンドブレーカーに瓶を包んで、ルーフバルコニーに戻った。

ガラス瓶のうちの一本には、いつぞや肺から吐き出したプラスチックの粒子が入っている。そして、もう一本の方には、大阪のホテルで客室係が見つけてくれた、やはりプラスチックの粒子が詰めてあった。

あの日、ハルカスの玄関で響子と別れてホテルの部屋に戻ってみると、ライティングデスクの上に白いビニール袋が置かれていた。袋の下にはメモ用紙が差し込まれ、そこには、「クローゼットの床にこのようなものが散らばっていました。お客様のものかと思い、拾ってこの袋に詰めておきました」と書かれていたのだ。

袋の口を覗くと、両掌が満杯になるほどの量のプラスチックの粒々がおさまっていたのだった。

ウィンドブレーカーを羽織った響子が二本のガラス瓶をテーブルに置いて、

「先生、ほら」

びっくり声を作る。青のキャップの中のプラスチックの粒子が、左肘と同じように青白く光っていた。赤のキャップの瓶はそのままなので、青の瓶の光がよりはっきりと見分けられた。

「この瓶の中のものって、先生の身体の中から出てきたんですよね」

光っている瓶を持ち上げて中空で透かしながら響子が言う。

「そう。そっちが僕が吐き出したやつ」

赤いキャップの瓶を手に取った。響子と同じように透かしてみたが、こっちの粒子には何事も起きていない。振るとシャラシャラときれいな音を立てるだけだった。

「両方とも見た目は変わらないのに、こうして夜になると片方だけ発光するのも不思議ですね。やっぱりこれって、ただのプラスチックじゃないんじゃないですか」

「うーん」

たしかに光っているこの左肘や吐き出したプラスチックに関しては、響子の言う通りだという気がした。だが、ホテルのクローゼットの中から見つかったプラスチックの粒子については新たな疑惑が浮上したとも考えられる。

「こっちの方はただのプラスチックなのかもしれない。僕のズボンを盗んだのが客室係だったとすれば、これを置いていった理由も見えてくるしね」

「その人が真犯人で、アリバイ工作のためにわざわざプラスチックの粒々を大量に準備したっていうんですか？」

「かもしれない」

客室係が残した袋を見た瞬間、上着とともにハンガーに吊るしておいたズボンが一晩でプラスチック化してしまったのだと直感した。

あまりと言えばあまりな推測ではあったが、現にこれほどの量のプラスチックの粒子がクローゼットの床に散っていたのであれば、そうとしか考えられなかった。

怪我をした左小指や右肺の二カ所の腫瘍と同様に、今回は穿いていたズボンがプラスチック化してしまった——前二回と違って自ら念じたわけでもなく、まして、身体の一部でもないズボンがなぜプラスチック化したのか？　そこは不可解としか言いようがなかったが、そう考えればズボンが忽然と消えた謎が解けると思ったのだ。

そして、この一件があったからこそ、響子と再会したときに全てを打ち明ける気になったのだった。母のことといい、ズボンのプラスチック化といい、もはやとても自分ひとりで抱えていけるような事態ではないと覚ったのである。

「先生、それは幾らなんでもあり得ないんじゃないですか」

瓶をテーブルに戻した響子は白ワインを飲み干し、ボトルを摑んで自分のグラスに二杯目を注いだ。

「だって、もし客室係の人がアリバイ工作をしたんだとしたら、その人は先生の身体がプラスチック化することを知っていたことになるんですよ」

「まあ、そうだね」

「だけど、この話は悠季ちゃんていう女の子と私にしかしていないんでしょう」

「ただ、悠季が、誰かに喋ってしまった可能性はゼロじゃないからね」

「仮に悠季ちゃんが誰かに話したとしたって、それでも、大阪のホテルの客室係がそんな話を知っているのはヘンだし、そもそもその人が先生のズボンを盗む理由もないでしょう。仮に盗んだとしても、わざわざこんなものを使ってカモフラージュする必要があったとは到底思えませんよ」

そうやって理路整然と指摘されれば、響子の言い分はもっともだった。

「私は、やっぱりズボンもプラスチック化したんだと思いますよ。ただ、身体の一部がプラスチック化したときと、ズボンのような物質がプラスチック化したときだと、生成されるプラスチックのタイプが異なるんじゃないですか。身体の場合は青白く光るプラスチックが生成され、身体以外のものがプラスチック化したときは光らない、みたいな。そう考えるのが一番いいような気がするし、どちらにしても、このプラスチックのようなものは、本物のプラスチックとは全然違うものなんじゃないでしょうか」

青いキャップのガラス瓶の方も持ち上げて、両方を薄明かりに透かしてみた。

今度は光る瓶を軽く揺すってみる。

すると青白い光がわずかに輝きを増したような気がしたのだった。

2

白ワインを一杯飲み終えたところで、あたたかいコーヒーを響子が淹れてくれた。

雨はすっかり上がり、空を見上げれば月の光が戻ってきている。カーディガンを着ると夜風がちょうど心地よく、少しずつ秋が本物になりつつあるのが実感される。九月もすでに半ばにさしかかっていた。

響子の方もペースを落とし、ワインの味を楽しんでいるようだった。明日は、半月ぶりの休日だと言っていたから、今夜はゆっくりしていくつもりなのだろう。

そういえば吉見優香の店にまだ行っていなかったな、と響子の端整な顔を眺めながら思った。二カ月ほど前、優香から小切手が送られてきた折に、一度響子を誘って出かけてみようと思いついたのだった。たしか道玄坂にある「すずかけ」という名前のバーだった。

優香とも不思議な縁だったが、この目の前の響子との縁も不思議だ。小説家として、長年にわたって人と人との繋がりを描いてきたが、どんなに大きく物語の翼を広げてみても、現実の人間模様を超えるリアルと趣向を生み出すのは難しい。ほんの少し目を凝らしてみれば、我々を取り巻く人の渦の中に想像を絶するような物語が畳み込まれている。小説家がやるべきは、そうした真実の物語に読者の目を向けさせることに尽きる、と最近は考えるようになっていた。

「大阪の実家からは何か言ってきたりするの？」

コーヒーを一口すすってから訊いてみた。

響子の抱える事情にさして興味はないが、娘ほどの年齢差の相手に自分の話ばかりしているのも居心地が良くない。

彼女が、故郷を捨てて上京してきたのは、義父との関わりを絶つのが目的だったはずだ。その目論見は果たしてうまくいっているのだろうか。

「この前、義父が仕事で東京に出てきて、そのとき一緒にご飯を食べないかって誘われました」

「仕事って、何の仕事？」

響子の父親は大阪の高校で国語教師をしていると聞いていた。

「今年から文科省の審議会の委員になったらしくて、それで上京したみたいです」

「で、ご飯は食べたの？」

「断りました。そんなことして母にばれたら大変なんで」

彼女は、あくまで実母への遠慮から義父との関わりを避けているに過ぎない。本当は義父を母から奪って自分のものにしたいのだ。そういう本音が、その言動からは透けて見える。

「先生の本のことを教えてくれたのは、実は義父だったんです」

不意に響子が言った。

「そうだったの」

初めて聞く話だ。

「はい。義父がもとから先生の大ファンで、それで、読んでみたらって勧めてくれたんです」

「へぇー」

いつぞや彼女は「なぜだか分からないんですが、先生の作品に触れていると心の中に巣食っている恐ろしい感情が鎮まってくれて、自分がちゃんとした自分のままでいられたんです」と話していた。だとすれば、その「先生の作品」を義理の娘に勧めてきた義父の方は一体どのような心性で我が作品を読んでいたのだろうか。

「まあ、きみたち父娘の場合は、血が繋がっているわけじゃないからね」

なぜだか、そんなセリフが口をついて出ていた。

「それはそうかもしれないですけど……」

響子が呟く。

しばらく二人とも無言だった。

「寒くなってきたし、そろそろ中に入ろうか」

「そうですね」

この程度のワインで、とも思うが、頭が少し痛くなってきていた。

「先生は休んでいて下さい。後片付けは私がやりますから」

「悪いね」

先に部屋に戻り、リビングダイニングのソファに腰を下ろす。壁の時計を見る。時刻はちょうど十時になったところだった。テレビをつけてニュースを眺めていると、片付けと洗いものを済ませた響子が湯呑を持ってくる。

「どうぞ」

ほうじ茶だった。彼女も自分の湯呑を手にして斜向かいの一人掛けのソファに腰を落ち着けた。

「ありがとう」

熱いほうじ茶が、頭の痛みを軽くしてくれる。

響子はコーヒーもお茶もとても上手に淹れる。小雪を失ってから、こんなふうに女性に飲み物を用意して貰うことなど一度もなかった。それより何より、他人を自分の部屋に上げたこと自体、藤谷母娘を除けばこの高畠響子が初めてだった。

「ちょっと先生に質問していいですか？」

ニュースがコマーシャルに切り換わったところで響子が話しかけてきた。

「何？」

リモコンを摑んでテレビを消した。

「この前、見せて貰ったルミンちゃんの首輪のことなんですけど……」

彼女には、母に関することもすべて話していた。「グランマイオ成城学園」のことも「中曽根あけみ」のことも、そして例の戸山公園に埋めていたチロリアンの箱のことも打ち明けている。前回、遊びに来たときに、中曽根の名刺や緑色の首輪も現物を見て貰っていた。

「あれって、ルミンちゃんがまだ子猫だった頃に使っていたっておっしゃっていましたよね」

「そうだけど」

ルミンの遺骨はいまもこの部屋にある。チロリアンの箱を埋めたのはルミンを亡くして間がない時期だったので、あの首輪は遺骨の代わりに入れたのに違いない。

「子猫だった頃って、いつ頃なんですか？」

「というと」

「首輪をつけていたってことは、当時はルミンちゃんが外に出る可能性があったってことですよね」

「さあ、どうだったかなあ」

　響子が何を訊きたいのかよく分からなかった。

「その頃って、先生はどこにいらしたんですか？」

「まだ亡くなったかみさんと一緒に暮らしていたからね。ルミンは死にかけているところを拾ったんだ。たしか家の近所の駐車場でね」

　そこまで話して、いや待てよと思った。

　近所の駐車場で猫を拾ったのは自分たち夫婦ではなくて村正夫妻だったのではないか？

「当時、奥様とはどこに住んでいらっしゃったんですか」

「ルミンを拾ったときは木場だったかな。いや、もう木場は出て代官山に移っていたかな」

　そう言いつつ、代官山は先ごろまで仕事場があった場所で、あそこで小雪と暮らしたことが果たしてあったろうかと思った。

「じゃあ、木場や代官山のお宅は戸建てだったんですね」

　ますます響子の言っている意味が分からない。怪訝な顔を向けると、

「子猫に首輪をつけていたってことは、戸建ての家か、マンションの一階だったたってことでしょう？」

畳みかけるように言ってくる。

「さあ、どうだったかなあ」

さきほどと同じセリフを口にしていた。

小雪を失い、東中野の仕事場に逃げ込んだとき、ルミンが一緒だったのは記憶していた。その後、月の大半を高田馬場で暮らすようになって首輪を外した。響子の言うようにマンションで完全室内飼いをする場合、猫に首輪をつける必要はない。首輪は外に出す猫のための「飼い猫の証明書」みたいなものだからだ。

「先生、もしかして、ルミンちゃんを飼い始めたときに、自分がどこでどんなふうに暮らしていたのか、よく憶えていないんじゃないですか？」

響子がずばり訊いてくる。実母の存在さえ忘れていたのだから、そう疑うのも無理はないだろう。

「うーん」

黙り込むほかない。

たしかにこうして面と向かって問い詰められてみると、東中野の仕事場を借りる以前に自分がどこに住んでいたのかうまく思い出せないのだった。

「成城の老人ホームのことを忘れていたんですから、当時、どこに住んでいたのか憶えていなくても別に不思議じゃありませんよね」

「たしかに、あの頃のことはよく思い出せないんだ」

正直に答えるしかなかった。

「奥様を亡くしたときによほどのことがあったんじゃないですか。自分の身に起きたこと全部を記憶から消去したくなるみたいな」

「さあ、どうだろう」

まるで他人事のような物言いになってしまう。ただ、ここまで記憶ががちゃがちゃなのだから、響子の推測はほぼ正しいに違いなかった。

母の存在を見失っていただけでなく、八年ぶりに再会した母は、母ではなく義理の母だったのだ。だが、中曽根あけみに確認すると、その「本村千鶴」こそが実母の「姫野塔子」であるのは、入所時に提出した書類などからして確実のようだった。

母の存在を記憶から消し去った時点で、おそらく本物の母と義理の母とが頭の中で入れ替わったのだろう。

だとすると、本物の本村千鶴とは一体誰なのか？　彼女は本当に川添晴久の愛人であり、晴久が死んで間もなく一人娘を残して後を追うように亡くなったのか。本村千鶴は、小雪の母なのか。さらに言えば、本村千鶴という女性は現実に存在した人物なのだろうか。

響子の指摘の通り、母のことや当時の暮らしの一切を記憶から消したのは、やはり小雪の死が原因だったと思われる。そして、その段階で、記憶は失われるだけでなくさまざまな形に変容してしまったのだ。

小雪が死んだとき、一体全体、我が身に何が起きたというのか？

小雪はなぜ死んでしまったのか？

こうやって高畠響子という第三者をガイドロープに過去を探っていくと、あらゆる出来事が曖昧なままであることを思い知る。当時の出来事をほとんど何も憶えていないことに慄然とさせられる。

だが、最も戦慄すべきは、そうやって肝腎な記憶を失くしておきながら、小雪の死後の長い歳月を自分自身がそれなりに生きてきたという紛れもない事実に対してだった。いくら酒に溺れ、執筆以外のすべてを放棄していたとはいえ、ここまで過去と断絶しながら人は生きていくことができるのか――そう思うと、数年前から始まったプラスチック化という怪現象が、自身の異様な記憶の欠落や歪みと強く結びついているような気がしてくるのだ。

「もう一度、ルミンちゃんの首輪を見せてくれませんか」

響子が言った。

残っていたほうじ茶を飲み干し、湯呑を目の前のミニテーブルに置いて立ち上がった。

戸山公園で掘り出したチロリアンの缶は寝室に置いてある。首輪と名刺もその中に入れてあった。

箱ごと持ってきて、空の湯呑の隣に置く。蓋を取って緑の小さな首輪を取り出し、響子に手渡した。

　彼女は首輪を両手に持ってじっくりと眺めている。

「この首輪と中曽根さんの名刺が一緒に入っていたのには、大きな意味があるんだと思うんです。名刺はおかあさまの所在を突き止めるための何よりの手掛かりで、先生はそれを箱に入れて公園のタブノキの根元に埋めた。だとすれば、この首輪だって名刺と同じように何か重大な秘密を解くヒントになっているのかもしれない」

「ヒント？」

「はい。名刺がおかあさまに繋がる手掛かりだったように、この首輪も何かに繋がる手掛かりなんじゃないかと……」

「なるほど」

　たしかに、中曽根の名刺とルミンの首輪だけを隠したのは意味深長だ。もろもろの記憶を失い始めたのが小雪の死の直後だったとしても、ルミンの死をきっかけにさらに記憶の喪失や変容に拍車がかかったのではないか。

　名刺や首輪は、母のことや別の何かを忘れるために埋めたのかもしれないが、その一方で、いずれ思い出すために埋めたのかもしれなかった。

　単に忘れるためであれば、捨てるだけで事が足りる。そうはせずにわざわざ隠したのには何らかの意図があったと考えるべきだろう。ただ、そうやって隠したこと自体をなぜ忘れていたのか、そこはうまく説明できないのだった。

「先生」

響子が首輪を持って、こちらのソファにやって来た。スペースを空けて隣に座らせる。

「これってその辺で売ってるものじゃないんじゃないですか。すごくよくできてるし値段も高そう」

首輪は革製のように見えるが、触ってみるとフェイクだと分かる。非常に柔らかだが丈夫そうな素材だった。猫が嫌がる鈴はもちろん付いていない。

彼女は、それを裏返しにして目の前にかざしてきた。

「ほら、ここに薄っすらと文字が彫り込まれていますよね」

覗き込むと、なるほどアルファベットが並んでいた。

――TORALING
「何て読むんだろう」

「トラリンとかトラリングとかじゃないですか。先生、この首輪をどこで買ったか憶えていませんか？」

響子がちょっとばかり興奮気味の声で訊いてきた。

3

三日後の金曜日、午後六時に「成城学園前」駅の改札を出たところで響子と待ち合わせた。

昨日は終日、強い雨が降ったので今日の天気が心配だったが、昼を過ぎると分厚く垂れこめていた暗雲も東へと去り、電車に乗る頃には青空になっていた。

先方にはあらかじめ響子から連絡を入れていて、ホームページに記載されていた通り、平日は午後十時まで店を開けているとの確認も取っていた。仕事の都合もあるだろうから待ち合わせはもっと遅くでもいいと彼女には言ったのだが、

「明日はさっさと切り上げます。そうやってこっちの都合も少しは押し付けておかないと、樹里ちゃんはますますつけあがるタイプなんで」

響子はきっぱり言い返してきたのだった。

仕事部屋のバルコニーで一緒に飲んだとき、ルミンの首輪の裏に「ＴＯＲＡＬＩＮＧ」という文字があるのを見つけ、響子は自分のスマホを使ってすぐに検索をかけた。すると、そのブランド名の商品を扱うペット用品専門店が都内にあるのが分かったのだ。

店の名前は「寅凜《とらりん》」。どうやら「ＴＯＲＡＬＩＮＧ」というのはその店のオリジナルブランドのようで、商品のラインアップを見れば、犬や猫の洋服、ベッド、遊具、リードやハーネスなどが揃っており、ルミンの使っていた首輪とよく似た首輪も写真付きでアップされていた。

「この首輪、六千円もするんですね」

響子が妙に感心した声を出したが、何より特筆すべきは、この「寅凜」という店が成城二丁目にあったことだ。

「ルミンちゃんの首輪を成城のお店で買ったということは、もしかしたら、先生たちも成城に住んでいたんじゃないですか。だから、おかあさまを同じ町の施設に入所させたのかもしれない」

成城二丁目という店の住所を見た瞬間、同じことを思った。

「グランマイオにいる母を訪ねるようになって、それでたまたまこの店を見つけたのかもしれないけどね」

「それはないんじゃないですか。だって、おかあさまが入所するよりもずっと早くに先生たちはルミンちゃんと出会っているはずですから」

すかさず響子が言ってくる。

なるほどそうだった。ルミンは十八歳まで生きてくれた。その記憶が誤りでなければ、母を東京に呼ぶはるか昔にルミンを飼い始めたことになる。首輪のくたびれ具合からしても、母が上京する以前にこれを購入したのは間違いのないところだろう。

「少なくとも、グランマイオを知るだいぶ前から、先生たちが成城という街に土地勘があったのはこれで証明されましたよね」

「たしかに」

八年ぶりに成城の街に降り立った際、駅前の光景や家並みに懐かしさを覚えただけでなく、仙川沿いの遊歩道を小雪と連れ立って歩いたときの情景や東宝スタジオや祖師谷公園の満開の桜の様子までもがくっきりと脳裏に浮かんできたのも、かつて自分たちがあの街に住んでいたのであれば充分に腑に落ちる話だった。

「先生、二人でこのお店に行ってみましょうよ」

響子が提案してきた。

「行ってどうするの？」

「もしも近所に住んでいたのなら、機会があるたびに先生や奥様がここで買い物をしていた可能性もあるじゃないですか。店の会員になっていたかもしれないし、連絡先の記録がまだ残っているかもしれない。先生は有名人だから、顔を憶えている店員さんだっているかもしれませんよ」

「とはいっても、相当に時間が経ってるからねえ」

「中曽根さんの名刺と一緒にこの首輪が入っていたってことは、いつか記憶を取り戻したくなったらこれが大事なヒントになるって先生自身が判断したってことでしょう。だとすれば、このお店を訪ねてみるのは絶対に必要だと思います」

というわけで、今日の午後六時に「成城学園前」の改札で落ち合って、一緒に「寅凜」というショップを訪ねてみることになったのだった。

成城二丁目は、グランマイオ成城学園がある八丁目とは駅を挟んで反対方向にある。中央改札口を出たところで先着していた響子と合流し、北口でなく南口の方へと出た。かつて頻繁に母を訪ねていたとしても、南口側は馴染みがあるはずもないのだが、こうやって目の前にしてみると北口の駅前と変わらぬ懐かしさを覚えた。

やはり、この界隈に自分と小雪は住んでいたのだろうか？

「こっちです」

プリントアウトしてきた地図を眺め、響子が先に立って歩き出す。

店は南口から五分も歩かない場所にあった。携帯ショップの入った縦長のビルと生保会社の入った大きなビルの谷間に建つこぢんまりとした佇まいの三階建ての建物だ。一階が店で二階と三階はワンルームマンションのようだった。

九月も中旬となり、六時を過ぎるとあっという間にあたりは暗くなる。駅前通りなので人と車の交通量があり、店々の明かりも賑やかだが、晴れていた空はすでにほとんど光を失っていた。

入口には大きな木製の黒猫の看板が掲げられ、その真ん中に「寅凜　とらりん」と金色の文字が彫りつけられていた。

地図の紙をバッグにしまって、響子はためらう様子もなくさっさとドアを押して店の中に入っていく。

店内は細長く、それほど広くはなかった。左右の壁際に棚が並び、様々なペットグッズが展示されていた。中央には無垢材の大きなテーブルが置かれ、その上にも細々とした商品が所狭しと陳列されている。

レジ奥の壁の一部がガラス窓になっていて、窓の向こうに工具類を並べた広いスペースが見える。工房のようだった。ホームページでも手作りの服や遊具、首輪などを製造販売しているとあったから、あそこで製作しているのだろう。工房に人はおらず、レジのところに若い女性が一人いるだけだ。客は他に誰もいなかった。

「すみません」

置かれた商品にはほとんど見向きもせず、響子はバッグからルミンの使っていた首輪を取り出してレジに近づいていく。首輪は、一緒に飲んだ晩から彼女に預けてあった。

「すみません。この首輪はこちらで製造されたものですか?」

小さく会釈しただけで、響子はさっそく首輪をレジカウンターに載せて女性店員に本題を切り出した。

彼女の背後に立ちながら店内を見回してみるが、よみがえってくるものは何もない。

「そうですね。うちの商品です」

首輪を手に取って店員が言った。年齢はまだ二十代前半だろうか。学生アルバイトかもしれない。

「このトラリンというブランドの物は、他のお店にも卸しているんですか? ここ以外でも買えるんでしょうか?」

「いえ。うちのは全部一点ものなので、販売はこのお店でしかしていないんですよ」

何かのクレームと思っているのか、店員の口調は幾分こわばっている。

「そうですか。それはよかった」

そこで響子が笑みを浮かべてみせる。

「実は、この首輪の持ち主がこちらの方なんですけれど、ちょっとお訊ねしたいことがあって今日はお邪魔したんです」

促されて一歩前に出た。「さあ、どうぞ」という感じの目つきで響子が見る。

「すみません。私は姫野という者なのですが、この首輪がここで売られていたものだとすれば、これを買った人の記録のようなものは残っていないかと思いまして。たとえば会員番号だとか購入したもののリストだとか……」

「はあ」

若い店員は要領を得ないふうだったが、こっちを見ていささか驚いている感もあった。

「実は、むかしこれを買ったのは私の死んだ妻でして、いま、その妻のことを小説にするためにいろいろと調べているんです。それで、この首輪のこともちょっと詳しく知りたいと思ったものですから」

いかにも苦し紛れな理由付けだったが、目の前の彼女が「姫野伸昌」を知っていれば、それなりの応対はしてくれるはずだ。

「あの」

案の定だった。

「もしかして、姫野伸昌先生でいらっしゃいますか？」

「はい。姫野伸昌です」

そこでにわかに店員の表情が明るくなった。

「先生のことは、母からいつも聞いておりました。以前、奥様がよくこの店を使って下さっていて、先生も何度かご一緒にお見えになったと……。私、ここを経営しております川添と申します」

「そうだったのですか」

学生アルバイトかと思っていたが、この店のオーナーのようだ。

「妻は、姫野小雪という名前でした。小雪は小さな雪と書くのですが。よくお邪魔していたのであれば、会員カードとかポイントカードといったものを作っていませんでしたか」

「うちは、そういうカードのようなものはお客様にお渡ししていないんですよ」

「そうですか」

「奥様がいらっしゃっているとき、どこに住んでいるとかおっしゃっていましたか?」

脇から響子が言葉を挟んでくる。

「とおっしゃいますと」

川添さんが怪訝な表情になった。

「いや、妻は、自分が成城に住んでいると話していたのかな、と思いまして……」

二人で一緒に幾度かここを訪ねていたとすると、この近所に住んでいた可能性は高い。そうであれば響子の推理が見事に当たったことになる。

「それはもちろん」

「成城のどのあたりなのか言っていましたか?」

響子が訊ねる。

奇妙な質問ばかりだが、二人で交互に訊くと違和感は案外少ないに違いない。

「詳しくは知りませんけれど、母は何度かお宅にお邪魔したことがあると思います。そんなことをむかし、言っていたので。私は連れて行って貰ったことがないんですが、とても立派なお宅だよって話していました」

母親というのが前のオーナーで、川添さんはその人からこの店を受け継いだのかもしれない。

「それってどのあたりでした？」

響子は矢継ぎ早に質問を繰り出す。

「成城五丁目の交差点の近くだって言っていたと思います」

「成城五丁目ですか」

と呟き、

「おかあさまは、いまはこちらにはいらっしゃっていないのですか」

と訊ねる。当時のオーナーである母親に詳しく聞けば、家の場所が完全に特定できるはずだ。

するると川添さんが表情をわずかに曇らせた。

「母は三年ほど前に亡くなったんです」

思わぬ一言に響子は目を見開いていた。

「ごめんなさい。不躾なことを言ってしまって」

「別に構いませんよ。母はよく姫野先生のことを話していたので、こうしてご本人にお目にかかることができて私もとても嬉しいです」

「そう言っていただけると……」

響子に代わって頭を下げ、

「謹んでお悔やみ申し上げます」

と付け加えた。

「私の方こそ、奥様が亡くなっていらっしゃるのも知らず失礼いたしました」

川添さんは見かけよりもずっとしっかりしているようだった。

あまりしつこく訊くとやぶへびになるので、丁寧に礼を伝えて「寅凜」を出た。

そもそも妻が住んでいた家の所在を、一緒に住んでいたはずの夫が訊き出そうとするなんてあり得ない話なのだ。川添さんが「姫野伸昌」の顔に心当たりがなければ、おそらくは作家の名を騙《かた》ったニセモノだと思っただろう。世間に顔が売れているのがこれほど役に立ったのは初めてだった。

「成城五丁目の交差点の近くだって言っていましたよね」

響子はさっそくスマホを取り出し、グーグルマップとにらめっこしている。

「やっぱり、先生たちはこの成城に住んでらしたんですね」

画面をスクロールしながら言う。

「らしいね」

実感はまるでなかった。

「成城五丁目南という交差点があります。このまま真っ直ぐに進んだ先の交差点を右折すれば、線路の向こう側に出られるようです。そこがもう五丁目みたいですよ」

響子はスマホを握ったまま、駅とは反対方向へ歩き出す。時刻は六時半になろうとしていた。日は完全に没し、あたりは夜の帳《とばり》に包まれ始めていた。

信号で右折して、線路の上を走る道路を渡れば、そこも交差点だった。

「もうここから先の一帯が成城五丁目ですね」

そう言って響子がスマホの画面を見せてくれる。なるほど、目の前の交差点をさらに真っ直ぐに二ブロックほど歩くと「成城五丁目南」の交差点のようだった。

赤いラインで囲われた成城五丁目は相当な広さだし、「成城五丁目の交差点の近く」となると隣の六丁目も対象になってくるだろう。

グーグルマップを眺めただけでも、数多くの家々が建ち並んでいた。

「とりあえず、この太い道の両側の家から当たって行きましょうか。交差点の近くっていうことは、大体ここらあたりまでだと思うんですよね」

響子は地図を拡大し、五丁目の右半分と六丁目の一部を指でなぞってみせる。

「そうだね」

相槌を打ちつつ、あまり気が乗らなかった。

眼前の風景を眺めても記憶が戻ってくる気配はなかった。このあたりに住んだ経験があれば、もう少し懐かしさを覚えるのではないか。まして夜の住宅街だと、それぞれの家の様子もはっきりとは摑めず、眠ってしまった記憶との照合は尚更に困難だろう。

昼間に出直すのが良策ではないか、と響子の顔をチラ見しながら思っていた。

「まずは表札を確かめていきましょう。あと、空き家なのかどうかは窓の明かりを見れば分かりますから」

そう言われて、なるほど明かりの有無が見分けられる点では夜の探索にも利点はあるのだと初めて気づく。

「表札は、おそらく出していなかったと思うよ」

響子が意外そうな顔になる。

「作家の家の表札は昔から盗まれることが多いんだ。加えて家まで押しかけて来る物騒なファンもたまにいるからね」

「じゃあ、郵便物とかはどうされていたんですか」

「長年、K書店文芸編集部気付にしているんだ。住民票の住所もそっちだしね」

「住民票もなんですか？」

「デビュー作がベストセラーになったときに、いまK書店の社長をやっている田丸亮太って担当者に勧められてね。K書店が都内に持っている執筆部屋のうちの一つを僕の現住所ということにしてるんだよ」

「やっぱり有名人になると、私たちには分からないいろんな事情があるんですね」

「まあね。だけど、こういうことになってみると住民登録くらいちゃんとしておけばよかった気がするよ。そうすれば、こんな面倒なことはしなくて済んだわけだし」

「そういえばそうですね。過去に遡って住民票を辿っていけばいいですからね」

「そう。きみにも迷惑をかけずに済んだわけだよ」

「別に迷惑なんかじゃないですよ。先生の大ファンとしては、少しでもお役に立てればそれで満足ですから」

響子は真面目な口調で返してきた。

手分けをせずに、道の両側に建つ家々を一軒一軒、二人で検分していく。

当然ながら表札のある家も除外できなかった。かつて住んでいた家が無人のまま放置されている可能性もあるが、一方で、既に売却してしまった可能性もある。むしろ後者の方が現実味があった。手元に土地建物の権利証が残っていないのも、そう考えれば納得できる。すでにルミンを飼っていたとすると、借家住まいというわけではないだろう。成城に家一軒建てるくらいの収入はあったと思われる。

じっくりと家々を眺めていくと、表札のない家、明らかに空き家と思われる家も幾つか見つかった。

「空き家問題がよく報道されてるけど、こんな高級住宅地も例外じゃないんですね」

響子が感心したような声を出す。

「まったくだね」

「姫野」、「ひめの」、「ＨＩＭＥＮＯ」の類の表札を掲げた家は見当たらない。明かりの洩れていない家があると周囲を巡ってじっくりと観察したが、記憶を呼び覚ましてくれそうな家は一軒もなかった。成城とあってさすがに「立派なお宅」が多く、川添さんの母親の言葉は手掛かりにはならない。

さきほど響子が指でなぞったエリアのチェックを終え、成城五丁目南の交差点まで戻って来た。

これという建物は発見できなかった。

「たとえ売らずにいたとしても誰かに貸しているはずはないから、やっぱり明かりの灯っていない家が候補だろうね。とくに常夜灯もついていない家が怪しい。電気やガス、水道は止められているはずだから」

交差点の下で時計を見ると午後八時になろうとしている。一時間以上、この界隈を歩き回っていたことになる。

「それはそうとは限りませんよ」

スマホの画面を見ていた響子が言った。

「だけど、僕にはその家の公共料金を支払っている覚えはないよ」

「自動引き落としにしていれば、口座にお金があるあいだは引き落とされるし、口座の存在を先生が忘れているだけかもしれないでしょう」

「しかし、幾らなんでも十年近くもそんな状態だとは思えないよ」

「それは分かりませんよ。奥様を亡くした後に先生が家を出たことや八年前からおかあさまの施設に顔を出さなくなったのは事実だとしても、だからといって、それ以降、先生がここの自宅に立ち寄らなかったとは言えないでしょう。案外、たまに訪ねて風通しくらいしていたかもしれない」

「まさか」

「先生が戸山公園に中曽根さんの名刺とルミンちゃんの首輪を埋めたのは、そんなに昔じゃありませんよね。ということは、それ以前は家の存在も、おかあさまのことも全部憶えていた可能性があります。公園に名刺や首輪を埋めた後で意図的に忘れていったのかもしれない」

「うーん」

たしかに響子の推理には一理も二理もあった。プラスチック化が始まったのはルミンを亡くす前だった。ルミンの死とプラスチック化の進行に平仄を合わせるように成城の家のことや母の塔子のことを忘れた可能性は十二分にあるのだ。

「さあ、まだ時間も早いし、範囲を広げてもう少し歩いてみましょう」

そう言って、響子は成城四丁目の交差点方向へと歩き始めた。

日頃、ろくに運動していないのですっかり疲れている。夜目をきかせ続けたせいで集中力も切れ始めていた。「別の機会に、今度は昼間に出直そう」とよほど言いたかったが、響子の意気軒昂ぶりを見るとそういうわけにもいかない。

ふたたび住宅街を歩き始めて十分ほど過ぎた頃、響子のスマホが鳴った。

足を止め、彼女は手にしていたスマホを耳に当てる。しばらく先方とのやりとりが続いた。何か仕事上のトラブルが発生したようだ。内容は分からないが、彼女の受け答えから察せられる。

「ごめんなさい」

通話を切ると、大きく頭を下げてくる。

「どうしたの?」

「事務所からで、樹里が今朝、男と一緒にいるところを写真に撮られたみたいなんです。いま写真誌の編集部から確認の連絡が入って、それで事務所は大騒ぎみたいで。すぐに戻らないといけなくなりました」

「きみは何も知らなかったの」

響子が頷いた。

「だけど、夕方まで彼女に付いていたんじゃないの」

「そうなんですけど、何も言わないから。事務所の話だと、いまも本人はしらばっくれているみたいです」

「なんで?」

「そういう子なんです。自分に都合が悪い話になると、平気であることをないことにしちゃう癖があって」

「何、それ」

「多分、撮られた相手が本命じゃないんだと思います。彼女、いつだって相手は複数だから。絶対違うと否定し続けたら記事にならないと思い込んでるんです」

「その子、馬鹿なの？」

「まあ、そうですね。自分しか見えてない子なんで」

「じゃあ、いまから事務所に戻って善後策を練るんだね」

「善後策と言ってもやれることは限られていますけど、とりあえず樹里に会ってちゃんと状況を認識させないと。私が話せば少しは考えると思うんで」

「なるほど。じゃあ、今日はこれで切り上げよう。タクシーで事務所まで送っていくよ」

前田の会社「エム・フレール」は六本木にあった。

「私は電車を使います。そっちの方が早いし、確実なんで」

そう言うと、響子は手にしていたスマホをバッグにしまった。

「先生、今日はほんとうにすみません。また改めて続きをやることにしましょう。今度は昼間の方がいいかもしれないですね」

「まあ、次はまた考えるとして、早く行きなさい。僕の方はもう少しこの辺をぶらぶらしてから帰ることにするよ」

「すみません。それじゃあお先に失礼いたします」

響子は再度頭を下げると、踵を返して駅の方角へと走り去っていった。

その背中をしばらく見送る。

彼女は一度も振り返ることはない。

響子がタクシーを断らなければ一緒に都心へと戻るはずだったのが、ひょんなことからこんな場所に一人で取り残されてしまった。歩きくたびれてもいるし、時分時もとっくに過ぎて空腹も感じていた。

さてどうしようか、と背筋を伸ばし、ゆっくりと首を回してみる。

周囲には邸宅と呼ぶにふさわしい家ばかりが建ち並んでいる。街灯の光は充分だったが、人通りも車の通りもほとんどない。時折、自転車に乗った人とすれ違う程度だった。

大きな屋敷だと、中に人がいるのかどうかの見分けさえつきにくい。家の明かりもほとんど洩れてはこない。それでも門灯やガレージのライトが灯っていれば無住ではないと知れるが、光は街灯にまかせて灯火を消したままの家も結構あった。

相変わらず記憶に触れてくるものは何もなかった。

何年かでも何カ月かでもこの近くに住んでいたのであれば、いま立っているあたりも日常的に往来していたに違いない。それがちっとも思い出せないというのも解せない話だった。完璧に忘れていたチロリアンの箱の存在だって、いざ戸山公園に踏み入ってみれば、徐々に埋めた場所の記憶を取り戻していったではないか。

だが、いま自分が向かっているという道筋が誤っているという気はしなかった。

高畠響子の推理は正しかったのだと思う。中曽根の名刺がそうであったように、過去の自分がルミンの首輪を隠したのは、今日のこの場面を見越してのことだったのだろう。未来の自分をここに連れ戻すために、あの首輪をチロリアンの空缶に入れたのだ。

だとすれば、家は見つかるはずだった。

一体、目の前の家々の中のどの一軒が、かつて自分と小雪とが暮らした家なのか？

そのとき、ズボンのポケットに入っていたスマートフォンが震えた。急いで取り出して画面を見た。メールが一通届いている。響子からだろうと思って開くと案の定だ。

〈今日は本当にごめんなさい。近いうちに先生の空いている日にちをお教え下さい。万障繰り合わせてお供させていただきます。さきほど駅で樹里に電話しました。泣いていました。まだ十九歳ですし、誤解されやすい性格ですが、実は悪いばかりの子ではないんです……。それでは、失礼いたします。先生もお気をつけてお帰り下さいませ。〉

響子は心根の優しい子なのだと思う。

前田にもそれなりの人物眼が備わっているというわけだ。

着信に気づきやすいようにスマホを上着の胸ポケットにしまう。そのとき、同じ側の内ポケットに何かが入っているのに気づいた。

取り出してみると、例のサングラスだった。

すっかり忘れていた。

先日、仕事部屋のバルコニーで二人で飲んだとき、響子にルミンの首輪を預けた。すると、響子がサングラスをバッグから取り出して、「かわりに、これをお返しします」と差し出してきたのだ。返すと言われたのは二度目だったが、このときはなぜだか、すんなり受け取ってしまった。

それもあって、今夜首輪を引き取るときに、また彼女にサングラスを返そうと内ポケットに入れてきたのである。

手の中のサングラスをじっと見つめる。

神戸でこれを響子に渡したのが縁で彼女と再会した。ハルカスでこれをかけているときに前田貴教を見つけ、それが縁で響子は上京してきた。いつぞや新幹線のシートの色合いが変化して見えたのは、てっきりこれのせいだとずっと思い込んでいた……。

つるを持ち上げて、サングラスをかけてみる。夜の世界はあっという間に、さらにさらに暗い世界に変貌した。

——これじゃあ、足もとも覚束ないな。

そう危ぶみながら顔を上げ、あらためて住宅街を見渡してみる。

サングラス越しの風景に目が馴染んでくると、黒く塗りつぶされていた家並みも次第に見分けがつくようになる。とはいえ、各戸の門灯や常夜灯は闇に没してしまい、近くの街灯の明かりに映えた建物のシルエットがかろうじて摑める程度だった。

そうやってしばらく周囲を見回していると、通りを挟んで三軒ほど先の三階建ての建物の二階の窓から青白い光が洩れているのに気づいた。

両隣の家がのっぺりと黒いままなので、そこだけが異様に際立って見えた。

しかも、その光にはどことなく見覚えがある。

上着の左袖を急いで捲って肘を出した。

肘の先端が青白く光っている。それと建物の窓明かりとを交互に見比べてみた。向こうの光の方がずっと弱々しくはあるが、しかし、どう見ても同じ種類の光だった。

サングラスを外してみる。

まず驚いたのは、肘の光が弱まったことだ。サングラスをかけていたときの方がずっと明るく見えた。サングラスで背景全体が暗転した分だけ肘の光が余計増しに見えていたのだろうか。そんな気もするが、それでは理屈に合わない気もした。

裸眼で通りの向こうに並んだ家々をもう一度眺めやる。

二階が青白く光っていた三階建ての家も両隣の家と同じように真っ暗だった。

再びサングラスをかけてみた。

最前と同じように真ん中の家の二階だけが青白く光って見える。左肘の光も間違いなく強さを増していた。

同じことを何度か繰り返し、思案を巡らせた。

先日、バルコニーで響子に指摘されたときは、この左肘と青いキャップの瓶に入れたプラスチックの粒子だけが闇夜に青白く光って見えた。赤いキャップの瓶に詰めた粒子の方

は発光することはなかった。響子は、

「身体の一部がプラスチック化したときと、ズボンのような物質がプラスチック化したときだと、生成されるプラスチックのタイプが異なるんじゃないですか。身体の場合は青白く光るプラスチックが生成され、身体以外のものがプラスチック化したときは光らない、みたいな」

と推測していた。

あの晩はそれで腑に落ちた気がしたが、ひょっとすると、赤いキャップの瓶に詰めた粒子も、このサングラスを通してみれば薄っすらと光っていたのではないか。たとえば両者の違いは、含有する発光物質の多寡や種類によって生じていたに過ぎないとか……。

そして、あの窓の向こうにも赤いキャップの瓶に詰まったプラスチックと同じものが存在し、肉眼では見えないその微量な光がサングラス越しに見えているのではなかろうか。

突飛な空想にも思えるが、あながち的外れではない気がした。

あれが、探している我が家なのか?

サングラスを内ポケットにしまい、通りを横切って三階建ての家へと近づいていった。

頑丈そうな門扉の前に立って外観を見上げる。

白いタイル張りの三階建ての左には、同じタイルを張った二階建ての建物が接するように建てられ、二階部分に短い連絡通路のようなものが設けられていた。三階建ての方が母屋で二階建てが別棟なのだろう。別棟の一階部分は車庫になっている。よく見るとシャッターがついているのだが車はなく、シャッターも降りてはいない。一見すると小ぶりなマンションに見えるが玄関ドアは一つきりで、まとめて一戸の家だと知れた。

表札はなく、玄関回りには郵便受けも見当たらなかった。

サングラスをかけて、あらためて母屋の二階の窓を見た。遠目にしたときよりもより一層くっきりと青白い光が見える。それだけでなく、隣の別棟の窓からも似たような光が滲み、目を凝らすと母屋の一階の小窓からも三階の窓の端からも光が洩れていた。母屋の二階以外のカーテンが厚手なのだろうか、他の窓ではカーテンの隙間からかろうじて光がこぼれているのだ。

サングラスを外すと、どの窓も真っ暗になった。

そうやってじっくり外観を眺めているうちに、ほんの微かではあったが記憶がよみがえってくるのを感じた。付設された左の建物の二階部分を仕事部屋にしていたのではなかったか。毎朝、狭い通路を通って仕事部屋のドアを開ける自身の姿が脳裏に浮かぶ。重い木製のドアの下部には小さなキャットドアが作られていて、緑色の首輪をつけたルミンがよくそこから出入りしていた……。

どこまでが本物の記憶でどこからが妄想なのか、自分でもよく分からない。ただ、この家でかつて暮らしていたという、おぼろな感触が確かにある。

門柱のインターホンを押した。アプローチの先のドアの方からチャイムの音が小さく聞こえる。インターホンは生きているようだ。ということは電気は通じているのか。

案の定、応答はなかった。

この家には人の気配がまるでないのだ。

門扉を開けてアプローチに足を踏み入れた。人目があれば不審者と思われかねないが、通行人の姿は一切ない。夜中になっても喧騒の絶えない高田馬場界隈と比較すれば、ここはまるで別世界のようだ。

スチール製のドアの前に立つ。太いドアノブの上に設置された電子錠を見た瞬間に、

——この家だ。

という確信が生まれた。

タッチパネルのふたを持ち上げる。0~9までの数字が並んでいる。

——暗証番号は幾つだったか?

自問する前に右手の人差し指がひとりでに動いていた。

１８６７１０３

番号を選び、最後にエンターキーを押す。ロックが解除されるときの電子音が鳴った。

ドアノブを引くと静かにドアが開いた。

どうして暗証番号が自然に出てきたのか。

１８６７１０３とは一体何の数字なのか。まったく心当たりはなかった。

だが、この三階建ての家が自分と小雪とが暮らした家であることはもう疑いない。

ノブから手を離し、深呼吸をして息を整える。あらためてノブに手をかけた。

ゆっくりとドアを開けていった。

街灯の明かりが家の中を一瞬、照らし出す。玄関に入って後ろ手でドアを閉める。すぐに漆黒の闇が戻ってくる。家の中は静まり返っていた。

内ポケットからサングラスを取り出した。

闇の中で目を閉じ、サングラスをかける。

ゆっくりと目を開けた。

予想した通りだった。

中の様子が再び目の前にぼんやりと浮かび上がってくる。

広い玄関のいたるところが光っていた。手前にある大きな階段も、真っ直ぐに延びた長い廊下も、そして両側の壁も青白い光を発している。

一度サングラスを取って視界が暗闇に戻ることを確かめ、再度サングラスをかけて玄関ライトのスイッチを探した。壁の隅にそれらしいものがあった。

スイッチを押す。パチンとやけに大きな音が響く。

電灯の強烈な光に照らされて青白い光は一瞬で雲散霧消してしまう。すべてが鮮明に見えるようになった。

左側にがっしりした造りの階段。右側は壁にドアが並ぶ長い廊下。廊下の突き当たりにもドアがあった。玄関は吹き抜けで、頭上には二階、三階へとらせんを描く階段がつづき、天井はとても高い。その天井には明かり取りの窓が嵌《はま》っていた。玄関の壁には大きな絵が掛かり、絵の横に細長いドアがある。靴やコートを納めるクローゼットだろう。玄関ホールには装飾性の高いコンソールテーブルが据えられ、その上に立派な花瓶が置かれている。花はなかった。

サングラス越しでも家の造作や物々の細部がはっきりと分かる。青白い光だけのときとはまるで違った。

だが、それらの様子にはどことなく違和感がある。

もう一度息を整え、サングラスを外す。

目の前の光景がどういうことになっているのか、おおよその察しはついていた。

それでも、現実にその有様を目の当たりにした瞬間、思わず息を呑んだ。

家の中は、何もかもがプラスチック化していたのである。

4

一週間ほどして、響子から電話がきた。次の成城行きをどうするのかについて、こちらから何も言ってこないので痺れを切らしたのかもしれない。

「いま書いている小説がちょうど山場を迎えていてね。出直すとしたら、その山を乗り切ってからの方がいいと思ってるんだよ」

「そうだとすると、やっぱり、あの口、もっと歩けばよかったですね。本当に申し訳ありませんでした」

響子が済まなさそうな声になる。

申し訳ないのはこちらの方だったが、だからといって、あの晩、彼女と別れた直後に目的の家を見つけたとは言えなかった。

話すとなれば、ありのままを伝えるほかないが、にわかには信じて貰えないだろう。結局、「私にも見せて欲しい」と頼まれ、再訪を余儀なくされるのは明らかだ。

当分、あそこには足を向けたくなかった。

響子にしても、実際に家の中に一歩足を踏み入れてしまえば、とても平静ではいられなくなるに違いない。

プラスチック化について長いあいだ考え続けてきた自分でさえも、家の情景を反芻するたびに、一週間が過ぎたいまでも頭がどうにかなりそうになるのだ。

あれが現実とは信じがたいし、だからといってもう一度確かめに行きたいとは到底思えなかった。

そんな嫌な思いを部外者である響子に味わわせるわけにはいかない。

物理的な危険性もあった。

あの晩、母屋の二階と仕事部屋に入った。二階は広いリビングルームだったが室内のほとんどがプラスチック化していた。そのため歩くたびに足元で軋むような不気味な音が立ち、ことに階段や仕事場に通じる渡り廊下は、一歩踏むごとにしなるような感触があった。下手に体重を乗せると踏み板や床板が割れそうな気さえしたのだ。その上、渡り廊下は、さながら吊り橋を歩くような恐怖があった。渡っているあいだ通路全体がゆらゆらと揺れているのがはっきりと感じられたのだ。

階段や床が大人二人の荷重に耐えられるかどうかも定かではない。とにかく部屋の内部全体がプラスチック化しているのだ。大きな地震でも来ればひとたまりもないだろう。

むろんプラスチック化していない箇所もところどころにあった。照明器具は変化していなかったし、仕事場のカーテンはそのままだった。そのくせリビングのカーテンは閉じられたまま完全にプラスチック化していた。サングラス越しに母屋の二階の窓だけが青白く光って見えたのはそのせいだと思われる。

たいがいは透明なプラスチックに変わっていたが、壁や床は透けて見えるほどではなかったし、リビングの巨大なグランドピアノは黒い色のままプラスチック化していた。鍵盤蓋は貼り付いた状態だったので鍵盤の色を確かめることはできなかった。

仕事部屋の広いデスクの上はペンケースや筆記用具類、パソコン、プリンター、印刷用紙などほとんどすべてがプラスチック化し、デスク自体もプラスチック化していた。そのため引き出しは開かなかった。部屋や廊下の棚やクローゼットもそのまま固まり、中の物を取り出すのは不可能だった。仕事部屋の壁という壁に並んでいた書棚も書籍と一体化する形でプラスチック化していた。

　ただ、唯一、執筆用デスクの脇に置かれた小さな書類ケースだけは元のままだった。書類ケースには三つの物が納められていた。

　袋守りとシャープペンシルと一冊の画集である。

　どれも見覚えのあるもので、この三点を見つけたことでここが自分の家であると客観的に裏付けられた気がしたのだ。

「それじゃあ、仕事に一区切りついたところで連絡をいただけますか。今度はこの前みたいなことは絶対にしませんから」

　響子が気を取り直したような口調で言った。

「じゃあ、そうさせて貰うよ」

　こちらは前向きな口調を心がける。

「ところで、例の一件は片がついたの？」

　新聞やネットのニュースを見た限りでは、まだ今宮樹里のスキャンダルは報じられていなかった。

「結局、社長が乗り出して、なんとか記事を止めたんです。相手の人に奥様がいたものですから」

「不倫だったのか」

「はい」

十九歳の人気モデルが不倫となれば、イメージダウンは避けがたい。それで前田も泡を食ったというわけか。

「でも、彼女は本気みたいです」

「そうなの？」

「まだ終わらせる気はないと思います」

「それは困ったね。前田もそのことは知ってるの？」

「たぶん気づいていませんね。本人、すごく反省したふりしてるんで」

突き放したような物言いだったが、どことなく響子は今宮樹里に肩入れしているような気がした。

プラスチック化は、想像を遥かに凌ぐ形で進化している。

「進化」という言葉を使うのは適切でないのかもしれないが、実感としてそうだった。包丁で傷つけた小指を思念の力でプラスチック化させ、さらには肺にできた腫瘍を同じようにプラスチック化させたときも驚愕を禁じ得なかったが、まさかプラスチック化が肉体以外の存在にも及ぶとは想像すらできなかった。

大阪のホテルで紛失したズボンがプラスチックの粒子に姿を変えたと分かったときは、その現実を容易に受け入れられなかった。

どれほど奇怪なものだとしても、それが我が身に起きたことであれば、何らかの病理現象と見做すこともできないわけではない。肉体がプラスチック化するような症例は見つからなかったが、一方で、調べれば調べるほど、この世界にはおよそ信じられないような難病、奇病が存在することも分かったのだ。

しかし、そのプラスチック化が肉体以外の物質にまで生じるとなると話は全然違ってくる。

半信半疑だったズボンのプラスチック化も、成城の家を発見したことで事実だと認めざるを得なくなった。あの部屋の有様を目見た瞬間、ズボンのプラスチック化など他愛のない事例に過ぎないのだと思い知らされた。

四年前に初めて右足のかかとがプラスチック化して以降、この六月に左手の小指の先を自力でプラスチック化するまで、プラスチック化とは、ある日突然、何の前触れもなく起きるものだと思っていた。そこに自らの意志が介在することなどあり得ないのだと。

実際、小指の先で試す前は、プラスチック化を望んだことは一度もなかったのだ。

現在でも、小指と肺と左腕のケロイド以外はすべてそうだ。

例のズボンにしても、プラスチック化しろと自分で念ずるはずもなかった。

だが、あの成城の家については、その点さえも定かではない。

そもそも、あの家の内部がプラスチック化したのが一体いつのことだったのか？　それすら分かってはいないのだ。

右足のかかとのプラスチック化に初めて気づく以前に、すでに成城の家はあのような状態に陥っていたのか。それとも、かかとのプラスチック化の後、いずれかの時点で家のプラスチック化が起きたのか。

成城の家の存在を自分が忘れたのがいつだったのか、まずもってそこが不明なのだから真相を突き止めようがない。

グランマイオ成城学園に通わなくなったのは小雪が死んで半年ほど経ってからだった。だとするとその半年の間に成城の家を捨て、東中野に借りた部屋に生活の場を移したのは間違いないだろう。おぼろげではあるが、小雪の遺した品々を、家を出るときに処分した記憶はいまもある。となれば、その段階で家がプラスチック化していた可能性もなくはない。何らかの原因でプラスチック化が起こり、それもあって家を放棄したということだって考えられる。

小雪の死に衝撃を受け、あの時期は一刻も早くこの世界から消えてなくなりたかった。極端な破滅願望が、小雪と共に暮らした家を丸ごとプラスチックに変えてしまった――ということはないだろうか?

思念の力で身体の一部をプラスチック化できると分かったからには、そうした仮説も成り立つ余地はある。だとすれば、四年前のかかとのプラスチック化は、ある種の〝再発〟だったというわけだ。

だが、響子が言っていたように、母のところに顔を出さなくなったことと、家の存在を忘れたこととを分けて考える方法もあった。確かに、戸山公園に中曽根あけみの名刺とルミンの首輪を埋めたのはさほど昔ではなかった可能性が高い。ルミンが死んでからだとすると、プラスチック化がすでに始まったあとということになる。

何らかの原因で身体にプラスチック化が起きるようになり、それと軌を一にして様々な記憶の脱落や変容が起こり始めた――これは充分に考えられることだった。

その過程で母がグランマイオ成城学園に入所している事実も、小雪と暮らした家が同じ成城にあったという事実もいつの間にか記憶から消えていった。

それこそ、響子が言っていたようにプラスチック化が起き始めてからも、ときどき成城の家には通っていたのかもしれない。そして、ある日、何かのきっかけで「家の中のすべてをプラスチックにしろ！」と強く念じ、実際にそうなったのかもしれない。そうなったあとで、公園に名刺や首輪を隠し、母や家の記憶を「意図的に忘れていった」のかもしれない……。

記憶の異常とプラスチック化とは表裏一体の関係にあるのではないだろうか。その推測にはかなりの妥当性があるようにも思える。

もっと言えば、身体のプラスチック化によって何らかの影響を脳が受け、記憶が抜け落ちたり捩じ曲がったりしていったのではないか。いつぞや、認知症とは脳のプラスチック化のようなものだと考えたことがあったが、実際に自分自身の脳の一部がプラスチック化したせいで記憶異常が生じているのかもしれない。

むろん、脳がプラスチック化したからといって、家やズボンまでプラスチックにできる能力が身に備わったというのは信じがたい話だ。脳に何らかの病変が生じ、そのせいで記憶のみならず認知能力にも大きな問題が起こり、あたかも身体の一部がプラスチック化したり、自身の身の回りのものがそのように変化したと感じられる、といった現象ならば起こり得るかもしれない。しかし、口から吐き出したプラスチックの粒子が手許に残り、それを自分のみならず別の人間もまた識別しているとなると、単なる認知機能の誤作動ではとても説明がつかなくなってくる。

プラスチック化自体を否定するには、それこそいま起きている出来事のすべてが自分自身の幻覚、妄想だと考えるしかないだろう。しかし、仮にすべてが妄想であるならば、悠季や響子の存在も、自分が小説家であるという認識も、はたまた小雪という妻を失った過去までもが全部でたらめだということになってしまう。

さすがにそんなことはあり得ないと信じたい。

記憶の異常とプラスチック化が一体ならば、記憶の脱落や変容が始まったのは早くとも四年前からのことになる。

なぜ四年前だったのか？

原因は何だったのか？

プラスチック化と同様、その原因が小雪の死にあるとするには余りに時間が空き過ぎているのも事実だ。

響子は、「奥様を亡くしたときによほどのことがあったんじゃないですか。自分の身に起きたこと全部を記憶から消去したくなるみたいな」と言っていたが、仮にそうだとすれば、死んでから何年も経ってようやく記憶の異常が起きるというのは奇妙だった。脳細胞を死滅させせんばかりの深酒を重ねたのはやはり死の直後だ。その後、さんざんアルコールに溺れても小雪の死が自分の脳裏から離れてくれることはなかった。それが、四年前、急に変化が起きたとすると、やはり何か大きな別の要因があったと推定すべきなのではないか。

四年前、一体自分に何があったのか？

その疑問を解くには、プラスチック化が始まる前後に起きた様々な出来事をいま一度、洗い直す必要があろう。例の三つの前兆、新幹線のシートの柄が変化していたこと、大河内夫人の携帯に死んだ大河内からの着信が残っていたこと、高田馬場の仕事場の郵便受けに「木村小雪」の検針票が入っていたこと――それらを改めて検証する必要があるし、加えてルミンが死んだ前後のことや、村正さんとの関わりについてももっと詳しく事実を確かめる作業が求められるだろう。かつて村正さんにこっぴどく叱られた憶えがあったが、ああした出来事の細部もしっかりと本人に会って確認した方がいい。

ハルカスで大阪市街の風景を眺めながら、頭の中で中曽根あけみのことを「あけみ」と気安く呼び捨てにしていたことなども中曽根に会って率直に訊ねてみるべきかもしれない。

そして、恐らくは、さらに重要な手掛かりがいまこの手の中にあった。

成城の家の調度の中で唯一プラスチック化していなかった書類ケースから見つかった三

つの物。

袋守りとシャープペンシルと一冊の画集。

プラスチック化した家の中で回収できたこの三つが何を意味するのか？

戸山公園から掘り出した中曽根の名刺やルミンの首輪と同じように、これらは過去の自分から現在の自分へと残されたメッセージなのかもしれない。

名刺は母の塔子へと繋がり、首輪は成城の家へと繋がった。

今度は、この品々が、自分を一体どこへと導いてくれるのだろうか？


袋守りとシャープペンシルは遠い昔、小雪から貰ったものだった。受験のために上京するとき、大橋の体育館で二つを受け取った。当時、小雪はまだ小学校五年生だったが、上背も百六十センチ近くあって地元のバスケットボールチームのエース格だった。実際、彼女はとても運動神経がよかった。それでいて身体はほっそりとしていて、どんなに食べても太らない恵まれた体質の持ち主でもあった。

お守りは小雪が家の近所の神社で貰ってきてくれたもので、紫色の布地に金糸で「無病息災」という文字が縫い込まれている。

「姫野さんに合格お守りは必要ないけど、東京に行ってるあいだ風邪とか引かんでほしいけん」

照れくさそうに言っていた小雪の顔がいまでも思い浮かぶ。

シャープペンシルの方はもともとは自分で使っていたのを、小雪の勉強を見てやるようになって譲ったものだった。それをあのとき小雪が戻してきたのだ。無事に合格したら返すと約束したのは憶えているが、本当はどうしたのか記憶にない。

そのまま持ち続けていたのか、それとも小雪に返却したのだったか。

大学に入ってからは小雪と会う機会もほとんどなかったが、それでも返したのだと思う。そんな昔のシャープペンシルを自分だったら大事にとっておいたりしなかったはずだ。

袋守りはさすがに古び、「無病息災」の縫い取りも色褪せてしまっていた。

それでも久々に手にすると、当時の小雪の姿が脳裏によみがえってくる。

そんなふうに子供時代の小雪を思い出しているうちに、そういえば彼女は母親の千鶴とちっとも似ていなかったのだと思った。背が高くて瞳の大きな小雪と比較すれば千鶴の方は小柄で、容貌も地味だった。小雪が洋風の美人なら千鶴は和風の美人といったところか。二人は対照的な顔立ちと言っていいのだ。

それもそのはずであった。

小雪の顔と比べている当の千鶴の顔が本物の本村千鶴の顔と違うのだから。

てっきり本村千鶴と思い込んでいた顔は、母の塔子の顔だった。グランマイオ成城学園で八年ぶりに塔子と対面し、彼女が間違いなく母親だと知らされ、唖然とした。では、自分は誰の顔をそれまで母親の顔に当てはめていたのかと自問してみれば、幾ら思い出そうとしても具体的な像は浮かんでこなかった。

信じがたいことだが、本物の塔子と再会するまで、記憶の中の母の顔はのっぺらぼうだったのである。

なぜ塔子の顔が千鶴の顔とすり替わってしまったのか？

本物の千鶴の顔は一体どこに消えてしまったのか？

塔子が千鶴になったのであれば、千鶴が塔子になっていてもおかしくないのだが、その肝腎の塔子の顔がどうしても思い出せない。幾ら記憶を掘り起こしてみても、彼女の顔はのっぺらぼうのままなのだ。

塔子が千鶴になっていたのにも何かしら理由があるのかもしれない。

のっぺらぼうの「本村千鶴」の顔を思い出すことができれば、その謎が解けるのだろうが、それはとても不可能なことのように思えた。

画集の方は、大好きだったピエール・ボナールの画集だった。

これについては明瞭に記憶していた。

高校のクラスマッチをサボって天神の本屋に出かけ、美術書売り場をぶらついているときに見つけて買ったのだ。若い頃から画集や展覧会のカタログを集めるのが趣味だった。読み終えた本はたいがい処分するようにしていたが、画集だけはずっと保存し続けていて、この画集もその中の一冊だった。

ボナールの色遣いが好きで、執筆に疲れたりするとよく開いて眺めていた気がする。そういうこともこれを再発見して思い出した。

小雪を亡くしてからは美術展に出かけたり画集を開いたりすることもなくなっていた。たくさん集めていたはずだが、仕事場に持ち込んだものは一冊もなかった。

思えば川添晴明との縁を結んでくれたのも、この古い画集だった。

祇園町にある「ブラジル」という喫茶店で、買ったばかりの画集を開いてコーヒーを飲んでいるところを、やはりクラスマッチをサボってブラジルにやって来ていた川添に見られ、翌日、学校で彼がそのことを伝えてきたのだ。

「姫野君、ボナールが好きなの？」

と川添は話しかけてきた。

以来、二人でちょくちょく話すようになり、やがてすっかり意気投合したのだった。

成城から持ち帰った画集を数日、じっくり眺めているうちに大きな成果があった。

あの電子錠の暗証番号「１８６７１０３」が、なぜするすると頭に浮かんできたのか、その理由が判明したのだ。

数字は、ボナールの生年月日だったのである。

一八六七年十月三日にピエール・ボナールはパリ郊外の小さな町で生まれている。

巻末の年譜を開き、生年月日が目に入った瞬間に思い出した。

――そうだった。このボナールの誕生日を暗証番号にしたのだ。

正確に言うならば、生年月日と暗証番号がぴたりと符合する事実を〝発見した〟のではなくて、自分がかつてボナールの誕生日を暗証番号にすると決めた、その事実を〝思い出した〞のだった。

この出来事は小さな自信に繋がった。

手掛かり次第では、完全に失っていた記憶でもこうしてあっさり回復するのだと知ることができたからだ。

雨続きだった九月も、月末に入ってようやく秋めいた日和に変わってきた。日中の蒸し暑さは消え、朝晩はめっきり冷え込むようになった。それまで使っていたタオルケットをクリーニング屋に持って行き、代わりにクローゼットから毛布を引っ張り出した。

毛布にくるまっての睡眠は、夏の疲れを一気に溶かしてくれるようだ。

最後の週の水曜日。

明け方に起きて文芸誌の連載原稿に手を入れ、それを担当編集者のＰＣに送信してからふたたびベッドにもぐり込んだ。

二度寝を決め込んで目覚めてみると、昼の十二時を回っている。

年に数度とないような心地よい眠りだった。

寝室を出てリビングダイニングに移ると、窓一杯に光が溢れていた。夏の熱気を帯びた光ではなく、秋の澄み切った日差しが部屋全体を包み込んでいる。

バナナと豆乳でバナナドリンクを作る。

一カ月ほど前にたまたま観た通販番組で小型ミキサーが紹介されていて、この豆乳ドリンクの作り方を実演していた。さっそくミキサーを取り寄せて作ってみると思いのほか美味しかった。以来、朝はコーヒー代わりにこれを飲むようにしている。

節酒と食事への気配りもあってか体調は良かった。咳き込むこともまったくない。

グラスを持ってバルコニーに出た。デッキチェアに座ってバナナドリンクを飲む。空は晴れ渡り、涼やかな風が吹きつけてくる。真正面に望めるサンシャイン60が今日はひと際くっきりとしている。四十年近くも前のビルだが、いまだに周辺の新しいビル群を圧するほどの威容を誇っていた。

――いまから村正さんに会いに行くか。

こんな天気のいい日ならうってつけだろう。うまい酒を酌み交わしながらじっくり話を聞けばいい。

最後に会ったのが四月の後半だったから、もう五カ月くらい「てっちゃん」に足を向けていなかった。とんでもないことが幾つも起きて、すっかり余裕を失っていた。ルミンが亡くなる前後のことなどを詳しく訊ねるのも目的ではあるが、それより何より村正さんの温顔に接して、自分の心を落ち着かせたい気がする。

5

飯田橋の駅に着いたのは午後一時半。西口改札を出て東京大神宮方面を目指す。

「てっちゃん」の場所まで来て我が目を疑った。

店がなくなっていたのだ。

店のあった一階のスペースには作業員が入って内装工事の真っ最中だった。全国チェーンのコーヒーショップの看板がすでに設置され、店舗は八割方仕上がっているようだ。

店の中を覗き込んでいると作業員の一人と目が合った。

「すみません。この場所にあった居酒屋さんはどこかに移転したんでしょうか？」

そんなわけもあるまいが、と思いつつ訊いてみた。

「さあ」

ヘルメットの下から長い髪がはみ出している若者が首を傾げる。

「工事はいつから始めてるんですか」

「一カ月くらいですかね」

「一カ月前？」

「そうですね」

礼を言って店の前を離れた。作業員に聞いても以前のことは分からないだろう。近くの店に当たってみるしかあるまい。

女将の徹子さんは独身で子供もいないと聞いていた。それが四十年近く続けてきた店を閉めたとなれば、移転したか、それとも彼女の身に何か起きたとしか考えられない。後者でなければよいがと念じつつ、嫌な予感は増していくばかりだった。

二軒隣の沖縄料理屋で訊いてみることにした。

村正さんと一緒にここのソーキそばを何度か食べたことがある。飲み始める前の腹ごしらえにと誘われたのだ。

それにしても、「てっちゃん」がなくなって、毎日通い詰めていた村正さんは一体どうしているのだろうか？

沖縄料理屋の主人と十分ほどやりとりをして店の外に出た。

こうなったらとりあえず、村正さんの鶴巻町の家まで行ってみるしかない。

とはいえ、いつも家のそばまでタクシーで送るだけで、村正さん宅に上がり込んだのは一度きりだった気がする。正確な住所を知っているわけではなかった。

女将はやはり亡くなっていた。くも膜下出血だったという。六月半ばのある日、昼になってものれんが出ないのに気づいて隣のケーキ屋の店主が店の扉を開けてみたら、カウンターの奥に倒れている女将を見つけたのだそうだ。

「毎朝、隣同士で挨拶はしてたみたいでね。その日もそうやって朝の挨拶を交わして店に入っていった女将が、昼になっても店を開けないんで不審に思ったらしいんだよ。そいで覗いてみたら、倒れていたっていうんだから……」

近所の人が集まり、慌てて救急車を呼んだらしいが、間に合わなかったのだという。

「どうやら店に出勤してきてすぐに倒れたみたいでね。病院に連れて行ったときはすでに事切れてたらしいよ」

女将は三崎町のマンションに住んでいたそうだが、結局、町会の方には通夜、葬儀の案内は来ず、いつどこで葬式を出したのか誰も知らないままなのだという。

「一週間もしたら業者がやって来てさ、店ん中をさっさと片づけて、それっきりだよ。親戚一人こっちには挨拶にも来なかったんだよね」

そう言って沖縄料理屋の主人は憤慨していた。

「じゃあ、あの店は借りてたんですかね？」

「そんなことはないよ。あそこは女将さんの持ち物だったよ。それを親戚連中がさっさと売っ払ったってことでしょ。女将さんには旦那も子供もいなかったしね」

「なるほど」

「だけどさ、四十年も続けていた店があやってあっという間にコーヒー屋だもんね。女将さんもさぞやがっかりしてるんじゃないの。繁盛してた店だったしね」

たしかに真昼間から飲んでいるのは村正さんくらいのものだったが、夕暮になるといつも店は満杯になった。馴れ馴れしくもなく、かといって無愛想でもない女将さんのプロの接客が客たちに愛されていたし、つまみの焼鳥や小鉢がどれも絶品だった。

――村正さんと二人で、女将の弔い酒をしなきゃな。

話を聞きながら、ずっとそう思っていたのである。

目白通りまで歩き、タクシーを拾った。

いつも送っていたルートを辿り直して記憶を呼び起こすのが、村正さん宅を見つけるには一番手っ取り早い方法に違いない。

空はますます晴れ渡り、午後になって気温はぐんぐん上昇していた。夏のような日差しが照りつけ、九月の終わりとはとても思えない暑さになっている。

車に乗って、「鶴巻町の交差点まで」と告げる。

目白通り、新目白通りと走って、まずは鶴巻町の交差点を左折すればいい。

最後に自宅に送っていったのが四月だった。あれ以来、村正さんとは一度も会っていない。あの晩は鶴巻町で村正さんを降ろしたあと高田馬場の駅前で下車し、一時間ばかり馬場の街を歩いた憶えがある。村正さんよりもよほど自分の方が酔っ払っていた気がする。

鶴巻町の交差点で左に曲がるように指示した。さらに最初の交差点で右折して早大通りに入る。もうこの一帯が早稲田鶴巻町のはずだ。

一つ目の信号でタクシーを止めた。

左にあるコンビニの緑色の看板に見覚えがある。ここで村正さんはいつもタクシーを降り、横断歩道を渡って路地の奥へと消えていった。

車から降りて周囲を見回す。学生服の店やダンススタジオ、和菓子屋や自転車屋など雑多な商店が軒を連ねていた。片側二車線の早大通りの中央分離帯にはケヤキがずらりと植えられている。盛大に葉を繁らせた立派なケヤキ並木だ。車の交通量も少なく、通り全体に落ち着いた雰囲気が漂っていた。

信号が青に変わり、横断歩道を渡った。

村正さんと同じように目の前の路地に分け入っていく。

村正家は二階建ての一軒家だが、真っ直ぐに続く路地の両側には戸建ての家はほとんどなどが入っている。低層のマンションや事務所ビルが続き、それぞれの一階には美容院や印刷屋なども入っていた。

だが、毎回ここを通って村正さんは自宅へと帰ったのだ。一度、家まで案内して貰ったのだが、そのときの道がこれだったかどうかは定かでなかった。となれば、あてずっぽうで訪ね歩くしかあるまい。

百メートルほど進んで、煉瓦タイル張りの製本会社の先で左の路地に入る。その路地には一戸建てが何棟か建っていたからだ。

たしか村正家には駐車スペースがなかった。だからチロを拾った駐車場を借りていたのだ。つまり駐車場のない戸建てを当たっていけばいいというわけだ。

だが、歩き始めてみるとどこもたいがい駐車場はなかった。

表札も一軒一軒確かめていったが、「村正」は見当たらない。

どの家も古めかしく、マンションとマンションとの隙間に身を竦めるようにして建っていた。おぼろな記憶では、村正家はさほど古びていなかった気がする。

さらにしばらく行くと、左手にクリーム色の大きな建物が見えてきた。学校だろうと思って近づいてみれば案の定だった。「東京都新宿区立鶴巻小学校」というプレートが塀に埋め込まれている。

そのプレートの文字を見た瞬間、以前もこの学校のそばを通ったのを鮮明に思い出した。村正家はここからそんなに遠くなかったのも確かだ。

塀の途切れた地点で左折した。どことなく知っているような光景だ。歩いていくと小学校の正門が見えてきた。その手前の細い路地を右に入っていく。

その路地には明らかに見覚えがあった。

五十メートルほど進んだところで足が止まる。

左手に青い瓦屋根の住宅が建っている。小さな門扉があって、その先に黒いドア。ドアの横の壁には丸い小窓が嵌まっていた。

――ここだ。

ただ、門扉のブロック塀に「村正」の表札はなかった。というより、表札を外した窪みだけが残っている。郵便受けにも頑丈にガムテープが貼り付けてある。

二階の窓も閉め切られ、カーテンも引かれているようだった。ベランダに洗濯物もかかっていない。

どう見ても空き家だった。

念のため郵便受けの横のインターホンを押してみる。電源が切られているのか、うんともすんとも言わなかった。

日差しはますます強く、歩いているあいだにびっしょり汗をかいていた。ズボンのポケットからミニタオルを取り出して額や首筋の汗を拭う。

――村正さん、引っ越しちゃったのか……。

拍子抜けする心地でそう思った。

近所の人に消息を訊ねるほかはない。左隣は戸建てだが、右隣は小さなマンションで、一階は会社のようだ。すりガラスの引き戸があって、戸には「近藤印刷」と銀文字で刷り込まれている。引き戸を開けて中に入る。受付台があって、その向こうに事務机が二つ置かれていたが誰もいなかった。

「ごめんください」

おとないを告げると、パーテーションで仕切られた奥から五十がらみの女性が出てきた。

「はい」

こちらの顔を見て不審げな様子になっている。

「お忙しいところを申し訳ありません。お隣の村正さんという方を訪ねてきた者なんですが、村正さんはもうここにはいらっしゃらないのでしょうか？」

と言うと、女性の表情が幾分柔らかくなった。

「ええ、村正さんは先月、引っ越していかれたんですよ」

「そうだったんですか。私は長年の友人で、四月に彼と会ったときはそんな話はしていなかったので、ちょっとびっくりしていて」

「私たちも驚いているんですよ。先月の初めだったかにご挨拶に見えられて、転居することになったって、いきなりおっしゃるんで」

「そのとき、どこに行くかは話していませんでしたか？」

「あの家を売って、いなかに引っ込むつもりだって言ってましたね」

「いなか？」

村正さんは東京の出身だった。彼も久恵さんも「練馬生まれの練馬育ち」だと言っていた。いなかに引っ込むとはどういうことなのだろうか。

「引っ越す理由は何か言っていましたか？」

「それは聞いていません。ただ、マルちゃんが怪我をしたのが大きかったのかもしれませんねえ。奥さんが亡くなってからはマルだけが唯一の家族だってよく言ってたから」

「マルちゃん、怪我したんですか？」

驚いて、訊き返す。

女性が困ったような表情で頷いた。

「いつですか？」

「六月でしたかねえ。その道で車にはねられたんですよ。村正さんが帰って来たときに入れ替わりでドアから飛び出しちゃったみたいで。さいわい命に別条はなかったみたいだけど、あれでもうこんなところには住めないと思ったのかもしれません」

「そんなことがあったんですか……」

ここを訪ねたときマルにも会っていた。美しい灰色の雌猫だった。

「だけど、あんなに急に出ていって、今頃、一体どこで、どうしてるんでしょうねえ」

女性がぽつりと言った。

女将の徹子さんが亡くなり「てっちゃん」が消えた。そして、そこに通い詰めていた村正さんまでもが忽然と姿を消してしまった。

　思えば、村正さんとはさんざん一緒に飲んだが、携帯の番号もメールアドレスも交換したことがない。実際、彼が携帯をいじっているところを見た覚えがなく、一度訪ねた家に端末のたぐいがあったかどうかも記憶にない。いつでも「てっちゃん」で会えるし、店が閉まっているときは鶴巻町の自宅を訪ねればいいと信じ込んでいた。だが、こうして行方知れずになってみると村正さんと連絡を取る手段が何も残されていないことに呆然としてしまう。

「近藤印刷」の人は、飼い猫のマルが車にはねられたことが転居の理由だろうと語っていたが、それならそれでこちらに連絡の一つくらいあっても罰は当たらないだろう。

　二人の関わりで言えば、年長者である彼が、愛妻と愛猫を失って途方に暮れている年少の友人を気遣ってくれているという構図だったのだ。

　まさかその兄貴分が、一言もないままに目の前から消えるとは思ってもみなかった。

　ルミンを亡くす前後の「姫野伸昌」を誰よりもきっちり観察していたのは村正さんだった。彼に対しては弱音も吐いたし、プラスチック化以外のことは何でも打ち明けていた。それだけ心を許していたからこそ、チロの話を小説化し、海老沢龍吾郎の件で頭が混乱したときは、真っ先に「てっちゃん」を訪ねて相談に乗って貰ったのだ。

　そんな大事な相手がこんな形でいなくなるなんて、一体どうなっているのか？

　ただ、その一方でほっと一息ついた心地もあった。

飯田橋で「てっちゃん」が消えているのを見たときは、一瞬、あの店も村正さんも全部、自分の妄想だったのではないかと恐ろしくなった。

村正さんの家の表札がなくなっていたときも、「てっちゃん」は実在しても肝腎の村正さんは妄想かもしれないと疑った。

「てっちゃん」も村正さんも現実だったと分かり、胸を撫で下ろしたのである。

冷奴をつまみに熱燗をうまそうにすすっている村正さんの姿が目に浮かんでくる。ルミンの背中に上手に輸液の針を入れてくれた村正さんの真剣な表情も、チロの話をしながら何度も涙ぐんでいたその瞳も、マルのしなやかな身体を膝に乗せて、「姫野さん、猫はやっぱりいいですよ」とにんまりしていたての笑顔も、思い浮かべればありありと脳裏によみがえってくる。

そういった思い出がすべて自分の作り出した幻影だとしたら、もはや何をどう信じていいか心底分からなくなってしまう……。

以上のようなことをつらつらと考えながら、早稲田鶴巻町から高田馬場の仕事場まで歩いて帰ったのだった。

部屋に着いたときは午後三時を回っていた。

汗みずくの服を脱ぎ捨て、すぐにシャワーを浴びた。さっぱりすると、短パンとTシャツに着替えてキッチンに立つ。久しぶりにナポリタンを作ることにした。数日前に近くのスーパーで二・二ミリという超極太のパスタを見つけた。さっそく買い込み、この麺を使ってナポリタンをこしらえてみようと思っていたのだ。

たっぷりとパルメザンチーズを振りかけ、最後に目玉焼きを載せる。完成だ。

バルコニーには出ず、ダイニングテーブルで食べることにする。外の日差しはまだまだきつそうだった。

あつあつのナポリタンの横に瓶ビールを一本添える。

冷やしておいたグラスにビールを注ぎ、徹子さんの顔を思い浮かべて献杯した。

——最後は、四十年も続けた店の中で死ねたのだから、それはそれで女将さんも本望だっただろう……。

最初の一杯を一息で飲み干したあと、ふと、そんな気がした。

自分も原稿を書いている最中に死ねたら満足だ。往時のようにペンを握りしめて原稿用紙の上に突っ伏すといった成り行きはあり得ないが、手元のキーボードに倒れ込むようにして死ぬくらいは可能だろう。パソコンのディスプレイには書きかけの小説が表示され、それがまさしく絶筆というわけだ。

父の伸一郎の場合は、講演旅行の最中に旅先の岡山で心筋梗塞に襲われ、そのまま博多の土を踏むことなく不帰の人となった。演壇で倒れたのではなく、講演後、岡山のお歴々との会食のさなかに発作を起こしたのだ。

東京の自分のところに連絡があったのは、すでに病院で死亡宣告を受けてからだったと記憶している。

父のことを思い出すのは久し振りだった。

父にしても、愛用の書斎で膨大な史料に取り囲まれ、筆を握った姿で逝きたかったに違いない。

父は一体どのような人物だったのか？

亡くなるまで歴史時代小説の第一人者として活躍し、数多《あまた》の作品を残したが、作家・姫野伸一郎についてはその作品をもとに様々に語れても、父親である姫野伸一郎を語るとなると、自分はほとんど言葉を持ち合わせていないと赤面するほかはない。

これは、作家を身内に持った者にしか分からない感懐だが、父は父親である前に作家であったし、夫である前に作家であったし、男である前に作家であったし、人間である前に作家であった。

同じ道に進んだ身としては、そういう父の存在についてある程度の把握、共感も可能だが、妻である母にしてみれば、父という人間のことは最後の最後まで理解不能だったと思う。

それは譬《たと》えるならば、空を飛ぶという概念を持ち合わせない人間が飛行機を見るようなものだ。主翼や尾翼、機体、エンジン、さらには機内に入って無数の計器類が並ぶコックピットをつぶさに検分しても、彼女には、これが「空を飛ぶための機械」だということが想像できない。そのような意味合いで母には父が理解できなかったのだと思う。どんなに飛行機の細部に詳しくなったとしても、飛行機が空を飛ぶものだと知らなければ、その人は「まったく飛行機を知らない」と言われてもやむを得ないだろう。

母が植物に関心を寄せるようになったのは、夫である姫野伸一郎という男のことがいつまで経っても分からなかったためだと思われる。長年のフラストレーションのはけ口を彼女は物言わぬ植物たちに求めたのだ。

父と母は決して仲の良い夫婦ではなかった。

父には愛人がいたし、その一人はおそらく有村鈴音という女性だろう。彼女とは一度だけ地元のテレビ局の楽屋で顔を合わせたことがあった。あのとき女の人から初めて名刺を貰った。

中洲でバーをやっている美しい人だった。背が高く長い髪はさらさらで、目がものすごく大きかった。日本人じゃないみたいだというのが第一印象だったのだ。

「伸昌さん、とっても勉強ができるんだそうね。いつもおとうさんが言っていますよ」

と歌うような声で有村鈴音は言った。

彼女の名刺は一体どこにやったのだろうか?

店は確か「マッジョ」という名前だった。

二・二ミリの麺はナポリタンにうってつけだ。

こんな乾麺があったのであれば、悠季にもこれで作ったナポリタンを食べさせてやればよかった。

新しいシッターが決まった後は、藤谷から何一つ連絡はなかった。歌舞伎座近くのビストロで食事をした一夜が藤谷母子と会った最後だ。悠季のことはいまでも時々思い出している。癖はあったが、笑顔が愛くるしい賢い子だった。彼女は、元気にしているのだろうか？

ビールはすぐに空になり、新しいのをもう一本冷蔵庫から出してきた。昼酒はワインならグラス一杯、ビールなら中瓶一本と決めているのだが、今日は例外日にしても構わないだろう。何といっても、死んだ女将や消えた村正さんを偲ぶ大切な一日なのだから。

全身に心地良い酔いが回ってきている。強い日差しの中を歩き、たくさんの汗をかき、血の巡りがよくなっているのかもしれない。ビールとナポリタンの相性も抜群だ。

そういえば優香の店にまだ顔を出していなかった。

響子を誘うつもりだったが、成城の一件があって難しくなった。響子をあのプラスチックの家に連れて行くわけにはいかない。今度会ったときどうやって誤魔化せばいいのか考えあぐねている。

「すずかけ」は道玄坂にあるが、思い出してみれば、海老沢龍吾郎が愛人にやらせていた店も道玄坂だった気がする。「シエル」というバーで、ママの名前は「千鶴」というのだった。小雪の母親と同じ名前なのになぜだか忘れていて、海老沢のお別れの会で石坂禄郎に言われて気づいたのだった。「シエル」という店の名は海老沢が付けた。彼はフランス好きで、時間ができるとよくパリに出かけていた。「シエル」は仏語で「空」という意味だ。

優香はどうしてまた「すずかけ」という地味な名前にしたのだろう？　その名前も案外、彼女のパトロンが付けたのかもしれない。やけに古風だし、だとするとパトロンは結構な年配者ということか。どちらにしろ利子まで付いた小切手を受け取ってしまったのだから、一度は飲みにいかねば恰好がつかない。といって一人で行くのも気乗りしなかった。

二本目が空く頃には陶然とした心地になっていた。いろんな益体もない考えが頭の中に湧き出してはあぶくのように弾けて消える。

——そういえば「マッジョ」というのはどういう意味だろう？

ふとそう思った。

「マッジョ」は聞き慣れない言葉だ。「魔女」をもじって「マッジョ」だろうか。中洲のバーだから大いにあり得るが、有村鈴音の顔を思い浮かべると、彼女がそんな悪趣味な名前を付けるとも思えなかった。

だとすれば、どこかの外国語ということになろうか。

立ち上がり、キッチンに置きっぱなしだったスマホを持ってふたたび席に戻る。綴りが分からないので、「マッジョ」で検索をかけてみた。すぐに見つかった。

「マッジョ」は「Ｍａｇｇｉｏ」。イタリア語で「五月」のことのようだ。

——五月か……。

意外にあっさりしていて何となく違和感があった。あのママさんならもっと凝った単語を選んでいるような気がしたのだ。

もしかしたら、父の伸一郎が名付け親なのかもしれない。海老沢と同じように父もヨーロッパが好きで、ことにお気に入りはローマだった。ローマには何度も足を運び、支倉常長の慶長遣欧使節団の苦闘を描く大長編をものしてもいた。有村鈴音が愛人であったとすれば、父が彼女にやらせている店に「Ｍａｇｇｉｏ」というイタリア名を付けたとしてもさほど不思議ではない。

父は、五月のローマを愛していたのだろうか？　それとも有村鈴音と一緒に旅したのが五月のローマだったのか？

もしかしたら、五月のローマで父と有村鈴音は出会ったのかもしれない……。

酔いに任せて空想はあらぬ方向へと広がっていく。

二本目のビールも飲み干し、大盛りのナポリタンもきれいに平らげてしまった。空き瓶や食器をキッチンへと持っていく。汚れた皿やグラスはそのままにせず、すぐに洗うことにしていた。

死んだ小雪がいつもそうしていたのだ。

彼女は料理も腕利きだったが、片付け全般も得意だった。家の中はいつも掃除が行き届いていたし、洗濯や洗い物も嫌な顔一つせずに丁寧にこなしていた。なかでも洗い物が一番好きなようだった。「食器を洗っていると気持ちが落ち着くの」と言って、どんなに勧めてもシステムキッチンに食洗機を組み込もうとはしなかった。

彼女を失ったあとも食器洗いはこまめにやっていた。自分で洗いだしてみて小雪の言っていたことが少しだけ分かったような気がしている。

第八章　ルミンと虎太郎

1

目覚めてみると、窓の外はすっかり暗くなっていた。ソファから身体を起こし、首や肩を動かす。ビール二本で酔いが回り、いつの間にか眠り込んでしまったようだった。

わずかに開けたベランダの窓から冷気を帯びた風が吹き込んでいる。冷房でもかけたように部屋の中は涼しくなっていた。

明かりのない中で左肘に目をやった。相変わらず青白く光っているが、日を追うごとに光が鈍くなっている。今度脱落したら、次は正常組織が再生してくるのだろう。

いまのところ他にプラスチック化した部分はない。この肘が元通りになれば、ふたたび全身からプラスチック化が消える。

今度は何が待ち受けているのか。

不安と期待が入り混じった気分だった。

村正さんと一杯やっている夢を見ていた。場所は「てっちゃん」ではなく、どこかのレストランだった。焼き立てのピザをつまみながら二人でワインを飲んでいた。ピザは東中野のいつもの店で食べる「チーロ」だったが、店内の雰囲気はまるで違っていた。やけに広くて立派な店だ。広尾や麻布十番あたりの値の張るイタリアンレストランという感じだった。

村正さんは美味しそうにワインを飲んでいた。実際には彼とワインを飲んだことは一度もなかったと思う。にこにこしながらよく喋っている。もっぱら聞き役に回っていた気がするが、話の内容は憶えていなかった。ただ、

「ルミンちゃんの親は死んでしまったのかねえ」

と村正さんに訊かれ、

「どうでしょうねえ。もうずいぶん長く会っていないんで分からないんですよねえ」

と答えていたのは記憶に残っていた。

その場面をあらためて反芻し、

――そうだった。ルミンは拾った猫ではなく、誰かから譲り受けた猫だったのだ。

と思った。

リビングダイニングの明かりを灯してから廊下に出た。玄関脇の仕事部屋に入り、本棚の一番上の段にいつも写真と共に置いてある物を取り出した。それを持ってまたリビングに戻る。

蓋つきの小さな骨壺だった。

あの耐え難い苦しみのさなかにその苦しみを共に分かち合ってくれた唯一の友が、いま

この壺の中で眠っている。

ソファの前のミニテーブルに骨壺を置き、カーペットの上に正座する。

ルミンを見送って以来、骨壺を開けたことは一度もなかった。

両手を添えて、そっと蓋を持ち上げる。

首を伸ばして壺の中のものを覗き込んだ。

透明な粒子がぎっしりと詰まっている。

やっぱり、そうか、と思った。何となくだがそんな気がしていた。

右手で真っ白な骨壺を持ち、ゆっくり傾けて、左の手のひらに中身を少しだけ出した。

骨壺をテーブルに戻して手のひらの粒々に右手の指で触れてみる。

青と赤のキャップのガラス瓶に入っている粒子と同じものだった。

ルミンの遺骨がどうしてプラスチック化しているのか？

その種の疑問はさほど胸に響かない。それを言うなら、我が身のプラスチック化も成城の家のプラスチック化もまったく訳が分からないままなのだ。

ただ、遺骨が一体いつの段階でプラスチック化したのか？　最初からそうだったのか？　どこかの時点でそうなったのか？　いま初めて気づいたのか？　それともまた忘れていたのか？　忘れたのであれば、それは一体いつのことなのか？――といった疑問はやはり胸に湧き起こってくる。

ルミンが息を引き取ったあと、村正さんと一緒に小石川のお寺に亡骸を運び、そこで茶《だ》毘《び》に付した。チロの遺骨は寺の納骨堂に安置されていたが、ルミンの遺骨はそのまま持ち帰ってきたのだった。

プラスチック化とは一体いかなる現象なのだろう？

プラスチック化するものには何か共通点があるのだろうか？　この身体、ズボン、かつて住んだ家、そして猫の遺骨。これらのものにどのような繋がりがあるのだろうか？

唯一考えられるのは、どれもが自らに関わっているもの、という点くらいだった。つまり、これが錯覚や妄想だったとしても自分には真偽を検証する術がないということだ。むろん、悠季や響子に確認を求めたことで、ある種の客観証言を得たと見做すこともできる。だが、その悠季や響子自体が妄想の産物だとすると、もはや事実の証明は不可能と断じざるを得ない。

ただ、いつぞや村正さんも言っていたように、「自分」という意識もまた一種のイメージに過ぎないのだ。「自分」というのは、頭の中で勝手に作り上げた、いわゆる「キャラ」のようなものだ。

たとえばの話、作家である自分が作品の中で描く登場人物と、その登場人物を描いている自分自身とのあいだに、実はそれほどの隔たりは感じられない。というのも、作中に出てくる人物はこの頭の中で完全に作り上げているが、その作り方は、現実の「自分」の場合とほとんど大差がないのである。

一年にわたって長い物語を書き続けたとすると、その期間は、自分自身の人生だけでなく物語の主人公の人生をずっと生きている。食事をしたり風呂に入ったりしている間も絶えず主人公のことを考えているし、誰かと会っているときでさえ、そう感じる瞬間がある。自分と主人公とは渾然一体となっていて、自分が書いているのか、主人公が書かせているのかよく分からなくなる。

これは自分だけに限ったことではないだろう。

映画やテレビドラマ、アニメや漫画の作者にしても、「自分」というキャラを作るのとほぼ同じ手法で作中の「キャラ」を創作しているに違いない。それは当然で、「自分」だろうが「キャラ」だろうが同じ一つの意識から生まれていることに変わりはないからだ。

我々ひとりひとりが、「自分」という人間の作者であり、「自分の人生」というのは、そうやって書き続けている一本の長編小説のようなものだ。

他人の人生を垣間見て「ああ、この人はこういう人だ」とイメージを持つ、その同じやり方で我々は自分自身をイメージしている。「ああ、自分はこういう人だ」と。他人の人生と自分の人生との違いは、捉え方の違いではなくて質や量の違いでしかない。他人の人生はごくたまにしかイメージしないが、自分自身の人生は年がら年中イメージし続けている。その格差が人物造形の細やかさや密度に反映するため、「自分」というキャラがとりわけ際立って見えるに過ぎない。

たとえば、母親の人生について「母はこういう人だ」とイメージするのと、自分に対して「自分はこういう人だ」とイメージすることとの差は、イメージに費やす時間の差に還元できる。逆に言えば、母親のことばかり始終考えていると、自分は自分ではなく、「もう一人の母親」になりかねない。神のことばかりイメージしている神父は、やがて自分を失い、長い歴史の中で積み上げられた「キリストのイメージ」と一体化することができるだろう。

人間が他人の人生に感動するのは、そのためである。

他人の人生をイメージすることと自らの人生をイメージすることとのあいだに本質的な違いがないゆえに、我々は赤の他人の物語に深く感動してしまう。そして、その「他人」は実在の人物である必要はない。架空の英雄でもいいし、異国の美しい姫君でもいい。人間と同様に相手の意志を汲み取れるのであれば、それこそロボットでもモンスターでも構わない。そうやって我々が空想上のキャラに感動したり、様々な動物の物語に感動するのは、彼らの生き方を自分の場合と同じようにイメージできてしまうからである。つまるところ、人間一人一人が思い描く自分や他人は、すべてが意識によって生み出されるイメージに過ぎない。そして物語というのはまさしくそのイメージの集合体なのである。

それゆえに、我々は物語に一喜一憂し、ときには物語によって生き方まで変えられたりする。他人の人生をイメージすることによって自己イメージそのものが著しい影響を受けてしまうのだ。

ある日、あなたが、テレビ・ドキュメンタリーで被災地や紛争地域に出かけていく緊急援助隊の看護師の姿を観たとする。そして、あなたは、「何て素晴らしいのだろう。自分もこんな仕事を一生の職業にしたい」と考えて、実際に看護師になったとする。そのときあなたは、自分という物語の中に、テレビで観た看護師の物語を決定的に取り込んでしまうのだ。

だが、この看護師の物語を描いたのは看護師自身ではない。その番組を制作したテレビ局のプロデューサーやディレクター、構成作家やカメラマンが「看護師の物語」を作り上げているのだ。

看護師になったあなたは、そうした彼らのイメージを自分のイメージとし、そのイメージに従って看護師の人生をあなたの人生に転写してしまった——とも言えるのである。

この〝イメージの転写〟という作用によって、我々は物語に酔い、物語の中に生きる。

そういう意味では、

「何が本当かなんてどうでもいいんですよ。本当なんて、そんなものはどこを探してもなくて、本当かどうかを決めるのは全部僕たちの腹次第でね。僕たちがこれは本当だと思えば、それが本当なんですよ。もっと言うとね、いま僕がこの手でぼんちりの串を持っているじゃないですか、これだって本当に持ってるかどうか分からないわけですよ。というか、このぼんちりの串が本当にあるかどうかだって分からない。ただ、僕や姫野さんがあると思い込んでるだけなのかもしれない。物事なんてのは、結局、全部そうなんだと僕は思うんです。全部、僕たちが思っているだけでね、この僕たちの脳味噌がたったいま吹き飛んでしまったら、もうそこには何にもありゃしないんですよ」

という村正さんの言葉は正しい。

「たとえ妄想でも全然構わないと僕は思うんですよ。大袈裟に言えばね、この僕たちの人生そのものが妄想みたいなもんでしょう。ある日オギャアと生まれて、どこかの時点で俺は俺、私は私だと信じ込んで、それから先は俺がどうした私がどうしたってそればっかり。こいつが好きだのあいつが嫌いだの、これがうまいだのあれが不味いだの、ここが痛いだのあそこが痒いだの、そんなの全部、言ってみれば自分の頭で妄想してるだけですもんね。僕も女房も、あの日、間違いなくチロに会ったんですよ。あの大きな若い雄ライオンはチロに間違いなかった。久恵だって僕だってライオンを見た瞬間にチロだって確信したんです。たとえそいつがモルヒネのせいだったとしても、久恵の執念に引きずられたせいだったとしても、それでもやっぱりチロだって思った。もうそのときの感覚を具体的に思い出すことはできないけれど、そう自分が確信したことだけははっきりと憶えているんですよ」

という感懐も見事に正鵠を射ているのである。

映画や演劇で架空の物語を役者が演じるとき、我々はその役者が〝本物〟ではなく、以前はまったく別の物語でまったく別の役柄を演じたことを知っている。同様に、いかにリアルに作られていたとしても宇宙戦争を描く映画に登場する宇宙船や宇宙人が偽物であることも知っている。にもかかわらず我々はそうした俳優が演じ、CG製作者がこしらえた映像に対して、それがはっきり嘘だと分かっているにもかかわらず強く感情移入し、物語の登場人物の悲しみを悲しみ、喜びを喜び、あまつさえ現実の人生でもそのときの感動を糧として、登場人物と同じ人生を歩もうとしたり、その人物のやったことをなぞってみたりする。

架空、空想を材料として、人間は自分の人生という現実を形作る。

なぜ嘘だと分かっているものの影響をそこまで受けてしまうのだろうか？

架空の物語、架空の人物がなぜそれほどの力を持っているのだろうか？

それは、架空や空想というものが、実は、現実と同等のものだということを我々が心の深い部分で知っているからなのだ。そしてそのもっとも卑近な例が、たとえば神話であり、宗教や信仰というものであろう。人類が宗教をどうしても手放せないのは、また、常に新しい神話や英雄譚を欲してしまうのは、自分たちの人生が架空と現実の混交物であることをよくよく分かっているからに他ならない。

――そうだとすると、いま我が人生を翻弄している、このプラスチック化という現象も、自分にとって必要な何らかの物語、神話のたぐいであるのかもしれない……。

プラスチック化したルミンの遺骨を指先で撫でながら、しばらくそんなことを考えていた。

2

「時の化石」の前で午後八時に響子と落ち合うことにした。

この彫刻は渋谷109の正面に置かれているのだが、以前、小説の中で触れたことがあるので、愛読者の響子にはすぐに分かったようだ。作者は大木達美。早くに亡くなった彫刻家だという。

「あの渋谷にある彫刻のことですよね」

ちょっと自慢気に響子の方からそう言ってきた。

「時の化石」というタイトルからは想像できないオブジェだが、印象的なフォルムと何よりその奇妙な名前が気に入って、とある作中の重要な場面でこの彫刻を登場させたのだった。

吉見優香の店を訪ねるにはもってこいの待ち合わせ場所のような気がした。

数年ぶりで渋谷の街に来てみると、相変わらずの人の波だった。高田馬場も駅前は学生たちで常に混雑しているが、さすがに渋谷の混みようはその比ではない。ハチ公口の改札を出てみれば眼前のスクランブル交差点は信号が青に変わるたびに道路全部が隙間なく人々で埋まり、それは壮観と呼ぶに値するほどの光景だった。

忠犬ハチ公の銅像前は外国人観光客でごった返している。振り返れば線路の高架の向こうには細長く巨大な建物があって、夜空を背景に青白く輝いていた。あれが数年前にできた渋谷ヒカリエなのだろう。

——まるでプラスチックのようだな。

その輝きにふとそう思った。

ほとんどのものがプラスチック化していた成城の家の内部と似た印象を覚えたからだ。サングラスをかけて眺めたとき、あの家もちょうどあんなふうに青白い光を放っていたのではなかったか。

東京という街は休むことなく姿を変えている。

四十年近く前に初めて福岡から上京してきた頃は、高層ビルと言えば新宿副都心や池袋のサンシャイン60、それに長く日本の高層ビルの代名詞だった霞が関ビルくらいしかなかった。それが湾岸地帯の大規模な開発が進展する中で次々に超高層ビルが建設され、同時にタワーマンションの開発ラッシュが始まり、あれよという間に都内全域に高層ビルが建ち並んでいった。この街は都心の限られたスペースに、そうやって日本中からの膨大な流入人口を受け入れてきたのだ。そして、変容はいまもまだ着々と継続中だった。次のオリンピックに向けてさらに開発は加速するのだろう。

東京ほど自らの顔を変え続けている都市は、世界に類を見ないのではないか。

そうした意味では、東京は年がら年中整形手術を繰り返している整形フリークのような都市だ。東京の住民が整形外科医だとすれば、患者である東京という街も頻回の手術を受け入れるに充分な可塑性を持っていると言える。

整形手術は英語で「プラスチック・サージャリー」。

――まさにここは整形の街、プラスチックのような街なのだ。

ヒカリエの輝きを見ながら、そう思う。

道玄坂通りを少し歩いて、109の前に着いた。

今夜も響子が先着していた。

すぐにこちらに気づいて、笑顔になって手を挙げる。「時の化石」の前を離れて小走りで近づいてきた。そういう姿に触れると眩しさのようなものを感じる。

若い人はよく走る。自分でも知らぬうちにそうしているので本人には分からないのだが、歳を取って若者を眺めるようになると、真っ先に挙げられる若さの特質が「よく走る」ということなのだ。

「お久しぶりです」

響子が笑顔のまま小さく会釈する。成城の街を一緒に訪ねたのが先月の半ばだったから、たしかに会うのは二十日ぶりくらいだった。仕事が山場を迎えていると伝えたこともあり、彼女の方からもメールや電話はなかった。

「連絡が遅くなって悪かったね」

「とんでもありません」

今日の響子はいつにもまして機嫌が良さそうだった。

響子と連れ立って道玄坂通りを坂上交差点方向に進んだ。

ロイヤルホストの入ったビルを過ぎたところで右の路地に入る。「すずかけ」は、この「道玄坂小路」の一角にあるはずだった。

道玄坂小路に一歩足を踏み入れると、どこかしら懐かしいものを感じた。それは、「成城学園前」駅の改札を抜けて、駅前の景色を眺めたときの感覚とよく似ていた。

渋谷にはさほど馴染みがなかった。

というよりも、「シエル」で海老沢龍吾郎から陰湿ないじめを受け続けたためもあって、渋谷界隈に足を向けることは若い時分から滅多になかったのだ。

代官山に仕事場を借りたときも、散歩コースはもっぱら目黒や恵比寿方面だった。

そうやって振り返ってみれば、道玄坂小路に懐かしさを覚えるのは奇妙としか言いようがない。

成城のときと同じように、また何か肝腎なことを忘れているのだろうか？

思えば、さきほど響子と待ち合わせた１０９前の「時の化石」を作中に登場させているのも面妖な話だった。土地勘のない、敬遠してきたはずの場所をなぜ大事なシーンで取り上げたのか。「時の化石」の存在をいつどうやって知ったのだろうか？

「シエル」も道玄坂の店だったが、あの店は通りを挟んだ反対側だった気がする。だとすれば、この道玄坂小路に出入りしたことは、あったとしてもほんのわずかだったに違いない。

狭い通りを大勢の人々が行き交っていた。左右にはひしめくように飲食店の小さなビルが建ち並び、各店の掲げる電飾やライトアップされた看板で路上は真昼のような明るさである。

「あそこじゃないですか」

小路の真ん中あたりまで歩いたところで、右側のレンガ色のビルの二階に掲げられた看板を指さして響子が言った。

「すずかけ」という細文字が明かりの灯った白い看板に小さく刻まれていた。

「そうだね」

ビルの前で足を止めて入口を探した。一階は「鍵穴」という名のレストランで、ショーケースを見るとたくさんの種類のパスタが並んでいる。

「ここ、有名なお店ですよね」

サンプルを眺めながら響子が言った。

「ここは古いんだよ。東京オリンピックの頃からやってる店なんだ」

当然のように答えていた。名前くらいは聞いたことがある気もするが、この店で食事をした記憶などない。

出入口は左端にあった。三階建てのビルでエレベーターはなさそうだ。目の前の急な狭い階段を上がっていくしかないのだろう。

バーといってもカウンター程度のこぢんまりとした店ということか。

店の中の様子がくっきりと脳裏に浮かんでくる。

白いドア。木目の浮いたがっしりとした感じの大きなカウンター。席はカウンターだけだが、意外なことに酒棚は一面ガラス張りで、大量のワインボトルとワイングラスが納まっている……。

実際、「すずかけ」のドアの前に立ってみると予想はあっけなく裏切られた。

光沢のある銀色の金属ドアに取り付けられたポール型のドアノブは真っ赤な漆塗りだった。そのポールを引いてドアを開ける。

黒とグレーで統一された落ち着いた雰囲気の店内が見通せた。右に黒光りする長いカウンター。左にはソファとテーブルが並び、奥はボックスシートになっている。ビルの外観からは想像もできない洒落た造りの、そして存外広い店だった。

カウンターやテーブルはほとんど客で埋まっている。こんなことなら電話してから訪ねるべきだったかもしれない。

すぐに若いウエイターが近づいてくる。

「お二人様でいらっしゃいますか？」

「はい」

頷くとウエイターが申し訳なさそうな顔を作る。

「ご覧の通り満席の状態でして……」

「優花ママはいますか？」

相手が怪訝な面持ちになった。

「実は、彼女の古い知り合いなんです。ちょっと挨拶だけでもして帰りたいんだけど」

「承知しました。いま呼んでまいりますので」

女性を置いた店ではなさそうだったが、黒服のウエイターが彼を入れて三人、それにカウンターの中にバーテンダーが二人見える。バーテンダーの一人は女性だが優香ではない。奥のボックス席にドレス姿の女性の後ろ姿が見えるから、それが優香なのだろう。

案の定、ウエイターがその女性のそばへと歩み寄っていく。

耳打ちされて、細い肩が小さく揺れた。目の前の客たちに会釈してから背後へと身体を向ける。

吉見優香はすっかり大人の女になっていた。

むろんかつての面影は残っているが、黒いドレスを着こなしたそのたたずまいは、あの女子高生時代とは別人と言ってもいいくらいだ。

互いに目が合い、向こうがすぐに笑顔を作り、それにこたえて軽く手を振ってみせた。もう一度、優香は客たちに声を掛けてから立ち上がり、こちらに近づいてくる。

「先生、お久しぶりです」

間近で見ると、たしかに優香は優香だった。

「手紙、ありがとう。顔を出すのが遅くなって悪かったね」

「届いてたんですね。よかった」

皮肉な感じは微塵もなく、優香がほっとした表情になった。

「しかし、なかなか立派な店じゃないか。きみのことも見違えちゃったよ」

「そんなことないですよ」

「それに、すごく繁盛している」

「おかげさまで」

優香はそう言って、隣の響子に一瞥をくれた。

「そちらは奥様でいらっしゃいますか？」

「まさか」

突拍子もない発想をするところは相変わらずのようだ。

「この人は高畠響子さん。ひょんなことで知り合って、いまは僕の友人の会社で働いているんだよ」

「あら、そうなんだ」

むしろ意外そうな顔になって優香は言った。

「こんにちは」

響子が挨拶をする。

「とっても素敵なお店ですね」

「ありがとう」

いっぱしのママの風情で優香が微笑む。

すぐにカウンターの奥にある個室に案内された。

「こんな隠し部屋まであるんだ」

驚いてみせると、

「これでも一応、渋谷のお店ですからね」

ちょっと自慢気に言う。

「芸能人とかもたくさん来るんですか?」

響子が訊ねた。

「うちは案外多いかも」

「彼女は、エム・フレールっていう芸能事務所で働いているんだ」

「あらそうなの」

「そうなんです。うちの所属の子も来たりしてますか?」

「エム・フレールの人もいるわよ。さすがに誰とは言えないけど」

「そうなんですか。お世話になります。ありがとうございます」

響子は律儀に頭を下げる。

席に落ち着いたところで、

「一度さっきの席に戻るわね。先生、今日はお時間あるんでしょう」

と優香が言った。

「大丈夫だよ」

「だったら三十分くらいごめんなさい。何でも好きなものを頼んで、じゃんじゃん飲んでてね。今夜は私のおごりだから」

「もう、僕もあの頃みたいな飲んだくれじゃないんだよ」

苦笑すると、

「そうみたいね。だって、先生、とっても顔色いいもの」

と優香が笑う。

二人とも「山崎」の水割りを頼んだ。

酒を運んできたさきほどのウエイターが、

「誠に失礼しました。すごく似てるなあとは思ったんですが、まさか本物の姫野伸昌先生だとは思いもよらなくて」

と恐縮したように言い、

「先生の作品、たくさん読ませていただいています」

と付け加える。

「学生さんですか？」

響子が訊ねると、

「はい。青山学院の文学部なんです」

彼が答える。

「学科は？」

「英米文学科です」

「じゃあ、そのうちアメリカかイギリスに留学するのかな」

何も話しかけないのも申し訳ないので、口を挟んでみた。

「はい。来年イギリスに行こうかと」

「イギリスのどこ?」

「一応、ロンドン大学のつもりでいるんですが」

「だったら、たくさん勉強しなきゃいけないね」

「そうなんです」

「どうか頑張って下さい」

「ありがとうございます。今日は姫野先生にお目にかかることができて感激です。ごゆっくりしてらっしゃって下さい」

顔を紅潮させたまま、彼は離れていった。

「いいですね」

水割りを一口すすって響子が言う。

「何が?」

「作家っていいなあって思って」

「どうして?」

「ちゃんとした人たちに好かれるから」

「ちゃんとした人たち?」

「小説が好きな人たちってちゃんとしてるでしょう」

「そうかなあ」

「そこが芸能人と全然違うと思うんです」

「実は、へんな読者もいっぱいいるけどね」

「それって私のことですか？」

「きみは全然へんじゃないよ」

「ほんとに？」

「もちろん」

今夜の響子は少し違った感じがした。もしかしたら、さきほど優香に突拍子もないことを言われたのが影響しているのかもしれない、と思う。

父娘ほどの年齢差のある自分たちが夫婦に見えるはずはないのだが、熱烈なファンとしては満更ではないのかもしれない。

熱心な女性読者の中には、作家に対して恋愛感情を持つ者も少なくない。年に何通かはその手の色彩が濃厚なファンレターを受け取る。ことに初期に書いた恋愛小説の読者の中に恋愛感情を抱く女性が多いようだった。何十年も前に書いて、著者本人が内容をまるで憶えていない小説を引き合いに熱い感情をぶつけてこられても困惑するほかはない。

ファンレターは原則、担当編集者が先に目を通すことになっている。その段階で極端な内容のものは除外されるはずなので、実際はもっと激しい文面の手紙も届いているのだろう。こちらに回送されてくるものは比較的穏当な部類なのだろうが、それでも、一読すると明らかに恋文と分かる手紙も少なくないのだ。

そうやって考えてみれば、目の前の響子や前田貴教のような存在は非常に稀だというのが分かる。こんなふうに読者と密接に関わる例はほとんどない。

ましてや、響子のような女性読者と親しくなるなどこれまで一度も経験したことがなかった。

それにしても、小雪を失ってからというもの女性にまったく興味を持てなくなった自分が、この高畠響子とはどういうわけか違和感なく付き合っているのも不思議と言えば不思議ではあった。もちろん彼女とのあいだに男女の交わりはないし、そんな気も毛頭ないのではあるが、そうだとしても響子が一人の女性であることに変わりはない。

初対面のときから吉見優香は奇想天外な発想をする娘だったが、その言葉にはしばしば真理を穿《うが》つ魔力が秘められていた。だからこそこちらも興味を惹かれたのだ。要するに優香はとびきり直感の鋭い女性だった。

響子を一目見て「奥様でいらっしゃいますか？」と口にするのは常識外れではあるが、そんなふうに見える何かを優香は自分たちのあいだに感じ取ったのかもしれない。

「ところで、例の今宮樹里の件はどうなってるの？」

こっちまで妙な気分にさせられそうで、響子に向かって話題を振って意識を逸らす。

「どうなってるも何も、もうめちゃめちゃなんですから」

3

途方に暮れたような口調になって響子が言った。

「めちゃめちゃって？」

「樹里の彼氏っていうのは有名な野球選手なんですけど、前にお話しした通り既婚者なんです。で、その奥さんっていうのが、昔、タレントをやっていて、あろうことかうちの事務所に在籍していたらしいんですよ。だもんだから、彼女が旦那と樹里との仲を知って事務所に怒鳴り込んできちゃったんです」

「ということは、事務所の誰かが彼女に密告したってこと？」

「さすが先生ですね。その通りなんです」

「それは誰なの？」

「社長の話だと、ずいぶん前に辞めた人で、その人がたまたま写真誌の記事がボツになったことをうちの後輩から聞き出して、それで奥さんに告げ口したっていうんですけど、私は、現役の事務所の人間だろうと睨んでいます。まだ誰だかは特定できていないんですけれど」

「で、前田君はどうしたわけ？」

「もちろん樹里を呼んで、あらためて別れるように強く言いました」

「それで」

「樹里もキレちゃって、事務所を辞めるって言い出して、そんなこんなで大事になっちゃって」

「で、どうなったの」

「社長もさすがに慌てて、ルナさんに頼んで樹里を説得して貰って、一応、樹里が社長に詫び状を書くことで一件落着ってことになったんです」

「じゃあ、樹里ちゃんは前田君に一筆入れて、野球選手とも別れたわけか」

「そんなはずないじゃないですか。いまもこっそり会ってるに決まってます」

「前田君は気づいてないわけ」

響子が首を横に振って小さなため息をつく。

「たぶん、ルナさんがいろいろ話しているんだと思います」

「前田君に？」

「社長と樹里の両方だろうけど」

「ということは、やっぱり前田君とルナさんはできてるんだ。前に訊いたときはそんなことはないって否定していたはずだけど……」

「すみません、あのときは本当のことが言えなくて」

響子が神妙な面持ちで小さく頭を下げた。

「そんなの別に構わないよ。しかし、そうだとすると問題は解決するどころかますますこじれてるってわけだ」

「そうですね。いずれ、またどこかのメディアに尻尾を摑まれちゃうと思います」

「だろうね。それに彼の奥さんだって黙っちゃいないだろう」

「たぶん」

「結局、樹里ちゃんは仕事より男ってわけか。最終的には事務所を辞めることになるような気がするね」

「かもしれません」

「そしたら、きみはどうするの？　また別のタレントに付くのかな」

「そのときは、私も辞めようかと思ってるんです」

「どうして？　別にきみが責任を取らなきゃいけないって話でもないじゃない」

「それはそうなんですけど……」

そこで響子は浮かない表情になった。

「どうしたの？　何か他に辞めたい理由でもあるの？」

「実は、先週三日ばかり大阪に戻って来たんです」

「というと」

「義父に病気が見つかってしまって」

「病気？」

「胃がんなんです。一応、手術はしたんですけど、主治医の先生の話だと予想以上にがんが広がっていて全部は取り切れなかったらしくて……」

「それは深刻な話だね」

「はい。あとは化学療法くらいしか手段がないらしいんですけど、義父が抗がん剤は絶対にやらないって言い張っていて……」

「で、医者は何て言ってるの」

「このままだと早くて半年、長くても一年だろうって」

「そのことはお義父さんも知っているの？」

「そこまではっきりとは伝えていませんが、本人も、もう長くないというのは察していると思います」

「なるほど。それできみも仕事を辞めて大阪に戻りたいってことか」

響子は頷く。

「母と二人で最後まで付き添ってあげようと思ってるんです」

「うーん」

水割りを一口飲んで、響子の目を見つめた。

「それはかえってお義父さんにはストレスなんじゃないかな。今後のきみたち母娘の関係を考えてみても、そういうことはしないに越したことはないね」

響子の瞳に怪訝な色が浮かぶ。

「そうでしょうか」

「死の床についた人間にしてみれば、長年連れ添った妻と、本当は深く愛している義理の娘とを絶えず天秤にかける事態は、それこそ感情の地獄だと思うよ」

「感情の地獄？」

「それはそうだろう。もう人生が残り少ないと決まって、本来、人間は思いのままに生きたいと願うものだ。しかし、遺していく妻や娘に取り返しのつかない亀裂を作ってしまうのも本意ではない。そうなると、お義父さんの感情はその二つの思いに挟まれて、にっちもさっちもいかなくなってくる。一方、きみの方だって現実にお義父さんの死が近づいてきたら自分自身がどうなってしまうか分からないはずだ。おかあさんにしてもその点は同様だろう」

響子は真剣な面持ちで聞いていた。

「じゃあ、私は何もしない方がいいということですか。このままずっと離れているべきだと」

「そうは言っていない」

よく見ると、響子の瞳にわずかに涙が滲んでいる。

「時の化石」の前で待ち合わせたとき、普段に増して機嫌が良さそうに見えたのはなぜだったのだろう。義父のもとに大手を振って帰れるというだけで、彼女にとっては喜びなのか?

「お義父さんがそういう状態にあるのであれば、もう時間的猶予はない。だとすれば、彼が実際どうしたいのか、きみやおかあさんにどうして欲しいのか、そこを包み隠さず話して貰うのが、きみが真っ先にやるべきことだろう。その上で、もしもきみと一緒に最期を迎えたいというのなら、彼自身がおかあさんと手を切って上京してくるべきだろうね。つまりは、きみの腕の中で死ぬと決めるんだ。仮に、そこまでの覚悟がないのであれば、大阪でおかあさんの腕の中で死ぬしかない。どちらにしろ、きみと母親を両天秤にかけるようなことは、きみたちのためにも、彼自身のためにも絶対にしない方がいいと僕は思うけどね」

「義父は何て言うでしょうか？」

「さあ、それはよく分からない。ただ、僕だったら東京へ行くことはしないと思うよ。それが大人の分別というものだからね」

「じゃあ、私は義父の最期も看取れないっていうことですか」

「もともとお義父さんと離れたくて東京に出てきたわけだろう。だとすれば、そんなことは当然だと思う。まして、上京して間もないこの時期に彼が不治の病に侵されたということは、それが運命だと受け止めるしかないんじゃないかな。むろん最後の決断は、きみではなくお義父さん自身がするしかないわけだけどね」

「そういうことなんでしょうか……」

呟くように言って、響子は黙り込んでしまう。

水割り片手にその様子を眺めているうちに次第に息苦しさを覚え始めた。いつぞや、響子から初めて義理の父親との関係を聞かされたときも似たような状態になった気がする。

——優香はまだ戻って来ないのか……。

居心地の悪さに腕時計の針を確かめると、彼女がいなくなって十五分程度しか経っていなかった。

「お義父さんの写真はないの？」

気分を紛らわせるつもりもあって、思わずそんな言葉を口にしていた。

以前、本人にも話したことだが、彼女と義理の父とのあいだに血の繋がりはない。二人の男を巡って実母と争うのは不謹慎ではあるが、血縁同士で交わるほど不道徳ではないだろう。

俯いていた響子が、顔を上げ、再び怪訝そうな表情になった。

「いや、どんな人なのかと思ってね」

横に置いていたバッグの中から響子がスマートフォンを取り出した。

画面とにらめっこしながら時間をかけて写真を選び出している。

その思い詰めたような顔を窺いながら、自分がなぜ写真を見たいと思ったのか、本当の理由が薄っすらと分かりかけていた。

「これが義父です」

とスマホを差し出してくる。

ぎっしりと本が詰まった書棚の前のソファにゆったりと腰掛け、笑みを浮かべている男の姿が写っていた。大きな瞳、鼻柱は太く、若い頃は相当の美男子だったに違いない。

「なんだかきみとよく似ているね、この人」

写真と目の前の響子とを見比べて言った。

「はい」

嬉しそうに頷く。

「一緒にいると、よく本当の親子と間違えられていました」

「穏やかそうで、頭も良さそうに見える。いい人のようだね」

「はい。とっても」

「おかあさんの写真はないの？」

「画面を右にスクロールしてくれれば出てくると思います。三人で写った写真もあるはずです」

「見ていいの」

「はい」

スマホを左手に持ち替えて右の人差し指で画面を送っていった。

義父の写真や母親の写真、家族三人の写真などが次々に出てくる。響子の母親はさほど娘と似ていない。三人一緒だと、母親の方がよほど他人に見えるくらいだった。

ふと、何かが頭の中に浮かんでくるのを感じた。

他人同士の顔がよく似ていて親子と見間違えられる。そんな場合は、実の親子よりもその二人の方がより強い結びつきを持っている。たとえば前世で彼らは本物の親子であったというような——といった俗説が世間ではしばしば語られるものだ。

そんなふうに連想しているうちに、頭に浮かんだ何かは明瞭な形を結ぶことなくいずこかへと消えていった。

もう一度、義父だけが写った最初の写真に画面を戻す。

「もしかしたら、僕の力でお義父さんの体内に残っているがん細胞をプラスチック化することができるかもしれない。ただ、そうすることでお義父さんの身に何が起きるかは予測がつかない。それでもいいのなら、この写真に向かって念じてみようと思うんだけど、どうかな?」

響子の義父が胃がんだと聞いた瞬間、

――治せるかもしれない。

と直感した。

写真が見たいと思わず口にしていたのはそのせいだったのだ。

響子は何も言わずにこちらを見ていた。

「消化器のがんだから、残っているがん細胞がプラスチック化したとしても口から吐き出すか、下から排泄できると思う。僕の肺がんでも何とか気道から吐き出せたわけだから、それよりはリスクは小さいんじゃないだろうか。これはあくまで直感というか感触でしかないんだけど、お義父さんのがんをプラスチック化することは、恐らく可能なんだと思う」

写真を見るほどにその〝感触〟が強くなっているのも事実だった。

「先生、ぜひお願いします」

響子は胸前で祈るように指を組み、しっかりとした声でそう言った。

「じゃあ、さっそくやってみるよ」

スマホの写真をあらためて見据え、それから目を閉じる。

そういえば彼の名前を聞いていなかったと気づく。そもそも「高畠」という苗字が彼のものなのかどうかさえ定かではなかった。

だが、そんなことはどうでもいい。

――この男の中にあるがん細胞よ、すべてプラスチック化してしまえ。

強く念じた。

4

響子の義父に思念を送り終えたあとで、例の成城の家についてあらかじめ考えておいた説明を響子に行った。

「そうですよね。あんなに広いエリアだと、もう少し何か手掛かりがないと見つけるのは難しいかもしれませんね」

タイミングがタイミングなだけに彼女はあっさり納得してくれた。

一緒に出向いた翌日、昼間にもう一度一人で探しに行ったが家は見つからなかったと嘘をついたのだ。

「土地建物の権利証なんかも、幾ら探しても出てこないしね。やっぱり妻が死んだときに成城の家も処分してしまったんじゃないかと思うんだよ」

権利証の類は、プラスチック化して開けられなくなったクローゼットやタンスの引き出しの中に眠っているに違いなかった。書棚の書籍がそうなっていたように、それらも丸ごとプラスチック化している可能性もある。

「あの寅凜という店のオーナーが生きてくれてさえいれば、住所もすぐに分かったんだろうけどね」

適当に言うと、

「もう一度、お店を訪ねて、娘さんに何か手掛かりがないか訊いてみてもいいかもしれませんね。おかあさまの遺品の中に住所録とか、そういうものがあるかもしれませんから」

すぐに響子が反応してきた。

「まあね。ただ、その前にグランマイオの母に確かめてみる手もあると思うんだ。すっかりボケているとはいえ、同じ成城の施設に入っているわけだし、何か憶えていることがあるかもしれない」

何とかはぐらかす。

「そういえばそうですね。それに、おかあさまを入所させるときに提出した書類に成城の住所や電話番号が書いてあるかもしれませんよ。当然、先生が保証人や緊急連絡先になっているはずですから」

「その点はグランマイオの担当者に確かめてみたけど、僕の住所は例によってK書店のものだし、電話番号は古い携帯の番号だったんだ」

「そうですか……」

実際は中曽根あけみに確認など入れていなかった。

だが、「グランマイオ成城学園」に提出した関係書類にK書店の執筆部屋の住所を記載したのはたぶん事実だろう。正式な書類には住民登録済みのその住所をいつも使っていたからだ。

そんなやりとりをしているところにようやく優香が戻って来た。

改めて時計を見れば、きっちり三十分が経っている。

それから二時間ばかり、優香を交えて愉快に飲んだ。

彼女はびっくりするほど昔のことをよく記憶していて、二人で飲み明かしていた頃のさまざまなエピソードを面白おかしく披露してくれた。その巧みな話術に響子だけでなくこっちまでつい惹き込まれてしまう。

かなりの誇張が含まれているとはいえ、当時、親子以上にも歳の離れた彼女に散々な迷惑をかけてしまったのは確かなようだ。

「一度なんて歌舞伎町の店を出たところで泥酔してた先生が狭い階段で足を踏み外しちゃって、前にいた私も体当たりを食らって、一緒に団子みたいになって下まで転げ落ちたこともあったのよ。あのときは、正直、死ぬかと思ったわよ」

「お二人とも怪我はなかったんですか」

「奇跡的に軽い打ち身程度で済んだのよね。でもあの階段落ちはマジでアクション映画並みだったと思うよ。先生、憶えてる?」

言われてみると、そんなこともあったような気がした。

「だけど、優香さん、よくそんな酔っ払いの相手をずっとして平気でしたね」

呆れたような口吻で響子が言うと、

「まあね。うちは母親も完璧なアル中だったから。先生はべろんべろんになっても手が出たりエロくなったりは絶対にしなかったしね。それに先生を仕事部屋まで送っていくと、必ずルミンが出迎えてくれてさ、先生を寝かしつけたあとでルミンと遊ぶのがあの頃の私にとっては唯一の慰めだったのよ」

この話は初耳だった。

「そうだったのか」

思わず聞き返すと、

「先生が大いびきをかいているあいだ、ルミンと二人で『うるさいオヤジだねえ』って言い合いながらまったりしてたんですよ」

おかしそうに優香が笑う。

「あいつは本当に気立てのいい猫だったからなあ」

「ルミン、やっぱりもういないんですね」

優香が笑みを消して言った。

「だいぶ前に死んだ。大往生だったよ」

「だから、私はルミンちゃんには会ったことがないんです」

響子が口を挟む。

「そうなんだ。あの頃はルミンが先生の支えだったのよね。そういう意味では、彼女は私にとっても戦友みたいなものだったのよ」

「ところで優香さん、先生がルミンちゃんをどうやって拾ったかご存じじゃありません？一度先生に訊いたら、憶えてないってはぐらかされてしまって」

そこで、響子は的を射た質問をした。

「え、なんで？」

優香が不思議そうにこちらを見る。

「いや、あんまり昔のことでよく憶えてなくてね。別に隠してるわけじゃないんだ」

「私には、子猫のときに親しい友人から譲って貰ったって言ってましたよ」

「そんなこと言ってた？」

「はい。友人の家に、ある日、母猫が子猫を連れてやってきて、その子を見たら自分ちで飼っている雄猫にそっくりだったんだそうです。これはきっと我が家の雄猫が産ませた子供に違いないと思って母子の面倒を見てたら、やがて子猫だけ置いて母猫はいなくなっちゃったらしいです。で、その話を友人から聞いた先生がたいそう感激して、子猫を引き取ったって聞きましたよ。それがルミンなんだって」

「そんなこと本当に言ったの？」

「いやだ。先生、憶えていないんですか」

小さく頷く。

正直、何一つ憶えていなかった。

「先生、その話をしたとき雄猫の名前も教えてくれたんですよ」

「雄猫の名前って、ルミンをくれた友人が飼っていた猫の名前?」

「そうです。ルミンのおとうさんの名前」

「何て名前?」

「虎太郎っていうんです」

「虎太郎?」

「はい。猫に虎太郎なんてすごく変わってるからいまでもはっきり憶えてるんです」

虎太郎……。どこかで聞いたことのある名前だと思う。


融通した百万円の使い道を優香が初めて教えてくれた。

彼女はその金で、新宿にあるアートスクールに通い始めたのだそうだ。

「じゃあ、僕と飲み歩いてるときも学校に通ってたの?」

彼氏に貢がせるか、せいぜいフリーターでもしているのだろうと当時は思っていただけに、この話には驚かざるを得ない。

「そうですよ。自慢じゃないけど、その学校だけは一日も休んだことないんですから」

「どうして言ってくれなかったの？」

「そんなの恥ずかしいじゃないですか」

響子は我々のやりとりを興味深そうに聞いていた。

小さいときから絵を描くのだけは得意だったので、イラストレーターになりたいと彼女は考えていたのだという。

「でも、学校に入ってみたら、みんな凄くて、とても自分なんかの画力じゃプロは無理だって思い知ったんです」

「それで、どうしたの？」

イラストレーターを目指していた彼女が、なぜこの店をやることになったのか？

「学校を出たあと、二年くらい麻布のデザイン事務所で働いたんですけど、全然芽も出ないし、体調も崩しちゃって辞めたんです。半年くらいぶらぶらして、友達の紹介で南青山のカフェで働くようになったんだけど、その店の店長が実家のある立川で自分の店を起ち上げるから来ないかって誘ってくれて」

「なるほど」

「で、立川の店を始めたら、これが大当たりしちゃって、いまじゃ立川、多摩周辺で七店舗も展開するカフェチェーンに成長したんです」

「何ていうお店なんですか？」

響子が訊ねる。

「カフェ・プラタナスっていうパンケーキとコーヒーのお店」

「それ、聞いたことあります」

感心したように響子が言う。

「で、そのオーナーの彼といろいろ話してたら、ずっと優香がやりたいって言ってたバーを渋谷で始めてみないかって持ちかけられて、それで今年の四月にこのお店をオープンしたってわけなんですよ」

「なるほど、それで『すずかけ』っていう店名にしたのか」

「そうなんです」

響子がピンとこない顔をしているので、

「すずかけっていうのは、プラタナスのことなんだよ」

と教える。

「そうなんですか」

合点がいった顔になった。

「じゃあ、そのオーナーがいまの優香の彼氏ってこと？」

「違いますよ。彼、新庄さんっていうんですけどバリバリのゲイですから」

「そうか」

優香が嘘をついているようにも思えなかった。

「優香の香を花に替えたのは何か理由があるの？」

「それは単純に字画の問題です。これこれこういうお店を今度開くんだけどって姓名判断をやってる友達に相談したら、香を花にした方がうまくいくよって言われたんです」

そうした会話を優香と交わしながらも、頭の隅ではさきほど耳にした「虎太郎」のことがずっと引っかかっていた。

虎太郎とは一体誰のことだったろう？

「すずかけ」を出たのは午後十一時を少し回った頃おいだった。

道玄坂小路は相変わらずの混雑ぶりだ。

例によって水割り二杯程度で済ませたが、響子の方はかなり飲んでいた。優香がいらないと言い張った勘定はむろん支払った。

「ごちそうさまでした」

響子がお辞儀をする。いつも通り、顔色ひとつ変わっていない。

「お義父さんに何か変化があったら、そのときは連絡を頼むよ」

「もちろんです」

義父の心配に加え、今夜は初対面の相手との長話で、さぞや気疲れしたに違いない。そういう疲れを顔にも態度にもまったく見せないのが響子の長所でもあり短所でもあろう。

「すずかけがプラタナスのことだって初めて知りました」

彼女の何気ない一言に、ふっと時間が止まったような気がした。

歩みを止め、周囲を見回す。

――ここは一体どこだ？

人々の喧騒と店々の明かりに満ち溢れた狭い通りを、いま自分たちは来た方向とは逆へと進んでいた。

――ここは道玄坂小路だ。文化村通りへと向かっている。

「すずかけ」の銀色の扉を引く前に浮かんできたイメージが再び舞い戻ってきていた。

白いドア。

木目の浮いたがっしりとした感じの大きなカウンター。

席はカウンターだけだが、意外なことに酒棚は一面ガラス張りで、大量のワインボトルとワイングラスが納まっている……。

そして、そのカウンターの向こうには懐かしい人の姿が見えた。

大きな瞳、長くさらさらとした髪、上背はあるがほっそりとした身体。普段は滅多につけない口紅を、店にいるときだけはその薄い唇にいつもしっかりと塗っていた。

この十年近く、会いたくて会いたくて、どうしようもないほどに会いたかった人。

この世でたった一人、こんな自分を心から愛してくれた人。

小雪だった。

やがて、右側に建つ細長いビルが視界の中でくっきりと際立つのを感じた。

そのビルの正面まで十メートルほど移動する。泥酔したときとも違う奇妙な浮遊感が足元にまとわりついている。

変哲もない五階建てのビルだが、壁の色は煤《すす》け、お世辞にも新しいとは言えない。一階と二階とのあいだの外壁に取り付けられた袖看板を見れば、各階が飲食店で埋まる典型的な飲食ビルだと分かる。

その三階に目をやった。

すべての窓に全国チェーンの居酒屋の名前を記したカッティングシートが貼り付けられていた。フロア全体がその居酒屋で占められているのだろう。

だが、小雪がやっていた小さなワインバーは間違いなく、あの三階の一角にあった……。

開業資金を融通してくれたのは原田石舟斎だった。

原田が亡くなったことで、借り受けた金額の半分以上が返済できぬままになってしまった。彼には誰一人身寄りらしき者がいなかったのだ。葬儀のときに参列したのも、「原田視力研究所」のかつてのスタッフたちと原田の亡き親友の妻、川添凜子《りんこ》くらいのものだった。

喪主は、実の娘のように可愛がられていた小雪が務めたのである。

店は、小雪が作るイタリア風の小皿料理が評判を呼び、開店当初から大流行りだった。席数こそ少なかったが、夫婦二人が暮らしていくには充分の売上が立った。この店のおかげで、つまりは原田と小雪の尽力のおかげで長年の生活の辛苦から何とか抜け出すことができたのだった。

肝臓にがんが見つかり、療養に専念せざるを得なくなったところで、原田は研究所を畳んで小雪たち従業員にそれなりの退職金を支払った。だが、その後も何くれとなく世話を受けることになった小雪の行く末については特段の危惧を抱いていたのだろう。病が昂じてきた時点で、彼は我々夫婦がこの先も路頭に迷うことのないように一計を案じたのだった。

5

ある日、原田に呼ばれて小雪と共に病室を訪ねると、何度かすれ違ったことのある川添凜子を正式に紹介された。そして原田は、凜子が渋谷の道玄坂小路でやっている小さなスナックを二人で引き継がないかと提案してきたのだ。

古いビルの前に立ち尽くしたまま、さまざまな記憶がよみがえってくるのを感じていた。この小路に足を踏み入れた途端、懐かしさが込み上げてきたのは当たり前だった。ここは小雪と二人で何年ものあいだ通い続けた思い出の路地なのだから。

原田視力研究所を辞めたあと小雪が店を始めたこと、彼女の稼ぎで作家デビューまでの数年間をどうにか食いつないだこと、店の開業資金を原田が無利子無担保で融資してくれたことなどはかろうじて憶えていたものの、そうした事実の背後にある込み入った事情についてはいつの間にかすっかり忘れ果ててしまっていた。

失くしていた記憶が徐々に戻ってきている。

なぜ、自分はそれらを忘れてしまったのか？

なぜ、いまこうして不意に思い出しているのか？

「先生……」

不安気な声が聞こえ、ふと我に返る。

「大丈夫ですか？」

心配そうにこちらを見つめる美しい人がいた。

また大事なことを忘れていた。

どうして、彼女とだけは抵抗感なく付き合うことができるのか？

どうして、彼女の存在だけは、わが心の中に住む〝小雪〟が許容してくれるのか？

それは、目の前の人が小雪ととてもよく似ているからだ。

吉見優香が道玄坂に店を開いたと知らせてきたとき、なぜ、すぐにこの人と一緒に訪ねようと思ったのか、その理由がいまようやく分かった気がした。

いかなることにも必然は存在するのだ。

それは、姫野伸昌という作家が長年にわたって書き続けてきたことでもある。

「大丈夫だよ」

そう答えて、再度、ビルの方を見やる。

「ちょっとここの三階に上がってみたいんだが……」

響子は何かを察したのか、

「じゃあ、行ってみましょう」

と頷くと、ビルの入口の方へと近づいて行った。追いかけるような形で後ろに続く。

狭いエレベーターで三階に上がる。扉が開いた目の前が店の入口だった。朱色の暖簾《のれん》のかかったドアは半分開いたままになっている。式台があって大きな下足箱が設置されていた。三和土《たたき》には幾組ものサンダルが並べられている。

右は非常階段の出入口だったが、左は奥まで廊下が延びていた。突き当たりにトイレの案内板が見える。間口の印象とは違って意外に奥行きのあるビルのようだった。

暖簾はくぐらずに細長い廊下を先に進む。造作は完全に変わっていても廊下のたたずまいはそれほど変わっていなかった。真ん中あたりで立ち止まった。

いまは灰色の壁になっているこの場所にあの白いドアがあった。

ドアを開けると木目の浮いた大きなカウンターが右手に据えられ、カウンターの向こうにはいつも小雪が立っていた。

結局、自分が店を手伝うことはなかった。

店に顔を出すのはいつも閉店間際だった。寒い日、雨の日は必ず小雪を迎えにいった。暑い夜も風の心地良い宵も、やはり小雪を迎えにここへと通った。最後の客を見送り、汚れた食器を洗い、店の掃除を済ませてから二人で白いドアの錠を下ろした。

思い出した。

この店を始めてほどなく木場のマンションを引き払い、代官山のマンションに引っ越したのだ。小雪を失ったあと、代官山に仕事場を借りたのは、デビュー前の最も充実していた時期への憧景のゆえだったのだろう。小雪との思い出が籠った成城の家を捨てて東中野へと居を移したのと同じように、過去にすがって代官山に仕事場を借りたのだった。

「この場所で、妻が小さなワインバーをやっていたんだ」

響子に告げる。

「ワインバー？」

「そう。作家になる前の数年、この店の売上で僕たちは生活してたんだよ」

「そうだったんですか」

「もとは川添さんという人がここでスナックを営んでいてね。彼女が仕事替えするから誰かに店を譲りたいというんで、僕たちが居ぬきで借りることになったんだ。内装を変えてワインバーにしたんだが、妻は料理が得意でね、まだタパスなんて言葉が流行る前に洋風の小皿料理をたくさん作って客に提供したら、またたく間に店は大繁盛するようになった」

廊下は薄暗く、居酒屋からは酔客の騒ぎ声が洩れている。それでも頭の中は霧が晴れたようにスカッとしていた。

「妻はずっと、南青山にある『原田視力研究所』という視力回復センターで視能訓練士をやっていたんだけど、そこの所長が病気になってしまってセンターを畳んだんだ。その所長の伝手でこの場所を見つけて、ワインバーを始めたってわけさ」

こうして響子に話しているうちに次々と記憶が戻ってくる。

同時に、いかに自分が種々の記憶を取り違えたり、捻じ曲げたり、すり替えたりしていたかを改めて痛感させられていた。

――一体どのような意図があって、ここまでの記憶の操作を行ってしまったのか？

我ながら唖然とした心地にもなっていた。

「オーナーの川添さんは、所長が医学生だった頃の親友の奥さんでね。親友が若くして亡くなってから、所長は奥さんのいろんな相談に乗っていたらしいんだよ。彼女の父親は所長たちが通った大学のドイツ語の先生で、親友はいわば恩師のお嬢さんをお嫁さんにしたんだ。夫に先立たれた奥さんは、一人娘を抱えて、この店を開いて自活することになったんだけど、娘もだんだん大きくなってきて、結局、店を畳んで別の商売を始めることにしたんだよ。それで、所長が彼女のかわりに空いた店をやってみないかって僕たちを誘ってくれたわけ。もちろん、オーナーである奥さんに家賃を支払って店舗を借りるって話だったんだけどね」

喋りながら、さらにいろんなことが脳裏に浮かび上がってくる。

川添凛子とは原田の病室で何度か顔を合わせていた。勝気でとっつきにくい感じの女性に見えたが、店を借り受けることが決まって本格的な付き合いが始まってみると、気風のいい、頼りがいのある女性だった。女学生の頃は父親の熊田《くまだ》教授も頭を抱えるほどぶっとんでいたらしく、渋谷は彼女にとっては少女期からのホームグラウンドだったようだ。そもそも寡婦になって、一度も経験のない水商売に手を染めるという発想が変わっている。

彼女は独特の感性の持ち主で、そのあたりはさきほど久しぶりに再会した吉見優香と似たタイプと言っていいのかもしれない。

そうだった。

川添凜子の父親が「熊田泰男《やすお》」だったのだ。

原田石舟斎（信夫）の親友「川添」氏が研修医時代に結婚した相手が、「熊田泰男」の娘「熊田凜子」だったのである。


〈「所長の本名は原田信夫っていうの。医学生だったときにドイツ語の先生がいらして、その人は熊田泰男って名前だったらしいんだけど、その先生が、どうして自分はこんな平凡な名前なのかって子供の頃からずっと嫌だったたって話をしてくれて、だから自分の一人息子の名前はとらたろうにしたっておっしゃったそうなの」

「とらたろう？」

「そう。タイガーの虎の虎太郎」

「熊田虎太郎か。そりゃすごいね」

「でしょう。でね、先生も信夫っていう本名はもうやめて、誰でもへぇーって思うような名前を名乗ることにしたんだって」〉

「虎太郎」という名前は熊田泰男の一人息子の名前だったはずだ。それがなぜ、川添凜子の飼っている雄猫の名前になってしまったのか？

　実は、件の小雪とのやりとりもまた、いつの間にか自分の頭の中で微妙に改変されてしまっていたのだ。

「父は男の子が生まれたら虎太郎って名前にしようとずっと思ってたのよ。だけど、生まれてきたのは望んでいなかった女の子、つまり私だったってわけ。だから私が妊娠したとき、男の子だったら今度こそ虎太郎にするって意気込んでたんだけど、また女の子だったでしょう。あげく川添は早くに亡くなって、次の子が生まれる可能性もなくなっちゃったし。だから、この雄猫を拾ったときに、父の長年の願望を成就してあげるつもりで虎太郎って名前にしたのよ。そしたら、父ったら心外な顔をするどころか虎太郎のことが大のお気に入りになっちゃって、家に来るときは孫娘にじゃなくてこの虎ちゃんに会いにきてたのよね。私もたいがい変わった性格だって自分でも思うけど、考えてみれば、うちの父も本当にヘンな人だったわね」

　成城にあった川添凜子の家まで子猫のルミンを引き取りに行ったとき、凜子は冗談交じりにそう話してくれたのだった。

　彼女は店を小雪に譲ったあともいろんな商売に手を出していた。どれもそこそこうまくいっていたようだが、飽きっぽい性分なのか何年かすると商売替えしてしまうのだった。その凜子が最後に行き着いたのが犬猫専門のペット用品の店だったのだ。

　自宅のある成城学園の駅前に店舗を借りて、彼女は手作りのペット用品の販売を始めたのである。

店の名前は愛猫である「虎太郎」と「凜子」の名前から一文字ずつ取って「寅凜」とした。「虎」を「寅」にしたのは、単純に字画の問題だったようだ。

吉見優香が「優香」を「優花」に変えたのと同じ理由だったわけだ。


小雪の店が入っていたビルを出ると、道玄坂小路を抜け、文化村通りにあったカフェに入った。

二人ともコーヒーを注文する。時刻は零時になろうとするところだが、カフェは客でいっぱいだ。

「じゃあ、寅凜にいた女性は、その川添凜子さんの一人娘だったんですね」

「そういうことになるね」

「だったら先生や奥様も、あの女性に会ったことがあるんじゃないですか」

「たぶんね。ただ、それにしたってずいぶん昔のことだろう。だから、よく分からなかったんだと思うよ」

「でも、先生たちが成城に家を構えたのは、川添さんとのご縁があったからじゃないですか」

「かもしれないね」

「とすると、あの女性も先生ご夫妻のことをもっとよく知っていたのかもしれない」

「それはどうだろうね。何しろ、だいぶ時間も経っているし、当時はまだ彼女も小さかったに違いないからね」

「本当は詳しく知っていたのにあのときは黙っていたのかもしれませんね」

「うーん」

にわかに取り戻し始めた過去の記憶を、この際、思い出せるだけ思い出しておきたい。そのためにも響子と離れたくなかったし、とめどなくこぼれ出てくる〝真実の記憶〟を響子の脳内にも保存しておいて欲しかった。

自分一人だと、いつ何時、それらを失ったり、歪曲してしまったりするか知れたものではないのだ。

「彼女の名前は何だったか……」

届いたコーヒーを一口する。口内に広がる苦みが意識を鮮明にしてくれる気がした。

「彼女って？」

響子が訝しそうにした。

矢継ぎ早にたくさんの事実を耳にして、響子は多少困惑しているようにも見える。そんな心もとなげな表情が尚更に小雪を彷彿させる。

「あのペット用品の店にいた女性の名前だよ。彼女が川添さんの娘なら名前くらい知らないはずがないと思うんだ」

「たしかにそうかも」

それにしても川添凜子が「川添」という苗字だというのも奇妙ではあった。自分にとって「川添」と言えば、失踪した「川添晴明」以外にいないはずではなかったか。

「晴子……」

無意識に名前が口をついて出ていた。

「晴子、だった気がする。日本晴れの晴に子供の子で晴子」

「川添晴子さん、ですか？」

苗字だけでなく、「晴」という文字まで川添と同じだというのか？

自分で口にしておきながら、そんな偶然があるはずがないと思う。しかし、彼女の名前は確かに「川添晴子」だった。

というのも、熊田教授の一人娘と結婚した川添氏の下の名前を同時に思い出したからだった。

彼の名前は、「川添晴久」。

「晴子」は、その父親の名前から一文字を貰って名付けられたのだ。

――川添晴久は、川添晴明の父親の名前ではないのか……。

だが、こうして明瞭に記憶を取り戻してみれば、川添晴久は原田石舟斎（信夫）の医学生時代の親友であり、熊田凜子の夫に間違いなかった。

原田の親友の名前と自分の親友の父親の名前とがまったく同じなどという偶然はますま

すもってあり得るはずもなかった。

川添晴久、川添凜子、川添晴子という一家は実在していた。

そのことはいまや確信をもって断言することができる。

一度、改変、歪曲されてしまった記憶を正しい筋道に沿って修正したのだ。そうやって回復された記憶が間違っている可能性は非常に低いだろう。


——原田信夫の親友、川添晴久がドイツ語教師の熊田泰男の長女である熊田凜子と結婚し、一人娘の晴子をもうけたあと急逝した。若くして未亡人となった親友の妻を原田は物心両面で支援し、凜子は渋谷の道玄坂小路に小さなスナックを出して娘との生計を賄う。だが、晴子が成長するにつれて夜の仕事には不都合が多くなり、凜子は商売替えを図ろうと原田に相談。それならば自分の親しい夫婦に店を任せて賃料を貰えばいいと勧め、原田は我々にその話を持ち込んできた。開業資金は用意するからと強く誘ってきたのだ。

そうやって小雪はワインバーを始め、店は彼女の料理の腕前のおかげもあって繁盛する。一方、川添凜子の方はその後いろいろな商売に手を染めるが、雄猫の虎太郎（虎太郎はもとは凜子の父の泰男が我が息子に付けようと考えていた名前だった）を拾って飼い始めたことをきっかけにペット用品の製造販売を成城で始める。店の名前は虎太郎と自分の名前から一文字ずつ取って「寅凜」とした。

凜子たちの住んでいた成城学園の一軒家の庭に雌猫が置いていった虎太郎そっくりの子

猫がルミンで、自分たち夫婦はその話を聞きつけて、凜子からルミンを譲り受けることにしたのだった。

やがて作家デビューを果たし、十分な原稿料収入を得るようになると小雪はワインバーをやめて家事に専念するようになった。道玄坂に通うために借りていた代官山のマンションを引き払い、凜子の住む同じ成城に家を買って、ルミンと一緒に引っ越したのだ。それからも凜子との付き合いは続くことになった……。


一連の事実経過に不自然な箇所は見当たらない。

だとすれば、これが回復された真正の記憶なのだろう。実感としても疑う余地はない気がした。それよりも、川添晴明にまつわる記憶の方がはるかに不透明感が強い。何といっても肝腎の川添がアメリカで失踪してしまったという〝事実〟がそもそも奇怪だった。あげく、川添の父・晴久の愛人だった本村千鶴は母の塔子だったのだ。小雪の母親が一体どんな人であったのか、いまやまったく分からなくなっていた。

「千鶴」という名前にも疑いがある。

千鶴というのは海老沢龍吾郎が道玄坂でやらせていたバー「シエル」のママの名前だったからだ。高校時代から川添と共にずいぶん世話になった相手と同じ名前であれば、「千鶴」というママの名前を忘れるはずがない。しかし、実際は海老沢のお別れの会でかつての上司、石坂禄郎に教えられるまですっかりそのことを忘れていたのだった。

そう考えると、忘れていたのではなく、「千鶴」というママの名前を小雪の母親の名前とすり替えてしまっていた可能性も出てくる。ちょうど、小雪の母親の顔と実の母である塔子の顔とをすり替えていたように。そして、小雪の母親の本当の顔を幾ら思い出そうとしても思い出せないのと同様に、彼女の本当の名前も思い出せなくなっているのではあるまいか。

「若いときに仕事のストレスで急に視力が低下してね。知人に教えられて、原田さんがやっている視力研究所を訪ねたんだ。そこにいたのが妻だった。彼女は僕の高校時代の親友の妹だから顔見知りだったんだが、そのとき八年ぶりくらいで再会したんだよ。妻と一緒になって、所長の原田さんとも親しくなった。というか原田さんは妻のことをとても気に入っていて、娘同様に思ってくれていたんだ。何しろ妻には身寄りが誰もいなかったからね。そんなところも自分と似ていると感じて、彼は妻に目をかけてくれたんだと思う」

こうして話していると、

「所長、なんで死んじゃったのかなあ……」

と呟いている小雪の姿が瞼の裏に浮かんでくる。

「それで先生の視力はどうなったんですか？」

不意に響子が訊いてきた。一瞬、質問の意味が分からない。

「というと？」

「低下していた視力は回復したんですか？」

なぜだか、響子はやけに真剣な眼差しになっている。

「ああ。所長の考案した目の体操を続けていたらいつの間にかすっかり元通りになっていたんだよ」

「そうだったんですか……」

響子が思案気な様子になる。

「何か気になるの？」

「いえ、そういうわけじゃないんですけど」

しばし、二人のあいだに沈黙が流れた。コーヒーカップは両方ともすでに空になっている。

「またコーヒーでいい？」

と訊ねると響子が頷く。

ウエイターを呼んでおかわりを注文した。

「僕たち夫婦は、原田さんには本当に世話になったんだ。店の開業資金も出して貰ったし、それだけじゃなくて、僕のデビュー作も原田さんの体験談が基になってるんだよ」

響子が驚いたような顔を作る。

「デビュー作って、『僕たちは森の狼の喜びを知らない』のことですか？」

「そう」

「じゃあ、江副《えぞえ》義明のモデルって、その原田所長の亡くなった親友のことだったんですね」

　彼女が思わぬことを言った。

「どうして?」

　あの小説は原田が医学生だった頃に体験した出来事を下敷きに書いたものだった。主人公の江副義明は東北にある大学の医学部に通う学生という設定であった。

「だって名前が似ているじゃないですか。江副義明と川添晴久。江副と川添、義明と晴久、何となく似ているでしょう?」

「そういえばそうかな」

　意外な着眼点だ。意識のスクリーンにそれぞれの名前を並べてみる。

　確かに、読みが似ている「江副」と「川添」だけでなく、晴久の「晴」と義明の「明」も字義が似通っていると言えなくもない。

　だが、それより何より、そうやって「江副義明」と「川添晴久」が似ているというのであれば、「江副義明」と「川添晴明」は明らかに酷似しているということだ。

　たったいま響子に指摘されるまで、二つの名前をそんなふうに対比したことは一度もなかった。

　二杯目のコーヒーが届く。

　――ひょっとすると……。

　カップを持ち上げたまま思う。

ひょっとすると「川添晴明」という名前は、原田の親友「川添晴久」とデビュー作の主人公「江副義明」を掛け合わせて作り上げた架空のものなのではないか？　そして、名前だけでなく、川添晴明という人物自体が架空の存在だったのではないか？　彼は最初から存在しない人間だからこそ、アメリカで失踪したことになっているのではないか？

もしも、それが真相であれば、川添晴明だけでなく、もうひとりの川添晴久も川添秋代も川添秋久も本村千鶴もすべて自分がでっち上げた架空の人物たちだったことになる。

次第に頭が混乱してくるのを感じた。

——だが仮に、兄である晴明も、父親である晴久も母親である千鶴も架空の人物だとすれば、その妹であり娘であるはずの小雪もまた架空の人物ということになってしまうのではないか……。

以前も頭をもたげた不気味な推測が真実味を増して迫ってくる。

「先生」

響子の呼びかけにまたもや我に返った。

「すまない。いろんなことを急に思い出してちょっと頭がこんがらがってしまった」

響子は薄い笑みを浮かべてこちらを見ている。

「ところでなんですが」

少し身を乗り出してきた。

「奥様がやってらっしゃったそのワインバーって、何という名前のお店だったんですか？」

これまた盲点をつかれるような質問だった。

なるほど、あの古いビルの三階にあったワインバーには当然名前があったはずだ。今夜訪ねた「すずかけ」と同じように、何か謂われのある店名を自分なり小雪なりがつけたに違いない。

「店の名前か……」

それも定かでないとなれば、小雪の存在自体をますます疑うべきであろう。

手にしたままだったカップから一口コーヒーをすすった。口の中に苦みが広がっていく。

――名前は何だったろう？　どことなくだが「すずかけ」と似ていたような気がする。

「すずかけ」同様、店の雰囲気といささかそぐわぬ古風な名前……。

不意に脳裏にひらがな三文字が浮かんできた。

「さつき」

カップをテーブルに戻して、声に出す。

「さつき？」

目の前の響子が怪訝そうに問い返してきた。

「そう。間違いない。ひらがなで『さつき』だ」

「なんだかワインバーっぽくない名前ですね」

その通りだった。開店したときから多くの人に必ずそう言われた。それでも小雪はどうしても『さつき』にしたかったのだ。

「なぜ『さつき』にしたんですか?」

響子が真っ直ぐに訊いてくる。

「妻がつけたんだ」

とりあえず返しながら、なぜ「さつき」だったのか、と自問する。響子も口の中で「さつき」と小さく何度も呟いていた。

その口許を見つめながら、今夜、こんなふうに急激に記憶を回復することになったきっかけは一体何だったのかと思う。

「すずかけ」を出て道玄坂小路を歩いているとき、響子が何気ない口調で「すずかけがプラタナスのことだって初めて知りました」と言った。彼女がそう言った瞬間、すべての時間が止まったような気がしたのである。

——すずかけがプラタナスだとすれば、さつきとは五月のことだ。五月という店を最近どこかで見かけたのではないか?

そのとき、響子の姿にまるで重なるようにすうっと一人の女性の姿が脳裏に浮かび上がってきたのだった。

背が高く長い髪はさらさらで、目がものすごく大きな日本人離れした容貌の女性。彼女の営んでいたバーの名前が「五月」ではなかったか。

Ｍａｇｇｉｏ——Ｍａｇｇｉｏとはイタリア語で「五月」という意味なのだ。

なぜ小雪は、有村鈴音の店と同じ名前を自分の店につけたのだろう?

小雪と有村鈴音とのあいだにはどのような関わりがあるというのだろう？

それとも、これはただの偶然に過ぎないのか。

いや、そうではない。

いかなることにも必然は存在する。

「さつきというのはね……」

無意識のうちに言葉が口から溢れ出てくる。

響子が不思議そうにこちらを見ていた。

「妻が子供の頃にね、おかあさんと二人で住んでいたアパートの名前なんだよ。福岡市の大橋という町にある年季の入った大きな二階建てのアパートでね。郵便局と平屋の古めかしい眼科医院とのあいだの細い路地を入った、その奥に建っていたんだ。その『さつき荘』という名前のアパートの入口のところで、まだ小学生だった妻とね、僕は初めて出会ったんだよ」

なぜだろう。両方の瞳から涙が滲んでいた。

第三部　急

第九章　小雪とはいったい誰なのか

1

高畠響子から電話があったのは、クリスマスイブ前日の十二月二十三日金曜日のことだった。

二人で道玄坂の「すずかけ」を訪ねた後、二度ほど高田馬場の部屋で一緒に飲んだが、それにしても十月の終わりが最後で、そののちはもう彼女の姿を直接見ることも、声を聞くこともなくなっていた。

久方ぶりの連絡だった。

最後になった十月末の晩、響子は、今宮樹里の大騒動でひどく疲弊していた。彼女にしてはめずらしく騒動の内幕を洗いざらいぶちまけ、深夜までワインやウィスキーを飲み流し、ついにはべろんべろんになってタクシーで引き揚げていったのだった。

翌日もお礼の電話やメール一本入らず、体調を崩したか、ないしはあの様子からして衝動的に会社を辞めて大阪に帰ってしまったのではないかと気を揉んでいたところ、月が変わって二週間ほど経った頃に、偶然つけたテレビ画面の中に彼女を見つけてびっくり仰天した。

番組はベテランのお笑い芸人が司会を務める人気のスタジオトークショーで、響子は、ゲストで呼ばれた俳優やモデル、レギュラーメンバーのタレントや芸人たちに混じってひな壇の一番隅に座っていた。

新しく担当になったモデルのマネージャーとして付き添って来たのかと最初は思ったが、それにしても出演者たちが座る席の一角に陣取って、あげくカメラに拾われた顔がときどきテレビに映るというのはどう見ても不可解だった。

怪訝な気分で画面の端の彼女の姿を追いかけていると、しばらくして司会者が響子に向かって話題を振った。

お題は「最近、一番腹が立ったこと」というものであったが、件の司会者は、

「ほな、響子ちゃん。あんたの場合は、そらもう一番腹が立ったと言えばあのことしかあらへんわな」

と水を向けたのだ。

「響子ちゃん」という司会者の呼び声を耳にして、響子は付き添いなどではなく彼女自身がゲストの一人として番組に呼ばれたのだとようやく腑に落ちた。

途中から観たので、響子が冒頭でどのように紹介されたのかは分からなかったが、司会者の話の持ちかけ方から察するに、彼女はやはり今宮樹里の元マネージャーという立場で出演しているのだろう。

「そうですね」

響子ははっきりとした声で答え、司会者の方を見据える。

その容姿は周りに並んでいる女性タレントや人気モデルと比較しても遜色ないどころか上をいっている印象で、彫りが深く男性的な目鼻立ちは、明らかにカメラ映えするルックスだった。

「やっぱり彼女のことが一番腹立ってるやろね」

結局、今宮樹里は事務所の意向を一切無視して妻子持ちの野球選手との同棲に踏み切り、挙句、とあるイベント会場で突然、不倫相手との入籍と自らの妊娠を発表してしまったのだった。

相手の選手が球界屈指のスタープレイヤーだったこともあり、樹里の電撃入籍と妊娠はスポーツ紙、芸能誌のみならず一般週刊誌まで巻き込んだ激しい報道合戦へと発展し、当事者である樹里と選手が積極的に取材に応じるという挙に出たために所属事務所のエム・フレールや社長の前田貴教、それに、かつてエム・フレール所属の売れっ子モデルだった選手の元妻・阿戸宮《あとみや》サキコはメディアの恰好の餌食となってしまったのだ。

前田たちが猛烈な批判を浴び、樹里たちが一気に株を上げた理由は単純だった。

阿戸宮サキコと選手とのあいだに生まれた男児が、実は選手の子供ではなく前田の実子であるという事実を樹里たちが逸早く暴露したのである。

この爆弾証言が載った週刊誌が発売されたのが、一緒に道玄坂の優香の店を訪ねた十日後くらいで、それから二週間近くが経って高田馬場にやって来た響子が疲労を滲ませた顔で喋ったのはいまだに続く大騒動の裏側だった。

「いや、違いますね」

司会者の問いかけを画面の中の響子はきっぱりと否定してみせる。

「なんや、違うんかいな」

「私が一番頭にきてるのはうちの社長の前田のことですね。彼がまさかあんなことをしてたなんて思いもしなかったんで」

この響子の一言で、スタジオの空気が凍りついたのがはっきりと分かった。アップになった司会者も絶句している。

「ほな、いま毎週週刊誌でぎょうさん書かれてることはほんまなんや？」

思い切りつばを飲み込んだ司会者が、気持ちを立て直すかのような口調で響子に質問する。その感じからして、台本とは異なる発言を響子がしたのは明らかだった。

「そうですね。週刊誌に書かれていることはおおむね本当ですね。ぶっちゃけ、樹里ちゃんが言ってることは一個を除いて全部本当だと思います」

響子が「樹里」という名前を口にしたことで、スタジオ内は一転、騒然とした雰囲気になる。

「そうなんやー」

司会者は腕組みをして前段の出演者たちへと目配せした。生放送なのでこれからどうやって事態を収拾していけばいいのか考える時間が欲しいのだろう。

「一個って何なのよ」

目線を受け取ったレギュラーメンバーのオネエタレントが、響子の方へ顔を向けて質問を発する。響子がきょとんとした目になって彼女を見返した。

「さっき、あなた、一個を除いてあの子が話してることは全部本当だって言ったじゃない」

「ああ……」

響子はなんだそんなことかという顔になって、

「うちの前田がいまでも現役のやくざだっていうのは樹里ちゃんの完全な勘違いだと思います」

きっぱりと言ってのけたのだった。

それからも響子は二週間前に酔っ払って喋ったような事件の舞台裏をじゃんじゃんバラし、各紙誌で毎週書かれている前田や阿戸宮の前歴や評判の一々を肯定したり修正したりしていった。のっけは固唾《かたず》を飲んで聞いているだけだった共演者たちも次第に彼女の率直な話しぶりに乗っかり始め、やがて我先にと細かな質問を口にする展開となった。

響子は一貫して今宮樹里を弁護し、返す刀で社長である前田のことを非難した。

週刊誌の記事でさんざん書かれている通り、前田がいかに横暴でわがままで自分勝手な男かを実例を挙げながら語り、ついには、

「そうは言っても私は一従業員だから我慢できますけど、社長のこんなスキャンダルに巻き込まれてしまって、正直なところルナさんは堪忍袋の緒が切れちゃってると思いますよ」

と、かねて取り沙汰されている前田と新藤ルナとの関係まで暗に認めてみせたのだ。

司会者もさすがにベテランだけあって次第に舌が回るようになり、歯に衣着せぬ口調の響子に巧みに突っ込みを入れつつ、他の出演者の所属事務所の社長ネタもそれぞれから引き出して、番組終了直前には、

「お前、今日でもう事務所クビやろ。間違いないわ。骨はわしが拾うたる」

と言い放つ余裕を見せていた。そして、響子はと言えば、

「ああ、すっきりした」

と呟いて、カメラに向かって笑顔で小さく手を振るほどの落ち着きぶりだったのだ。

もちろん、この番組の反響は大きかった。翌日のスポーツ紙やワイドショーは響子の発言を大々的に報じ、前田と阿戸宮サキコはさらなる批判にさらされる羽目に陥った。

前田はそれでもメディアの前に姿を見せて釈明を行うことはなかったが、阿戸宮サキコは記者会見を開いて離婚に至る経緯を語り、その一方で、我が子が前田の子であるという疑惑についてははっきりと否定してみせたのだった。

そして、高畠響子はこの番組をきっかけに、それこそ今宮樹里と入れ替わるような形で次々と各局のバラエティ番組に出演するようになっていったのだ。

いまや響子の顔をテレビで見ない日はないくらいで、その意味で、直接姿を見たり声を聞いたりはしていないものの久々に彼女から電話が来たときもさほど間が空いているような印象はなかったのだった。

「すっかりご無沙汰してしまって本当に申し訳ありません」

と響子は言った。

「なんだか不思議な成り行きになってるみたいだね」

「お恥ずかしい限りです。社長にどうしてもと頭を下げられてしまって」

響子は照れくさそうな声になっていた。

「マネージャーの私が樹里のことをちゃんと見ていなかったのも事実なので、断るわけにもいかなかったんです」

「やっぱりそういうことだったのか……」

「はい」

樹里の爆弾証言で窮地に立たされた前田が苦し紛れの最後の反撃手段として響子を使ったのはほぼ間違いのないところだろうと推測していた。

前田にとって最も痛かったのは、彼がいまだに暴力組織との繋がりを維持し、その力を背景に芸能界で幅を利かせているという報道だったに違いない。

今宮樹里の造反や阿戸宮サキコとの醜聞などは前田のような男にとっては痛くも痒くもなかろうが、暴力組織の一員である彼が件の大手事務所に徐々に食い込み、自らも多くのモデルを抱えるタレント事務所の社長として表の稼業に進出しているというのは、これまで彼を支えてきてくれた大手事務所や暴力組織の手前、どうしても否定しておかなくてはならない一事だったと思われる。

　だからこそ前田は、今宮樹里の美人マネージャーである響子を各局の番組に売り込み、他のスキャンダルは響子の口からすべて認めさせたうえで、唯一、自分が現在も現役のやくざであるという一点のみを全否定させるという苦肉の策を採用したのであろう。

　その証拠に、満天下で社長を裏切ったはずの響子はいまだにタレントとしてエム・フレールに所属しているのだ。

　今回の一件をつらつらと眺めるにつけ、前田と暴力組織との繋がりの根深さを思い知った気分だった。

「今日、明日で少しだけでもお時間をいただくことはできませんか？　ちょっとご報告したいこともあるので」

　響子は詳しい近況報告には立ち入らなかった。

「僕は大丈夫だよ。これといった予定はないからね。それよりきみの都合を優先すればいい。何だか忙しそうにしてるみたいだしね」

「そんな皮肉はおっしゃらないで下さい」

　響子はまんざらでもない口調で言う。

　この間、彼女の姿を見つけると必ずその番組を視聴してきたが、本人の意向云々をさせておくならば、響子は非常にテレビに向いているように見えた。どんな話題を振られても冷静で鋭いコメントを発していたし、一方で、もともとの優しい性格のゆえか特定の誰かを傷つけるような物言いはほとんどしなかった。

そして何より、彼女には他のタレントにはない充分の知性が感じられた。

「だったら、厚かましいんですが、さっそく今夜お邪魔していいですか？　いまから番組の収録が一本入っているので八時過ぎになってしまうと思うんですけど」

時刻は午前十時を回ったところだった。

「もちろん構わないよ。何か食べるものを用意しておくよ」

「私も何かつまめるものとお酒を持って行きます」

「了解」

「じゃあ、よろしくお願いいたします」

そう言って響子の方から電話は切れたのだった。

約束通り、午後八時ちょうどに響子はやって来た。

新宿の伊勢丹でたくさんの惣菜やサンドイッチを仕入れ、ワインも二本持ってきたので、スパニッシュオムレツを焼いてパスタでも茹でようかと準備していたのだが、全部うっちゃってさっそく飲み始めることにした。

暮れも押し詰まって、さすがにルーフバルコニーで一杯とはいかないので、リビングダイニングのテーブルに食べ物と酒とグラスを並べ、差し向かいでまずは乾杯する。

「この前はみっともない姿を見せてしまって、本当に申し訳ありませんでした」

ワインを一口すると響子はグラスを置いて頭を下げる。

一体何のことだか分からなかった。

「あんな醜態を晒してしまって、もう先生にお目にかかることはできないかもと思っていました。今日も電話していいのかどうかずいぶん迷ったんですけど……」

どうやら響子は泥酔して帰った晩のことを謝っているらしい。

二カ月近く音沙汰のなかった理由はそれだったのかと意外だったが、律儀で折り目正しい彼女ならあり得るだろうという気もした。

目下の彼女の人気も、要は彼女の中に存在するそのおおもとの素直さがテレビ画面を通じて伝わってくるゆえだろうし、またそういう彼女だからこそ義父への思慕の心情を断ち切れずにこの東京に逃げてきたのだろうと改めて思う。

「そんなことを気にしてたの？」

「すみません。私みたいな一読者が先生とこうしてお話しできるだけでも信じられないようなことなのに、ついつい調子に乗ってあんな不躾をはたらいてしまって……。酔いが醒めて、自分の厚かましさや傲慢さが嫌になりました」

こっちとしては苦笑するしかなかった。

「優香も話してた通りで、僕自身がついこのあいだまで周囲にさんざん迷惑をかける正真正銘のアルコール依存だったんだからね。他人が飲みすぎたくらいで気分を害していたら、僕の方こそ生きていけないって話だよ」

そうは言っても響子はしばらく詫び言を繰り返していた。

しかし、悄然とした彼女の姿は見違えるようだった。少し痩せたのもあるのだろうが、明らかに美しさが増している。恒常的にカメラの前に立ち、大勢の人々の視線を浴びている人間だけが手に入れる透明のベールのような光を彼女もすでに身にまとっている感じがした。

仕事柄そうした種類の人間を多く見てきているので、よりくっきりとその変化を見分けることができる。

「ところで僕に報告したいことがあるって今朝の電話で言っていたけど……」

話頭を変えるべく切り出した。

俯き加減だった顔が急に持ち上がり、一瞬で明るさが加わる。

「そうなんです」

居住まいを正すようにして響子は言った。

「実は、二日ほど前に義父から連絡があって、緊急で検査を受けたら身体からがんがすっかり消えていたっていうんです」

「がんが消えていた？」

優香の店で一度念じて以降、大阪にいる彼女の義父の胃がんがどうなったのかずっと気にはなっていた。連絡がないところを見ると何の変化も起こっていないのだろうと想像していたのだ。

　今朝の電話で「報告」という言葉を聞いて、もしやそのことではないかと察してはいたが、結果が吉凶どちらかは五分五分だろうと思っていた。

「そうなんです。検査を受けたのは三日前なんですけど、その前日の昼間にプラスチックの粒のようなものを大量に吐いたらしくて、それでびっくりして翌日、手術を受けた大学病院に行って緊急で検査して貰ったらしいんです」

「僕のときと似ているね」

「はい」

　響子は深く頷く。

「医者は何て言ってたの？」

「信じられないって驚いていたらしいです」

「プラスチックの粒子のことは話したのかな？」

「すごく迷ったけど話さなかったと言っていました。数日ひどい嘔吐が続いて不安になったから検査を受けに来たと話したそうです。プラスチックみたいな粒子を大量に吐いたと言ってもどうせ信じて貰えないに決まっているからって。母にもそのことは話していないそうなので……」

　そこで彼女は少しばかり小鼻をふくらませてみせる。

「お義父さんの体調の方は？」

「あの晩、先生に念じていただいてからは体調がすごく良くなっていたんです。ラインでときどきやりとりしていたので、それは確かで、でもプラスチックみたいなものを吐いたという報告はなかったので、どうなっているんだろうと気を揉んでいたんですよね」

響子は一度言葉を区切り、

「義父には、仕事がらみで凄い気功の先生と知り合ったから、その先生にお願いして遠隔気功をやって貰っていると話してあったんです。効果が出たときは何かかたまりのようなものを口から吐くかもしれないので、そのときは怖がらずに思い切り吐き出して欲しいとも言いました。それで、一昨日、検査結果が出たあとすぐにラインをくれたんです」

と付け加える。

「すみません。先生のことをそんなふうに言ってしまって。でも、まさかあの姫野伸昌先生がやって下さったと打ち明けるわけにもいかなくて。義父にはこうして先生と親しくさせていただいていること自体、何も伝えていませんし」

「で、そのお義父さんが吐き出したプラスチックの粒はどうしたんだろう？」

「きれいに洗って保管していると言っていました。私もそれが気になって、ラインを貰ったあとすぐに電話で訊いたんです」

響子は頷き、

「必要だったら取り寄せますけど」

と言う。

「そうだね。一部でもいいから見てみたいな。気功の先生に見せてほしいと頼まれたと言えばいいよ」

「分かりました。すぐに送って貰うようにします」

あくまで生真面目な答え方だった。

この人が毎夜のごとくバラエティ番組に出演して、海千山千の司会者や出演者に混じってクセのあるコメントを連発しているかと思うとちょっと信じられない気がした。

「先生、本当にありがとうございました。何と御礼を言っていいのか分からない気持ちです」

響子は深々と頭を下げる。

「だけど、お義父さんの場合、胃は全摘してるわけだから、がんが消えたというのはつまりは転移していた他の場所のがんが画像上見えなくなったという意味だよね」

こちらの質問に彼女はきょとんとしていた。

「いや、あのとき聞いた話だと予想以上にがんが広がっていて、あとは化学療法しかないと医者も半ば見放したような状態だったわけでしょう」

「はい」

「となると、手術後の検査画像で新たな転移巣が何カ所か確認できたということだと思うんだ。原発巣があった胃はすでに取ってしまっているんだから転移が見つかるとしたら食道、腸管、それにリンパや腹膜、周辺臓器ということになる。食道や腸管の転移巣がプラスチック化して口から出たのは僕の場合と同じようなものだけど、同時にリンパや他の臓器の転移巣まで消えていたとしたら、そっちも同時にプラスチック化したということになる」

「なるほど」

と言いつつも響子は相変わらず要領を得ない表情だった。

しかし、そこは非常に重要なポイントでもあった。胃の全摘後、あらためてリンパや消化器以外の臓器への転移が確認された患者が、それらのがん病巣でもプラスチック化が起きてレントゲンやCT画像上から転移巣が消えたのだとしたら、我が身の肺がんについても他臓器への転移を危惧する必要がないことになる。

あのとき「この肺がんもプラスチック化してしまえ」と深く念じたことで、肺だけでなく肺以外に散ったがん細胞もプラスチック化したというのが、響子の義父の事例によってある程度裏付けられるとも言えるのだ。

実際、変わらず食事には留意しているものの酒量が大幅に減ったこともあってこのところの体調はかつてないほどに良好だった。他の臓器に散っているがん細胞が増殖を続けているという感触はまるでない。

「吐き出した粒子を送って貰うとき、もしよかったらがんが消える前後の二つの画像データも一緒に送って貰えると助かるんだけど。もちろん借りたデータは返却するし、何かに流用することは一切ないから」

そう頼むと、

「分かりました。義父に頼んでそれも取り寄せます」

響子はきっぱりと請け合ってみせたのだった。

飲み始めて小一時間も経つと、響子のいつにないぎくしゃくとした雰囲気も次第にほどけていった。

今宮樹里の一件にも区切りがつきつつあり、前田もここ数日はだいぶ元気を取り戻しているようだった。

写真誌でボツになったネタを阿戸宮サキコに流したのは、前田の言っていた元社員でもなければ、響子が睨んでいた現役の社員でもなく、どうやらライバル関係にある別のモデル事務所の副社長だったようだ。樹里の爆弾発言で騒動に火が付いた後、前田と一蓮托生となった阿戸宮サキコが口を割ったのだという。

「もとからその副社長とうちの社長とは犬猿の仲だったみたいで、それで彼は付き合いのある写真誌の記者から樹里たちのボツネタを手に入れて、嫌がらせのつもりでサキコさんにタレ込んだようなんです。ただ、副社長本人も自分が仕込んだスキャンダルが、まさかこれほどの前田バッシングに発展するとは思ってもみなかったんじゃないでしょうか」

「今宮樹里や旦那が言っている、阿戸宮サキコの息子が前田の実子だっていう話は確実なの？　阿戸宮の方は記者会見以降も一貫して否定しているみたいだけど」

前田バッシングのきっかけは間違いなくあの爆弾証言だった。

「あれはやっぱり事実です」

例のトークショーのときと同じように響子はあっさりと認めた。

「それは、前田本人が認めたってこと?」

「そうです。だから、社長もその一点に関してはぐうの音も出なかったんです」

「だけど、樹里や旦那はその事実をどうやって摑んだんだろう」

「樹里の旦那というか阿戸宮さんの元夫は、前々から息子が自分の子じゃないんじゃないかと疑っていたみたいなんです。顔も全然似ていないし、阿戸宮さんが結婚前に社長の愛人だったという噂は根強くあったらしくて。それで、そういう話を樹里に打ち明けたら、彼女がDNA鑑定をしようって持ちかけたようなんです」

「DNA鑑定?」

響子が小さく頷く。

「どうやって? 自分の子供でないというのは息子の毛髪でも採取できれば分かるだろうけど前田の子供かどうかは調べようがないじゃない」

「樹里が社長の髪の毛をこっそり手に入れたみたいなんです」

「髪の毛?」

「はい。一体どこで手に入れたか正確には分からないんですが、社長は、たぶんルナさんのマンションだろうって言っていました」

「ルナって、あの新藤ルナ？」

「はい。写真誌に撮られたあと、ルナさんは樹里を匿《かくま》う意味もあって何度か自分の部屋に泊めてあげてたんです。事務所を辞めると息巻いている彼女を宥《なだ》める必要もありましたし。そうやってルナさんの部屋に泊まっているあいだに洗面所のヘアブラシか何かから髪の毛を盗んだんだろうって社長は言っています」

「なるほど。だとすると今宮樹里というのは相当なタマだね」

「はい」

響子が、今度は深く頷いた。

「しかし、それにしても新藤ルナは踏んだり蹴ったりだね。自分の部屋から前田の髪の毛を持ち出されて、それで阿戸宮サキコの産んだ子が前田の子だと証明されたんだから」

「そうなんです。阿戸宮さんが社長の愛人だったことはもちろんルナさんも知っていたんですが、まさか隠し子までいるとは思ってもいなかったみたいで」

「前田は当然、そのことは知っていたんだろう？」

「それが、樹里と阿戸宮さんの元旦那から鑑定結果を見せられるまでは、よく分かっていなかったみたいでした」

「前田は樹里たちから鑑定結果まで突きつけられたってわけ？」

「はい」

「だけど、阿戸宮は認めなかったんでしょ」

「それは一応、今後のことを考えてだと思います」

「今後?」

「はい。まさかうちの事務所に復帰というわけにはいかないんですが、社長のコネで別の事務所で再デビューすることに決まったものですから」

「再デビュー?」

「はい。社長としては今後もずっと阿戸宮さんの面倒は見ていくという方針みたいです」

「じゃあ、今宮樹里の方はどうするの?」

「彼女は芸能界とは縁を切って家庭に入るみたいなんでどうしようもありません。そもそも樹里があんな事実まで暴露したのは、裏社会といまでも繋がりのある社長に今後、自分や夫が報復されないためでもあったんだと思います」

「なるほど。阿戸宮サキコの息子が前田の実子だとなれば、前田としてもこれ以上、彼女や旦那に手を出すわけにはいかないからね」

「そうですね」

「ますますもって今宮樹里は大したタマだね」

「私もそう思います」

「しかし、さすがに前田も自分の子供だと分かって動転しただろうね」

「それがそうでもなくて、樹里側に鑑定結果を突きつけられてからは俄然、吹っ切れたっていうか元気になっているんです」

「なんで？」

「たぶん、嬉しかったんじゃないでしょうか」

「嬉しかった？」

「はい。なんだかんだ言っても血を分けた息子ですからね。社長はああいう人だから、自分の子供が欲しいなんて望んだこともなかったはずですけど、我が子が今回みたいに突然目の前に現われたら、想定していなかった分、逆にギフト感が強かったんだと思います」

「ギフト感？」

「そうです。社長みたいな人にとってはまたとないシチュエーションで我が子を手に入れたっていう感じなんじゃないでしょうか」

「なるほどね。それは案外当たっているかもしれないね」

前田はおそらく幼少期に過酷な体験をしているに違いなかった。それもあって自らが家族を持つということに激しい抵抗があったと思われる。そうやって家族を恐れる者たちは、一方においていて生涯家族に恋い焦がれる者たちでもある。

「前田はいまでも暴力団の正式な構成員なのかね？」

響子はかすかに首を傾げる。

「本人は絶対に違うって言ってますけど、たぶん隠れ構成員なんだと思います」

「やっぱりそうか」

「ところで先生たちは、どうしてお子さんを作らなかったんですか？」

そこで不意に訊いてきた。

「お子さん？」

問い返してようやく前田の隠し子騒動からの連想なのだと気づく。

「さあ……」

唐突な質問に何と答えていいのか分からなかった。そういえば小雪とはなぜ子供を作らなかったのだろう？

「僕がもともと子供が苦手だったからね」

とりあえずそう返事していた。

「奥様もですか？」

響子はさらに突っ込んできた。

もしかしたらだいぶ酔いが回っているのではないかと彼女の顔を見る。いつも通り、顔色はちっとも変わっていなかった。前回泥酔した折はさすがに青ざめていたからまだそれほど酔っているわけでもなさそうだ。

「どうして？」

逆に訊き返してみる。正直なところ、なぜ子供を作らなかったのかと問われてもよく分からなかった。そんな疑問を持ったことさえなかったのだ。

——小雪さえいればいい。

そう思って生きてきた気がするし、それだけは闇の中に没してしまった記憶の中でもずっと一貫しているという確信があった。

「女性だったら先生の子供を産みたいと思うと思うんです。先生はやはり特別な方ですし、その特別な人の血を絶やしたくないと考えるんじゃないでしょうか」

「そういうものなのかな。男の僕にはよく分からないけどね。ただ、妻も僕と同じで、ずっと二人きりでいたいと望んでいたんだと思う。僕たち夫婦はどちらかが先に死ぬまで誰にも邪魔されたくなかったんだ。まさか、八つも年下の妻が、しかもあんな若さで逝くなんて想像もしていなかったけどね」

「たしかに先生みたいな特別な方が大だったら、その夫を独り占めにしたいと願う気持ちも強くなるのかもしれませんね」

「そういうわけでもないとは思うけど、まあ、人それぞれ夫婦それぞれっていう話なんだろうね」

　何となくこの話題をこれ以上掘り下げるのは気が進まなかった。

たしかに子供のいない夫婦のままで死別することになったが、そのことを悔やんだり残念がる気持ちはまったくなかった。それは先に逝った小雪にしても同様だったろう。

「そんなことより、きみはこれからどうするつもりなの?」

　再度話頭を転じるために質問する。

「いまや大した売れっ子のようだけど、大阪のお義父さんも元気になったわけだし、このまま東京でタレント活動を続けていくつもりでいるの?」

「テレビに出るのは年内いっぱいの約束なんです」

　意外な言葉が返ってくる。

「約束って、前田との？」

「はい。どうにか社長もこのままエム・フレールを続けていけそうですし、もう私の役目も終わったと思っています。社長は面白い方だし、決して嫌いではないですが、でも、やっぱりやくざが経営している会社で働き続けるわけにもいきませんから」

「悪かったね、へんな男を紹介してしまって」

　率先して仲介の労を取ったわけでも強く勧めたわけでもなかったが、それにしても前田と響子とを引き合わせたのは自分だった。

「そんなとんでもない。先生には本当に感謝しているんです。こうして東京に出て来られたのも、義父の病気が治ったのも全部先生のおかげですから」

「僕は何も大したことはしてないよ」

「そんなことありません。どうやって恩返しをすればいいのか想像もつかないくらいです」

　響子と死んだ小雪が似ていると気づいたのは、道玄坂に出向いて小雪のやっていたワインバー「さつき」や原田石舟斎の親友だった川添晴久、そして「寅凜」の経営者で晴久の妻だった川添凜子に関する記憶を一気に取り戻したあの夜のことだった。

　以来、彼女と一緒にいるとあたかも小雪と共に時間を過ごしているかのような気分にさせられる瞬間がある。特にこうして響子が生真面目な様子で感謝や敬意の気持ちを傾けてくると、〝世界一の姫野伸昌ファン〟を自任していた小雪の面影が彷彿してくるのだった。

「じゃあ、やっぱり大阪に帰るの？」

義父は回復したものの、今回の経験からそば近くにいたいと気持ちを変えた可能性は大いにあるだろう。

「いいえ。東京で別の仕事をやるつもりです」

しかし、響子はそうきっぱりと言った。

「何かアテはあるの？」

「はい」

これまたはっきりとした返答だ。

「女性誌で活躍している写真家の先生がいるんですが、樹里のグラビア撮影で何度かご一緒しているうちに仲良くなって、この前、助手として働かせてくれないかってお願いしたらOKをいただけたんです」

そういえば響子はカメラが趣味だったのだ、と思い出す。あべのハルカスの展望室で眼下の大阪の景色を写真に収めていた姿が脳裏によみがえってくる。

「何ていう人」

訊ねると、響子はかなり有名な女性写真家の名前を口にした。

「それはいいね。だけど、カメラマンの助手だけじゃとても食っていけないんじゃないの」

エム・フレールを辞めるとなれば当然社宅として借り上げてもらっている目白の部屋も引き払わなくてはならないだろう。

「はい。なので夜は優香さんのお店で働かせて貰うことにしたんです」

びっくりするようなことを言う。

「あのすずかけで？」

「はい。このあいだお願いに行ったらいつからでも大丈夫だっておっしゃって下さって」

「だけど、あそこは女の子のいる店じゃなかったよ」

いま一つ事情が摑めない気分だった。

「バーテンとして使って貰うことになったんです」

「バーテン？」

またまた意外な言葉だった。

「はい。学生のときにちょっとだけかじったことがあったんです」

「バーテンダーを？」

「一年くらいだったんですけど」

「そうだったんだ」

思い出してみれば、店を訪ねた折もカウンターの中に女性のバーテンダーが一人いた気がする。

「何から何まで先生におんぶにだっこで申し訳ありません」

報告というのはその話も兼ねてのことだったのだろう。

それにしてもそんな成り行きになっているのなら優香も電話の一本くらい寄越せばいいのにと思う。こっそりと事を進めて、きっと彼女はほくそ笑んでいるのに違いなかった。

2

日付が変わる前に響子は引き揚げていった。

彼女といると時間の経つのが早い気がする。そういうところも小雪とよく似ていた。

小説が売れ、小雪が「さつき」を畳んでからは毎日ずっと一緒だった。ルミンがいたから滅多に旅行に行くこともなく、一時期神戸に移り住んだ以外は成城の家で二人と一匹の暮らしを積み重ねていった。

朝起きて、小雪の用意してくれた朝食を食べ、すぐに仕事場に籠る。それから夕刻までは執筆に専念した。昼食はほとんど食べず、午後六時には筆を止め、夜は小雪が丹精込めて作ってくれた夕餉を囲んで酒を飲んだ。小雪はアルコールなら何でもの口でビールやワイン、日本酒、焼酎、ウィスキー、スピリッツとたくさんの銘柄を常備し、その日の気分によって飲む酒を決めていた。ただ、これと決めたら浮気はせず、一晩は同じ銘柄だけを飲む。

ビールやワインを選択したときは一緒に飲み続けたが、もとからさほど酒好きではなかったので度数の強いものだと二、三杯付き合って、あとは小雪がひとりで楽しそうに杯を重ねるのを眺めていた。そうやって小雪と過ごしているとあっという間に時が過ぎ、朝から夕方までの執筆時間と比べれば一時間がまるで十五分か二十分くらいに縮んで感じられたものだ。

使った食器やグラスは響子が全部キッチンに運び、食べ残しも片づけてくれていた。ただ、汚れた食器はそのままだったので自分で丁寧に洗っていく。

食器を洗っていると心が鎮まってくる。

小雪は洗い物をすると気持ちが落ち着くと言っていた。嫌なことがあるとすぐに台所に立ってシンクを磨いたり包丁を研いだり皿やグラスを洗っていた。

稀に喧嘩になったときなどは、そうやって食器を洗いながら細い背中を震わせて声を出さずに泣いていることもあった。

その後ろ姿を見るといたたまれない心地になり、彼女を背後から抱きしめていつも先に謝っていた。そんな謝罪を何度も繰り返しながら小雪との深い絆を育んでいったように思う。

道玄坂を訪ねた晩を境にして、様々な記憶が日を追うごとに戻りつつあった。

こんなふうに小雪との成城での暮らしを振り返ってみても、当時の有様がごくごく自然に思い出されてくる。そのせいもあってか、最近は過去の出来事の何を忘れ、何を憶え続けていたのかという区別がうまくつけられなくなってきていた。

記憶というのは譬えるなら水のようなもの、流れのようなものなのだと実感している。仕切られていた水は仕切り板を外したとたんに混じり合って、もうどれがどっちの水だか分からなくなる。二筋に別れていた川も、合流したとたんにどちらの川筋だったか判別がつかなくなる。記憶というのも同じようなものだった。

頭の整理をつけるためには、だから、何を思い出したかではなくて未だに自分が何を忘れているかを突き詰めるしかない。

ところがこれが容易ではないのだ。

自分が何を忘れているのか？　が簡単に分かるならそもそも記憶を失くしたりはしない。何を忘れたのかも分からなくなるからこそ二度と思い出すことができなくなるのだ。

記憶喪失者が何年も過去の記憶を回復できない理由が、こうして自身が同じ目に遭ってみてよく理解できた気がしている。

小雪の腹違いの兄であり、高校時代の親友であった「川添晴明」はどうやら実在の人物ではなさそうだった。従って、当然ながら晴明に連なる人々、父親の晴久、義母の秋代、弟の秋久、さらには晴久の愛人であり小雪の母でもある「本村千鶴」も実在の人物ではないのだろう。

信じ難い話ではあるが、これまでずっとそう思い込んでいた小雪を取り巻く人間関係はすべて架空のものだったと考えられる。

では、小雪とは一体誰なのか？

彼女とはいつ、どうやって知り合ったのか？

原田石舟斎や川添凛子の実在が確かなものとなったいま、視能訓練士の「本村小雪」が存在したことは裏付けられた。南青山の原田視力研究所で小雪と再会し、それからのち夫婦として長い年月を共にした事実はもはや揺るがないと言っていいだろう。

だが、それ以前の彼女との関わりについては、そうだと信じてきたすべての記憶が現実のものではなかったのだ。

原田のところで出会う以前に小雪と面識があったのは間違いあるまい。

いつの間にか「川添晴明」の妹として出会ったと記憶していたが、小雪と再会した当時はむろん本当の来歴を知っていたに決まっている。

それがどこかの段階で、偽の記憶にすり替わってしまった……。

いつの時点でなぜそんなことが起きたのか原因も含めて皆目分からない。

しかし、それでも真正の記憶の上にまったくでたらめの記憶が塗布されたとは思えなかった。以前響子も指摘していたように何らかの理由で〝本当〟を捨てて〝嘘〟で脳内を満たさなければならない状況が生まれたのは事実だろうが、そうやって記憶を作り変えるときに本物の記憶を完全に破棄してしまっては自分自身をここまで見事に騙しおおせる贋物を編み出すのは不可能だろう。

真正の記憶から引っ張ってきた材料を使って巧みに別の形を組み上げることで、いかにも本当らしい嘘の記憶をでっち上げたのだ。

「本村千鶴」の顔が母の塔子の顔だったのも、「川添晴明」や「晴久」の名前が川添凜子の夫である川添晴久から借用されているのも、最初に巡り合った場所「さつき荘」が小雪のやっていたワインバーの店名と同じだったのもそのためだろう。

そして、こうした贋の記憶の創作と恐らくは軌を一にして、さらに何倍も奇怪なプラスチック化という現象が生まれたのだ。

記憶の喪失、変容というのは多かれ少なかれ誰にでも日常的に起き得る。今回のように余りに度が過ぎていれば、もうそれは日常的ではなく病的なものだろうが、それにしても精神医学の歴史を繙《ひもと》けば似たような症例は幾つも見つかるに違いない。

だが、プラスチック化の方はそんな生易しいものではなかった。

我が身のみならずルミンの遺骨や成城の家、穿いていたズボンまでがプラスチック化し、加えて自分のがんだけでなく響子の義父の体内のがん細胞さえもがプラスチック化してしまった。

しかも、そのプラスチック化は不随意に起きる場合もあると同時に、どうやら自らの意志の力によって引き起こすこともできるようなのだ。

これまで進んでプラスチック化を望んだのは、包丁で怪我をした左手小指、肺がん、左腕のケロイド、そして響子の義父の胃がんに対してだった。それ以外の肉体や物質に対して「プラスチック化しろ！」と念じたことは一度もない。

九月半ばに成城を訪ねたあと、左肘のそれが消えて以降は、全身のどこにもプラスチック化は起きていなかった。

すでに三カ月近く鳴りを潜めている。

もう二度と肉体がプラスチック化することはないような気がしていた。

望まない限りは起きない、という確信めいたものがいつの間にか心の中に芽生えている。

——自分はプラスチック化を完璧にコントロールする能力を獲得した。

という感触があった。


今夜も、酒が進んでくると、響子は道玄坂で復活した記憶の一々について自分なりの意見や推測を口にしていた。

泥酔して帰った晩は今宮樹里の事件でそれどころではない様子だったが、その前、優香の店に出かけた数日後にこの部屋にやって来たときは取り戻したばかりの記憶について改めて二人で話し合ったのだった。

響子と会話すると思考がまとまるので、彼女の存在はなおさらに貴重なものとなってきている。そうした点もまた小雪と響子をつい重ね合わせてしまう理由の一つなのかもしれなかった。

「ところで先生、戸籍はどうでしたか？」

さきほども響子はそう訊いてきた。前々回に会った折に、

「住民票はともかく、先生の戸籍を取り寄せてみてはどうですか？　そうすれば奥様のご

実家のことも分かると思いますから」

　と彼女が勧めてきたのだ。

「戸籍」など念頭になかったので、この提案には虚を衝かれた思いだった。

たしかに、川添晴明も本村千鶴も実在しない可能性が高まった以上、小雪の出自を知るには戸籍を見るのが最も手っ取り早い。

「なるほどそれはそうだね」

　すぐに賛成した。

「先生の戸籍はまだ福岡のままなんですか？」

「いや。おそらく長崎県の壱岐だと思う。父の本籍地が壱岐で、僕も戸籍を壱岐から移し替えた憶えはないからね。ただ正確な所番地は例によって忘れてしまっているんだけど」

「住民票には少なくとも本籍地は書いてありますよ」

「そうだね。自宅住所は恐らくK書店の執筆部屋になっているだろうから、その住所で請求すれば住民票は手に入るだろう」

「それで本籍地を確認して、役所に戸籍の写しを請求すればいいと思います」

「ああ」

　そして、十一月の半ばには壱岐市役所から戸籍謄本が郵送されてきたのだった。

「実はね……」

　戸籍謄本の記載事項を思い返しながらしばしば口ごもる。

「戸籍のどこにも妻の名前は書かれていなかったんだよ」

言葉にした途端、封筒から戸籍謄本を取り出して広げ、文字を追ったときの衝撃がよみがえってくる。

「え」

さすがに響子も唖然とした声と顔になった。

「どういうことですか?」

「戸籍を見る限り、僕はこれまで一度も結婚したことはないらしい」

「それって……」

「妻とは籍を入れていなかったということだろうね」

響子の目が不審の色に染まっている。

「どうして入籍しなかったのか、僕にも理由は分からないんだ」

言い訳めいた口調になった。

謄本を見たときは、小雪の存在そのものを一瞬疑ったくらいだったのだ。

だが、二十九歳のときに再会し、四十九歳で死別するまでの二十年間、自分が小雪とともに生きたのは偽りのない真実だった。

仮に小雪の実在を疑うのであれば、まずもって「姫野伸昌」の実在を疑わねばならなくなる。

「じゃあ住民票は?」

「住民票も僕の名前だけだった。これはまあ当然なんだけど」

「でも、奥様が亡くなる前の住民票を請求すれば、そこには奥様の名前と本籍地が記載されているんじゃないですか？」

「まだ、それはやっていないんだ。僕の本籍地さえ確認すれば戸籍謄本で小雪の旧姓や両親の名前も分かると思っていたからね」

「奥様が亡くなったのは、十年近く前でしたよね」

「九年前だよ」

「だったら九年より前の住民票を区役所で請求してみてはどうでしょう。K書店の執筆部屋があるのは新宿区でしたっけ」

「そう。市谷」

「新宿区役所で事情を話して過去の住民票を探せばいいと思います」

「十年近く前となると住民票からは辿れないかもしれない」

「どうしてですか」

「そんな昔の住民票は恐らく廃棄されているだろうしね」

「そうでしょうか？」

「住民票の保存期間は確か五年だったような気がする」

「でも、区役所にもう一度行って相談してみた方がいいと思います。ずっと一緒に暮らしていた方ですから。たとえ亡くなっていても存在の痕跡はどこかに必ず残っているはずです」

だいぶ飲んでいたせいか、響子は身を乗り出し、かなり強い口調になっていた。

しばらく返事をせずに頭の中を飛び交うもろもろの思考に順番をつける。

「もうこれ以上、何も調べない方がいいような気がしているんだよ」

響子が来たら伝えようと思っていた〝今日の一番〟を口にした。

「壱岐市役所から送られてきた戸籍謄本を見た瞬間にそういう気がしたんだ。これ以上妻のことを追求してもいいことなんて何もないんじゃないかってね。妻が誰だったかというのも、僕は、きっと忘れる必要があって忘れているんだよ。そうしないとこんなふうに小説を書き続けながら暮らすことができなかったんだと思う。プラスチック化も左肘のが消えたあとは身体のどこにも出ていない。幸いきみのお義父さんのがんも消えたことだし、奇妙な言い方だけど、あの日を一つの区切りと考えて、あとは自然の流れに任せた方がいいんじゃないいだろうか。最近しきりにそんな気がしているんだよ」

響子には成城の家のこと以外は何でも話してある。そのうえで出した結論だった。

しばらく黙考したあと、

「本当にそうでしょうか……」

と彼女は切り出した。

「もしも本当に忘れる必要があって忘れているのだとしたらルミンちゃんの首輪と中曽根あけみさんの名刺にはどんな意味があるんでしょう。しかも先生は二つが入った小箱をわざわざ戸山公園のタブノキの根元に埋めていたんです。私は、首輪と名刺は、いずれ真実を明らかにするために過去の先生が未来の先生に向けて発信した大事なメッセージのような気がします。つまり、小箱のありかを思い出した時点で本物の記憶を取り戻すべきだと過去の先生は判断していたんじゃないでしょうか」

「うーん」

例によって理路整然と指摘されると唸るしかない。

「それに……」

響子はさらに思案気な顔つきになった。

「それに？」

「奥様が本当に亡くなったのかどうかだって、実は分からないのではないですか？」

こちらを真っ直ぐに見てそう言った。

「奥様が誰だか分からないんですから、その人が亡くなったという先生の記憶だって決して確実なものではないと私は思うんです」

思ってもみなかった点を衝かれ、絶句するしかなかった。

――小雪が生きている。

そんなことがあるはずがない。

3

クリスマスイブは朝から夕方まで仕事に集中した。

年明けから新しい雑誌連載を始めるので少なくとも三回分は書き溜めておきたい。月刊誌にしろ週刊誌にしろ新聞にしろ、小説の連載を開始するときはおおかた三カ月分はストックを持っておくことにしている。月刊誌なら三回分、週刊誌なら十二回分、新聞なら九十日分という勘定になる。各紙誌取り混ぜて最盛期でも同時に連載する小説は三本までだった。それにしても前後重なっての話で、その後は常時一本から二本の連載でやってきた。小雪を失ってからはおおかた一本で、あとは随筆のたぐいを気が向いたときに注文を受けて書いたり、いまも続けている機内誌のように隔月で連載したりしていた。

ただ、小説の連載が途切れたためしは一度もない。四十歳でのデビューは遅きに失したと言うほかないが、以来二十年近く、筆を擱《お》こうとは思わなかった。

ここ十年ほどはむしろ筆を杖替わりに小説にすがって生きてきた。小説がなければ自殺するか完全なアルコール依存で廃人同然の身の上となっていただろう。

その意味で、昨夜響子に言った「妻が誰だったかというのも、僕は、きっと忘れる必要があって忘れているんだよ。そうしないとこんなふうに小説を書き続けながら暮らすことができなかったんだと思う」という言葉は決して詭弁ではない。

日が暮れて筆を止め、そういえば今日一日コーヒーだけで何も口にしていなかったのだと気づいた。

冷蔵庫には昨夜作る予定にしていたスパニッシュオムレツときゃべつとアンチョビのパスタの材料が入っている。響子が持ってきたワインは二本とも空になったが、こっちで用意した分はまだ手つかずで残っている。最近は酒のストックをする必要もなくなっていた。常時置いているのは缶ビールくらいのもので、あとは飲みたくなったときに近所のコンビニか酒屋に買いに行けばそれで事足りるのだ。

連日連夜、飲んだくれていた去年までと比べると生活の質はすっかり改善されていた。それもこれも五月に戸山公園でチロリアンの小箱を掘り出したことや六月に肺がんの診断を受けたことが決定的なきっかけとなった。

そうやって思い返すと響子が言っていた「小箱のありかを思い出した時点で本物の記憶を取り戻すべきだと過去の先生は判断していたんじゃないでしょうか」という推理もあながち的外れではない感じもするのだった。

――俺は、〝本物の記憶〟を取り戻すべく健康を取り戻し、プラスチック化も消失させたのではないか？

そんな気にさえなってくる。

書きかけの原稿を閉じて、パソコンの電源を落とそうとしたとき、ホームページに設定してある「Ｇｏｏｇｌｅ」の文字を一瞥した。今日は当然ながらクリスマス・デザインだった。

サンタクロースを象《かたど》った文字を見つめ、ふと気づいたらキーボードに指を乗せて単語を打ち込んでいた。

「川添生コン」

躊躇《ためら》いが出る前にエンターキーを叩く。

検索一覧に出てきた中でそれらしいのは「川添コンクリート」という一件のみ。

その会社の「連絡先」というページを開いてみる。

埼玉の会社だった。規模もさほど大きくはないようだ。

福岡で有数の企業だった「川添生コン」とは恐らく無関係だろう。それに「川添生コン」ならばいまの時代、ちゃんとしたホームページを開設していないはずもない。

しかし、「川添コンクリート」や「川添セメント」で検索をかけても福岡に本社を置くそんな企業は一件もヒットしなかった。

予想通りだったとはいえ、小さな溜め息がこぼれる。

この結果は落胆すべきものなのか、それとも何らかの恩寵なのか?

「Ｇｏｏｇｌｅ」のサンタクロースに向かって問いかけてみる。

すると再び指がキーボード上でひとりでに動いた。「福岡商工会議所」という文字を勝手に打ち込んでいる。

息を詰めてエンターキーを叩く。

「福岡商工会議所　Ｆｕｋｕｎｅｔ」という項目が先頭に出ている。そこをクリックすると立派なホームページが現われる。

目次を細かく見ていくうちに、なぜ「福岡商工会議所」を検索しているのかがようやく腑に落ちてくる。

川添の父、晴久が福岡商工会議所の副会頭だったという記憶があるからだ。

「福商について」というページを開いてみる。

〈全国各地に設立されている「商工会議所」は、地域商工業の振興を目的とした経済団体で、商工会議所法に基づく特殊法人です。主に市に設置され、全国で515箇所約126万社が加盟しています。福岡県内では19の商工会議所が地域単位で設置され、地場の商工業者が加盟、運営を行っています。〉

という紹介に続いて「福商とは」、「組織図」、「役員・議員名簿」、「事務局案内」などの項目が並んでいた。

「役員・議員名簿」の項目をクリックする。「福岡商工会議所　役員一覧」と「福岡商工会議所　議員一覧」という二種類のPDFファイルがあり、「役員一覧」の方をさらにクリックした。

名前がずらりと並んだ横書きの「役員名簿」がディスプレイに現われる。

名簿の筆頭は会頭で、大手地銀の副頭取が務めている。その下に四人の副会頭の名前があった。

副会頭の二番目に、

「江副将一《えぞえしょういち》　株式会社　江副セメント　代表取締役社長」

とあった。

――これだったのか……。

「江副将一」という名前には明らかに見覚えがあった。

検索バーに戻り、「江副セメント」のホームページを探す。

次第に呼吸が早くなってきているのが自覚できる。

「じゃあ、江副義明のモデルって、その原田所長の亡くなった親友のことだったんですね」

あの日、響子が口にした言葉を思い出していた。

「だって名前が似ているじゃないですか。江副義明と川添晴久。江副と川添、義明と晴久、何となく似ているでしょう?」

そう指摘されて、それよりも「江副義明」と「川添晴明」の方がさらに酷似していると感じたのだった。

目の前の画面に表示された「江副セメント」のホームページを子細に読み込んでいくうちに、なぜ川添晴明の実家が「川添生コン」になったのか、ようやく理由が分かった気がした。〝沿革〟によれば、三十年ほど前までの社名は「江副生コン」だったという。

川添の父、晴久が福岡商工会議所の副会頭であった理由も察しがついた。現実に福岡に存在する「江副セメント」という会社のトップは代々、福商の副会頭を務めるのが慣例となっているのだろう。それに従って、現在の社長「江副将一」も副会頭の座に座っているに違いない。

「代表取締役社長　江副将一」の経歴が記載されているページを開く。

年齢は一歳年長だが、学歴を見れば福中高等学校を出て九州芸工大学を卒業している。卒業年次は大学院まで進んだ「川添晴明」とまったく同じだった。ただ、江副将一の方はアメリカ留学はしていないようだ。卒業と同時に父親の江副義一が社長を務める江副セメントに入社していた。

経歴のページに載っている江副将一の顔写真を見ているうちにみるみる記憶がよみがえってくる。

この江副将一は高校の同級生だった。

一歳年長なのは彼が中学浪人をした浪人組だったからだ。江副家は県庁そばに豪邸を構えていて、何度か友人と共に遊びに行ったこともあった。

もしかしたら彼も美術部員だったのか？　はっきりとは記憶していないが、高校卒業後に九州芸工大に進学していることからもその可能性はある。

ただ「川添晴明」のように一緒に美術部を再建した人物ではなかった。それは確かなように思える。外見も「川添晴明」とは異なる。ホームページの写真とかぶさるように高校時代の江副の容姿が思い出されてくる。ずんぐりむっくりタイプで目の細い人の好さそうな面貌だった。一方、川添の方は痩せ形で上背もあって目鼻立ちの整った二枚目だった。

一緒にいるとよく兄弟と間違えられたくらいなのだ。

いま脳裏に浮かんでいるこの「川添晴明」の顔は一体誰の顔なのだろうか？

写真の中の江副の変わらぬ温顔に接しながら思う。

小雪たちが住んでいた「さつき荘」が大橋にあったのは、九州芸工大のキャンパスが大橋だった点からの連想だったのか？「さつき荘」の存在もいまとなっては架空のものと断ずるしかあるまい。

だとすると、小雪とは一体どこで出会ったのだろうか？

小雪は誰の娘だったのか？

本当の母親は誰で、父親は誰だったのか？

小雪に川添のような兄は存在したのか？

記憶にあるようにその兄から紹介されて自分は小雪に出会ったのか？

そういう可能性もゼロではないという気がする。脳内に染み付いている贋物の記憶は、本物の記憶と微妙に重なり合って、だからこそ正否の判別を困難にしているのだ。

しかし、川添のモデルとなっている江副将一が小雪の実兄というわけではない。川添の経歴の一部は江副から拝借したものだろうが、肝心の小雪の存在と彼が深く関わっている感触はなかった。

実際、小雪がこれほどの企業の令嬢であれば、彼女が亡くなったとしても実家の江副家や兄の将一とのあいだに交流が続いていないわけがなかった。

画面を閉じ、パソコンの電源を落とす。

いつの間にか室内がすっかり暗くなっていた。

仕事部屋を出てリビングダイニングに移った。こちらももう真っ暗だった。部屋のライトを灯し、オープンキッチンの中に入る。冷蔵庫から缶ビールを一本取り出し、それを持ってリビングのソファに腰を下ろした。プルタブを引いて、そのまま冷えたビールを喉に流し込む。

今日は一歩も外に出なかった。

掛け時計の針は六時を回ったところだ。

今夜はどこの巷も大勢の人々で賑わっているのだろう。

小雪とのクリスマスイブを思い出す。成城時代は都心の名の知れたレストランを予約してクリスマスディナーを食べるのが恒例だった。高価なワインを何本も好きなだけ堪能したものだ。だが、振り返ってみればそんな贅沢な時間にはちっとも郷愁を感じない。それよりも木場の狭いアパートで小雪の焼いてくれたチキンを二人で頰張りながら安ワインを飲んだ思い出や早目に閉店した「さつき」にクリスマスケーキを持ち込み、二人並んでカウンターの椅子に腰かけて店の余り物で腹を満たしたイブの思い出の方がずっと懐かしく貴重に感じられる。

小雪とは特別な夫婦だった、と思う。

彼女とどうやって知り合ったかも、彼女が誰であるかも分からなくなってはいるが、それでも自分たち夫婦が特別だったのは間違いない。それだけはいまも確信があった。

小雪を深く愛していた。亡くなったいまもその愛情に変化はない。彼女が生きている間も、失ってからも他の誰かを愛したいと思ったことは一度もなかった。小雪と取り換えのきく存在はいないし、ほんの少しでも彼女の不在を癒せる存在はいないとずっと感じてきた。

わずかながらの例外と出会ったのは最近だ。

あの高畠響子だけは、小雪を忘れさせるのではないが、彼女の中に小雪を見つけさせてくれる何かを持っている気がする。

4

新年早々、大風邪を引いてしまい、正月中はほとんど仕事にならなかった。

寝込んだのは三が日が過ぎてからだったが、ある晩、高熱が出てインフルエンザかと車で近所の救急病院に駆け込んだところ簡易検査ではウイルスは検出されず、それでも念のため抗ウイルス薬を貰って戻り、高熱は薬効のおかげか三日程度でおさまったもののそこから三十七度前後の熱がいつまでも抜けず、床上げしたと思ったらまた寝つくというのを繰り返し、何とか仕事机に腰を据えてキーボードにまともな文章を打ち込めるようになったのは月末近くになってからという始末だった。

その間、誰にも助けは求めなかった。高熱を脱したあとは近所のスーパーに買い出しに行くくらいのことはできたし、食事はレトルト食品やデリバリーでどうにかなった。掃除はしなくても汚れ死にするわけではなく、熱があってろくに外出もせず、風呂にも入れなかったので洗濯もさほどやる必要もなかったのだ。

インフルエンザの可能性があるのだから響子に来て貰うわけにもいかなかった。

それにしてもこんなふうに風邪を引いて寝込むなんて絶えてないことだった。酒浸りの日々では風邪ひとつ引かなかったくせにアルコール依存から脱して健全な暮らしを取り戻した途端にひどい風邪にやられるというのは皮肉と言うしかあるまい。

立春を迎えた二月四日土曜日、久々に築地の仕事場を覗き、溜まった郵便物を検めていると中富健太からの手紙が混じっていた。

消印を見れば一月半ばだった。半月以上も放ったらかしにしていたわけだ。

開封して文面に目を通す。

いよいよ創立百周年の当年となり、さまざまな記念事業の細目や日程も決まってきたようだった。一番の目玉は今秋竣工する新校舎で、これは数年前まで福中高校の敷地内にあった付属の予備校を壊して新設するもので、全校生徒が自由に使えるコンピュータルームや英語学習専用のブースが並んだ視聴覚教室、自習室や図書室などを備えた豪華な建物になるらしい。新校舎の建設資金はすべて福中高校ＯＢの寄付によって賄われているのだということ。

その落成式が十月の予定で、引き受けた連続講演は式の前後で企画されているようだ。

ついては講演日程をそろそろ組みたいと思うので、近々上京して相談したいと中富は言ってきたのだった。

いまどき電話でもメールでもなく手書きの封書で用向きを伝えてくるところが中富という男の実直さを表わしている。

ざっとした掃除を済ませると郵便物を持って築地の仕事場を出た。

車を走らせながら、そろそろ築地も解約しようかと考える。新たな場所を見つけたわけではないが、ここ数カ月、築地で仕事をしたことは一日もなかった。高田馬場と東中野の二カ所があればもう充分な気がしている。

高田馬場に戻ったらさっそく中富に返事をしよう。

風邪で寝込んでいたとはいえ、半月も待たせてしまったのは誠に心苦しい……。

殊勝な気持ちになっているうちに、ふと、だったら中富を呼びつけるような形は取らず、今回はこちらから福岡に出向いてはどうだろうか、と思った。

相変わらず小雪のあれこれを積極的に穿鑿《せんさく》する気にはなれないが、それはそれとしても、たとえば和白の実家が一体どうなっているのか、といったことは詳《つまび》らかにしたい気持ちがある。

年末にも一度、グランマイオ成城学園を訪ね、母の塔子と短い時間を過ごしたのみならず、中曽根あけみとも話したが、和白の実家で母が憶えていることといえば庭の木や花々のことだけのようで、一方、中曽根にグランマイオ入居時の書類を引っ張り出してきて貰ったところ、添付された住民票の住所は和白のもので、契約書の現住所も和白のままだった。

「いまも母の住民票の住所はこのままなんですか？」

念のため中曽根に確認してみると、

「お母様の場合は、入居と同時にグランマイオで新たに住民登録をしていただいていると思います」

とのことだった。

「その手続きは誰が？」

「それは恐らく先生ご自身が……」

中曽根はいささか気の毒そうな表情になって答えたのである。

もちろん小雪についても中曽根には何度か訊ねていた。彼女によれば小雪はほとんど塔子のもとへは顔を出さなかったようだった。

「お目にかかったのは二、三度でしたでしょうか。すらっと背のお高い、とてもお美しい奥様ですよね」

その口ぶりからして小雪が死んでしまったことを彼女は承知していないふうだった。

あべのハルカスの展望室でふと、「あけみは子供の頃はこの大阪に住んでいたと言っていたな……」と内心で呟いたことも忘れてはいなかった。

「ところで中曽根さんは関西のご出身ですか？」

大阪から戻ってしばらくしてグランマイオを訪ねた折に、それとなくぶつけてみた。

「はい。小さい頃、大阪で育ったんです。やっぱり先生のような方だと言葉の感じでお分かりになるんですね。自分では大阪弁はもうすっかり封印しているつもりなんですけど」

中曽根はちょっと感心したような口調で返してきたが、それ以外の感情を織り交ぜている印象は皆無だった。

高田馬場の仕事場に戻るとすぐに中富にメールを打った。貰った名刺には社用メールのアドレスが刷り込んであった。寒さが緩んだ三月初めにでもこちらから出向きたいと伝え、別件もあってのことなので気にしないで欲しいと付け加えておいた。

いまだ身体のどの部分にもプラスチック化は起きていない。モグラたたきのように各所がプラスチック化していた頃がまるで嘘のようだった。旅先でズボンがプラスチック化するといった事態に再び陥るのは願い下げだが、そんなことはもう二度とない気がする。

一月の遅れを取り戻し、三月の福岡行きのための分も書き溜めるとなると二月中は仕事に専念する必要があった。だが、体調も回復したいま、そのくらいは充分に可能だろう。

ペニスのプラスチック化に肝を冷やし、それがすんなり消えてくれたと安堵した直後から〝人を殺す夢〟をしきりに見るようになった。悪夢は、戸山公園で中曽根の名刺やルミンの首輪を掘り返すまで続いたのである。

夢には必ず和白の実家が登場した。

小雪の母親の顔を実母である塔子の顔にすり替えたため、抑圧された本物の記憶が意識の表層にそうした形で浮上してきたのだろうと当時は推測したものだ。

しかし、それだけではなぜ夢の中に決まって実家が登場するのかも、髪の長い見知らぬ女性の死に顔が出てくるのかも説明できない。さらには、父の伸一郎が家に火を放ったり、水を流し込んできたりする理由も理解不能だった。

父が福岡市の西に構えた仕事場に完全に移ったあとは母がずっとひとりであの広い家を守っていた。その母が認知症を患い息子のところに身を寄せ、いまもグランマイオで起居していることから察するに、無住となった和白の家はおそらく人手に渡ったものと思われる。

父が死んだときに母と二人で相続の手続きを行ったが、実家はむろん母のものとなった。その家が現在どうなっているのか？

土地建物の権利証の有無や譲渡先との契約書類一式などがあれば事実を把握できるのだが、仮にそのような書類が成城の家に保管されていたとしても家の内部の大半がプラスチック化している現状ではなす術もなかった。

残された手段は、現地に赴いてこの目で状況を確認するしかないのだ。

中富にメールを出したその日の夕方、高畠響子から連絡が来た。年が明けてからは体調不良もあって彼女とは電話で二、三度話したきりだった。一月の半ばにレトルトの粥やスープが届き、御礼の電話を入れたのが最後だった気がする。

「先生、その後、お具合はいかがですか？」

「元気になったよ。もう原稿も書き始めているし」

「よかった」

響子の声は潑剌としていた。年末に報告に来た通りで、彼女は年内いっぱいでエム・フレールを退社し、現在は、写真家のトチハタ・ナギコのもとでカメラマン助手を始めていた。トチハタはファッション写真から経歴をスタートし、いまでは業界随一の女流として売れに売れている写真家である。

響子が退社したという報告はむろん前田貴教からもすぐに入った。前田はえらく恐縮の態だったが、

「まあ、似たような業界なんだし、これからも彼女のことは陰ながらサポートしてやってよ」

と頼むと、

「もちろんそうさせていただく所存でおります」

尚更に恐縮した様子で請け合ってくれたのだった。

いまだ現役のやくざだと知っても、どうにも彼のことは憎めない。何か深い繫がりが自分たちのあいだにはあるのだろうと、何カ月ぶりかで声を聞いてみて感じざるを得なかった。

「ところで、先生。たいへん遅くなってしまったんですが、今朝、大阪の義父から例のも

のが到着したんです。なので、夕方にでもそちらにお届けに上がろうかと思うんですが」

響子が言う。

例のものというのは、彼女の義父の検査画像と義父が吐き出したというプラスチックの粒子のことだった。

「忙しいだろうから、宅急便か何かで送って貰えればそれでいいよ」

「もちろん、お時間は取らせません。届けたらすぐにスタジオに戻りますので」

響子がピントのずれた返事をしてくる。

「いや、わざわざ持って来て貰うのは、きみの方が大変だろうと思ってね」

「それはぜんぜん大丈夫なんです。次は夜からの撮影なので夕方抜け出すのは構わないんです。なので、六時くらいにちょっとお邪魔してよろしいですか？」

「もちろん、僕は構わないよ」

「じゃあ、そうさせてください」

それだけ言って響子はそそくさと電話を切ったのだった。

午後六時きっちりにやって来た彼女は手土産に豆狸《まめだ》のいなり寿司を持って来ていたので、部屋に上げ、寿司をつまみながら三十分ばかり一緒にお茶を飲んだ。

渡された茶封筒にはＣＤロムが一枚とプラスチックの粒子が詰まった薬瓶が入っていた。見たＣＤロムはあとで見るとして、まずは瓶の中の粒子を何個か手のひらに載せてみた。見た目といい感触といい、かつて肺から吐き出したものとまるきり同じもののようだった。

響子も瓶から粒々を取り出して指に挟んで光にかざしている。

「先生のものと同じみたいですね」

と呟く。

部屋の明かりを落とし、薬瓶の中の粒子を観察すれば、青いキャップのガラス瓶に入っている粒子と同様に薄っすらと青白く発光するのが分かった。

「やっぱり、同じ性質の粒子のようだね」

響子も深く頷いている。

そのあとは近況を簡単に聞いて、玄関先で彼女を見送った。

優香の店には週三くらいで通っているらしい。「助手の仕事だけじゃとても食べていけないんで」と困ったような顔をしていたが、響子は相変わらず元気そうだった。

優香ともうまくやっているようだ。今日も、「優香さん、とってもやり手なんで凄く勉強になります」と言っていた。

思えばデザイナーの卵だった優香とカメラマンの卵である響子とは、性格はまるで正反対に見えるものの案外人間のタイプが似通っているのかもしれない。

結局、響子には福岡行きの話は持ち出さなかった。隠したというよりも言いそびれたという方が正しいだろう。

彼女が帰ると、さっそく仕事部屋のＰＣにＣＤロムを挿入して画像を確認する。ロムには「高畠広臣《ひろおみ》」という名前のラベルが貼り付けられている。それが義父の名前に違いない。

ということは、響子は母子共々、義父の籍に入っているというわけか。

ジーッという駆動音のあとCTの画像がディスプレイに浮かび上がってくる。スクロールすると輪切りになった画像が連続して映し出された。画像は二種類で、日付の早い方がまだ高畠広臣がプラスチックの粒を吐く前のもの、日付の遅い方が吐き出した後のものと思われる。

末期がんの患者を主人公とした長編小説を書いた経験があるので、素人眼ではあるがCTやMRの読影はある程度はできる。

前後二つのCT画像を見較べてみれば、胃の全摘出後も腹部を中心に散っていたがんがきれいに消失しているのが分かった。最初の画像には転移巣と思しき箇所に小さなマークが入っているので、その箇所を二番目の画像でチェックすれば一目瞭然である。

仕事部屋の照明を消して、あらためてプラスチックの粒子が詰まった小さな薬瓶をキーボードの手前に置いてみた。

やはり青白く発光している。

――一体、これは何なのだろう？

いまさらながら不思議の感に打たれざるを得なかった。

第十章　福岡の「オフィス・ケイ」

1

三月七日火曜日。十時半羽田発のＡＮＡ２４９便で福岡に向かった。

福岡空港到着は定刻の十二時半ちょうど。空港ロビーを抜けてタクシー乗り場でタクシーに乗り込んだのは十二時四十五分だった。

以前見ていた悪夢では、父なり誰かなりに勧められて福岡の地に降り立つと、空港からそのままタクシーで和白の実家に直行する展開と決まっていた。

まずは夢の通りにやってみようと考えていた。

それにしても一体、何年ぶりの帰省なのだろうか？

前回、自分がいつ郷里の土を踏んだのかまるきり憶えていなかった。

ただ、母の塔子がグランマイオに入居したのが十年以上前の話だから、それ以降は恐らく一度も足を向けていないと思われる。

ひょっとすると父を亡くした二十年前、その葬儀に出席したあとは一度も帰っていないのかもしれない。何となくだが、そんな感触もあった。

しかし、空港や空港周辺の景色を眺めてもさほどの驚きも懐かしさも感じなかった。いつも通りという印象の方が強い。

意外だったのは久しぶりの博多が東京と変わらぬ寒さであることだ。最高気温十度、最低気温七度という東京と似たり寄ったりの予報は昨夜のニュースでチェック済みだったが、そうは言っても実際はもっとあたたかいと勝手に思い込んでいた。それが一歩空港の建物を出てみると身を切るような風の洗礼を受け、故郷の冬の厳しさをここまで暢気に忘れている自分自身にいささか呆れる思いだったのだ。

タクシーの車窓に顔を寄せて久方ぶりの風景に目を凝らす。目を凝らしながら、例の悪夢の細かい筋立てを頭の中で反芻《はんすう》していた。

「本当に人を殺したのかどうか、相手が誰だったのか、博多に戻ってちゃんと事実関係を確かめてくるべきだよ」

と福岡行きを勧めてきたのは田丸亮太だったか。

夢の中では、こうして車窓の景色を眺めているうちに息苦しさを感じ始め、やがて一人の女の死に顔が脳裏に浮かび上がってくるのだった。長い髪の一部が額にかかり、苦悶の表情を残したまま瞑目するどす黒い顔。首筋には鬱血の痕が残り、自分がこの手で彼女を絞め殺したのだと思い知る……。

だが、実際には息苦しさも感じないし、女性の顔もいまとなってははっきりと思い出せなかった。憶えているのは形骸化した説明的な記憶でしかない。

実家の住所はグランマイオの書類に記されていたものを書き写してきていた。と言ってもそれは記憶の通りでもあったからそこに変容は及んでいないようだ。

その住所を運転手に告げ、運転手はナビで位置を確認したあと車を出したのだった。都市高速には乗らず国道三号線を経由するよう頼んでおいた。夢の中のタクシーは高速には乗っていなかったからだ。

ナビの到着予想時刻を見ると十三時十五分と出ている。所要時間三十分。おおよそそんなものだろう。

車はどことも知れぬ街並みを抜けていく。

すぐに国道三号線に入るかと思っていたが、ナビの画面を見ていると案に相違して三号線と並行に走っているバイパスを通っているようだった。

こんなバイパスがいつできたのだろう？

とは言っても空港からタクシーで実家に帰ったことなど滅多にないし、福岡の町で車を走らせた経験も皆無に近い。知らない道があったとしても別段不思議ではなかった。

馴染みの景色に遭遇したのは多々良《たたら》中学の先で左折して国道三号線に入ってからだ。三号線を走り出した直後に高校時代に友人たちとよく出かけたボウリング場が左側に現われ、思わず身を乗り出していた。首を回してすっかり古びたその建物が見えなくなるまで目で追っていた。

一緒にボウリングをやった面々の顔が思い浮かぶ。「川添」や江副、中富、近藤《こんどう》、藤井《ふじい》、それに名前の思い出せない顔も一人くらいいる。みんな美術部の仲間だった。

中富のみならずあの江副将一もやはり美術部員だったのだ。

中富によれば一学年後輩で、いまや世界的な映像作家となっている木村庸三もクラブ再建時からの美術部員だったという。名無しの二人のうちのどちらかが木村なのかもしれなかった。

半ば予想していたことだが、こうして福岡に舞い戻ってきただけで失われていた記憶がみるみる回復し始めている。この分だと小雪や「川添」にまつわる真相もいずれ解き明かされていくのかもしれない。

――だからこそ、長いあいだここに戻って来るのを避けてきたのではないか？

ふとそんな気がした。

「本村千鶴」が母の塔子だと知った時点で、今日のように和白の実家を訪ねてもよかったのだ。だが、あのときはどうしてもそういう気になれなかった。

――俺は、本心では真実の記憶を取り戻したくないのではないか？

先だって高畠響子にも伝えた感懐があらためて色合いを増して胸にせり上がってくる。

「あとは自然の流れに任せた方がいいんじゃないだろうか」

たしか響子にはそう言った気がする。

十年振りか二十年振りかで帰郷し、否応なく本物の記憶へと分け入って行こうとしているこの流れは、果たして「自然の流れ」なのだろうか？

そこがよく分からない。

分からないままに今の自分は和白の実家を訪ね、真実のとば口へ立とうとしている。

和白へ近づいてくると三号線沿いの景色が徐々に懐かしいものへと変わっていった。

両側の建物も小ぶりのものばかりが連なるようになり、その分、空がぐんと広がってくる。

さきほどまで東京の郊外と大して違いのなかった街並みが、にわかに首都圏近郊ではお目にかかれないようなうらさびしい雰囲気を漂わせ始めた。

――海洋時代小説の第一人者だったとはいえ、あの父がよくこんな海辺の田舎町に居を構えたものだ……。

同業の身となってみれば、共に博多湾沿いとはいえ格段に拓けた西の町に父が逃げ出したのも頷ける気がしないでもなかった。

そんなふうに思っているとまた何かもやもやとしたものが胸の奥から滲み出してくるのが分かった。

――父はなぜ母を捨てて、西の仕事場へと移ったのか？

これまで思いつきもしなかった疑問が急に意識の表層へと浮上してくる。

父はなぜ？

自問しつつ車窓に目をやると「和白」のバス停にちょうどさしかかるところだった。

「運転手さん、この先で止めて下さい」

気づいたらそう声を掛けていた。

「このへんでよかとですか？」

減速しながら運転手が言う。

「はい。あとは歩いて行くことにします」

バス停を過ぎて五十メートルほどのところでタクシーは停車した。

四千円弱の料金を支払い大きめのリュックを右肩に掛けて車を降りた。

スピードを上げて走り去っていくタクシーを見送り、バス停の方へと国道沿いの狭い舗道を後戻りする形で歩く。

実家に行くにはバス停を越えてさらに二百メートルほど先の細い路地を右に曲るのが近道なのだった。

バス停を過ぎるとすぐに見慣れない光景に出くわした。

それは、広い駐車場を擁した真新しい感じの複合商業施設だった。中央の巨大な平屋の建物には「ＴＳＵＴＡＹＡ」と「ＬＩＴＴＬＥ　ＭＥＲＭＡＩＤ」の看板が掲げられ、その建物の左右には「セブン-イレブン」と「やよい軒」が建っている。

この場所は確かナフコだったはずだが、潰れたのか？

ナフコは福岡発祥のホームセンター大手で、その和白店がずいぶん昔からここに建っていたのだった。

駐車場には結構な数の車がある。

それぞれの店の入口からはたくさんの客が出入りしている。時刻は午後一時を十五分ほど回ったところだった。昼餉時というのもあるのだろう。

それにしてもこれだけの数の人が行き来している情景など、ここで暮らしていたあいだは見たためしがなかった。町の風景が一変したと言ってもいいのだろうが、行き交う人たちの服装や顔つき、髪型などが相変わらずのせいなのか、いかんせん鄙びた雰囲気は昔のままだ。

ただ、そうした以前と変わらぬたたずまいが郷愁を運んでくる。

駐車場の向こうに懐かしい看板を見つけた。

「長浜ラーメン　赤のれん」

と白地に太い筆文字で記されている。

建物はどうやら新しくなっているようだが、中学二年のときに和白に転居して以来、東京に出るまでしょっちゅう通っていたラーメン屋だった。大学時代、たまに帰省すると母の心尽くしの料理もそっちのけで真っ先に食べに行った店でもある。

実家まで直接タクシーで乗りつけるのを回避したのは、何となくそうしない方がいいような気がしたからだった。

父が家を捨てた理由を思い出そうとしていると不意にタクシーを降りたくなった。

要するに実家の現在を確認するというのは、父が出て行った理由を知ることに繋がりかねないと感じた瞬間に心の中に葛藤が生まれたのだ。だからこそ、いつでも途中棄権できるように歩いて実家へ向かう方法へ切り換えてしまった。

――そうした及び腰、逃げ腰も大いに結構。人間は思い出したくない記憶を無理やり思い出す必要はないのだ。

そんな気がした。

いつぞやの村正さんの話ではないが、人間の記憶というのは、これだけは間違いないと信じているものであっても何らかの形で自分の都合のいいように改変されているのが常だ。「自分」とか「自分の人生」というのはそれまでの記憶によって形作られた一つのまとまりに過ぎない。

「自分」や「自分の人生」という客観的な事実なり真実なりがまずはどこかに厳然として存在し、その中のほんの一部を記憶という形で保持している――というふうに我々はいつも思いがちだが、実際には、村正さんの指摘の通り、そんな客観的な事実なり真実なりに当の我々自身がほんのちょっとでも触れることはあり得ないのだ。

我々が神の視点を持つことは、ごく一部の例外を除いて不可能と断じてよい。

懐かしい「赤のれん」の看板を見つけて、にわかに空腹をおぼえた。今日は羽田でコーヒーとサンドイッチを口にしただけだったから腹が減っているのも無理はない。

実家を訪ねる前にまずは腹ごしらえをしておこう。

見上げれば空には薄日が射していた。冷たかった風もだいぶぬるんできている。

うまいラーメンでもすすって気持ちを整え、もう少し気温が上がったところで現地を踏んだ方が、実家がいかなる惨状を呈していたとしてもダメージは軽いに違いなかった。

古めかしい店舗型家屋だったはずの「赤のれん」は小ぶりのビルに変身していた。一階が店なのは変わりがないが、二階、三階は賃貸のワンルームのようだ。

店の玄関と同じ側に住民専用の出入口も設けられていた。

赤地に太く白く「長浜ラーメン」と染め抜かれた大きな暖簾をくぐってドアを開ける。

午後一時をとっくに回っているせいか広い店内は半分程度の入りだった。

長いカウンターの端っこには大根の酢漬けやもやしのナムル、辛子高菜、肉じゃがなどを山盛りに盛った大きなどんぶり鉢が並んで、それぞれに無造作に菜箸が突っ込んである。これらの惣菜は隣に積まれた小皿に各人が勝手に取って幾らでも食べることができる。そういうところは以前と変わらぬようだった。

惣菜の置かれた場所から一番遠い左のカウンターの隅に腰を下ろした。リュックは空いている右の椅子に置く。カウンター越しに女性の店員が水を持って来る。

「もやしラーメンの大盛、カタ麺で」

と注文した。

学生時代からここでは必ずそれを食べることにしていたのだ。

店の中はすっかり新しくなっているが、それでもカウンターの向こうで鍋を振っている黒いTシャツ姿の店員やラーメンをすすっている客たち、壁に張った品書きやビール会社のポスターなどを眺め、濃厚なとんこつスープの匂いを嗅いでいると時計の針がみるみる逆回しになっていくような不思議な錯覚に陥る。

五分も経たずに大盛のラーメンが届いた。箸を取るとてんこ盛りのもやしを選り分け、まずはレンゲでスープをすくった。

味は昔とちっとも変わっていない。

五臓六腑にしみわたるようなうまさだった。

これだけで郷里に帰って来た甲斐があったような気がする。東京にも「博多ラーメン」の看板を掲げる店は数多あったが、何をどう工夫しているのかこの正真正銘の味を再現できている店はほとんどない。

小雪が生きている頃は、しばしば二人で博多ラーメンの食べ歩きをしていた。どの店もそれなりにうまかったが、こういう本当の味にはついぞ出会わなかった気がする。そこは小雪ともいつも同じ感想だったのだ。

半分ほど一気に腹におさめたところでふと箸が止まった。

——この店に小雪を連れて来たことはあっただろうか？

自問すると、

——この店どころか、和白の実家にさえ一度も連れて行ったことがない。

という答えが即座に頭に浮かんだ。

父のみならず母の塔子も小雪との結婚に大反対だった。壱岐市役所から送られてきた戸籍謄本に小雪の名前がないと知ったときも、彼女を籍に入れることができなかった最大の理由は両親揃っての猛反対のゆえだろうとは容易に察しがついたのだ。

——だとすれば小雪が和白の実家の敷居を跨いだはずもないし、中曽根あけみが言っていたように母の塔子がグランマイオに入居した後も、彼女がほとんど姑のもとへ足を運ばなかったのも無理からぬ話ということになる。記憶は定かではないが、恐らく父の葬儀の折も小雪を一緒に連れて行くことはしなかったに違いない……。

あっという間にラーメンを食べ終えたが、箸を置いたあともしばし物思いに耽る。

小雪との結婚を頑なに反対した両親が住む福岡から足が遠のいたのはごく自然の成り行きであったろう。ということは、グランマイオに移り住む前の母に関する思い出がほとんどないのは、記憶の欠落というよりも、むしろ彼女との交通が長期間にわたって途絶えていたことが一番の原因だったのかもしれない。

そして、十年ほど前、何らかのきっかけで母が認知症になっているのを知り、それまでの親不孝に青ざめて彼女を急いで引き取ったというのが事の真相なのではなかろうか？

ふと店内を見回すと半分ほどの席を埋めていた客がほとんどいなくなっていた。

人の気配が消え、こちらも退散すべく伝票を摑んで立ち上がろうとしたときだった。

「海老沢龍吾郎先生の作品で一番お好きだったのは何でしたか？」

という奇妙なセリフが聞こえてきたのである。

2

浮かしていた腰を座面に戻し、声がした方へと半身を回していた。

その声は、久方ぶりの故郷の町で追想に浸っていたための空耳などではなく、背後の壁の高い場所に設置されたテレビから流れてきたもののようだった。

顔を上向けて画面を注視した。

応接セットが置かれたスタジオで二人の人物が向かい合って話している。右手に座るのが番組名にも名前が入っている著名な女性司会者で、左手に着座しているのは日替わりで登場するゲストのようだった。もう何十年も続いている昼間のインタビュー番組だ。

今日のゲストは着物姿に真っ白な銀髪が映える女優、浦山《うらやま》美鈴《みすず》だ。

浦山はかつて一世を風靡した大女優であると同時に現在は日本画家としても知られる存在だった。

「あの人の書いたもので、一番好きな作品ねえ……」

彼女が海老沢龍吾郎と一時期恋愛関係にあったというのはいまや世間周知の事実だ。一度だけ彼女のアトリエで海老沢との対談を行ったときでも、すでに二人の関係は業界ではかなりの噂になっていたのだった。

途中からなので会話の流れは読めないが、浦山本人が海老沢との関わりに触れ、すでに海老沢も鬼籍に入ったとあって女性司会者がさしたる遠慮もなく、さきほどのような質問を発したものと思われた。

問われた浦山の方は、ちょっと首を傾げて考えるようにしていた。

「そうねえ、何かしらねえ……」

再度呟いて、かなりの間を空けた。

そして、やおら司会者の方に視線を戻すと、

「これは海老沢龍吾郎の作品の中ではあまり評判にならなかった部類なんですけどね、『呪術の密林』という長編小説があるんです。わたくしは、数ある作品の中でも、その『呪術の密林』という本が一等素晴らしいと思っておりますのよ」

と言ったのである。

「ミステリーというよりも複雑な人間関係を描いた家族小説なんでございますけれども、この本が海老沢の本当の代表作だと思います。余り売れなかったんですけどもね、海老沢本人も常々そのように申しておりました。実際、彼が一番脂が乗っていた時期に書いたものでもありますしね」

女性司会者の方は当然読んだこともなく、むろん映像化もされていない無名の作品とあってただ頷きながら聞いていた。

「そうそう」

ちょっと身を乗り出すようにしてさらに浦山美鈴は言葉を足した。

「この『呪術の密林』はね、あの姫野伸昌さんが編集者だった頃に担当して下さった作品でしてね。そういう意味でもあの人にとっては忘れ難い小説だったんでしょうね」

「あら、そうですの。姫野先生がご担当だったんですか。それはすごいお話ですね」

見知った名前が相手の口から出て、ようやく司会者が反応した。

そういえば、デビューしてしばらく経った頃に一度この番組に出たことがあったなと思い出していた。

「そうなんです。なのでね、そういうこともあってやっぱり一番出来のいい小説になったんじゃないかしら」

浦山美鈴は艶やかな笑みを浮かべている。

齢八十はとっくに過ぎているはずだが往年の大女優の嫣然《えんぜん》たるさまを目前にして、さしもの女性司会者もいささか格落ちの感が否めなかった。

こんな形で自分の名前が、浦山美鈴という一度きり会っただけの人物の口から飛び出したことに唖然とせざるを得なかった。

何十年振りかで訪ねた故郷の町で、しかも、これから長年放置していた実家を検分に行くというちょうどそのタイミングで、あの『呪術の密林』の書名と共に自らの名前を耳にする――およそそんな偶然があるとは信じ難かった。

――これは一体いかなる天啓なのか？

背筋のあたりに冷たいものを感じながら内心でひとりごちる。

リュックに入れてある財布から千円札を抜くと、それを伝票と一緒にカウンターに置いて席を立った。

浦山美鈴は司会者に乞われて、『呪術の密林』のあらすじを語り始めていた。

「釣りはいらないよ」

近づいて来た店員に一声掛けるとリュックを担ぎ、耳を塞ぐようにしてそそくさと店を出るしかなかったのだ。


「マギーメイ」は最初から貸し切り同然の状態だったが、一時間ほど経ったところで、ママの鴨下千絵子《かもしたちえこ》は店の扉に「貸し切り」の札を掛けて本当に貸し切りにしてしまったのだった。

「ここからは全部、私のおごりやけん、みんなじゃんじゃん飲んでね」

千絵子が言うと、

「そう言って、いっつも一番飲むのはママやけんね」

と中富健太がすかさず混ぜっ返した。

「今夜はいままで不義理のお詫びに全部、僕が持ちますから」

と言うと、

「それが一番よかよ、ママ。何しろ姫野部長のこんまでの不義理はそれくらいじゃおっつかんくらいやけんね」

中富の隣に座る江副将一がにやにや笑いながら言う。

「やけど、姫野先生にはさっき色紙ば二枚も書いて貰ったけんね。それやったら何もしとらん江副社長に今夜は持って貰おうかな」

「なんな、そら。こげな青息吐息の中小企業の社長にたかるとは、そら、どげな根性悪か料簡ね」

江副が色をなすような大仰な口調で言い返す。

「あんたこそ、姫野先生にたかっとるんやろうも。相変わらず道理の分からん男やねえ」

千絵子にぴしっと言われて、

「ここに来《く》っと、いっつも千絵子ママの説教食わされてばっかりや」

ダブルの水割りを片手に江副が巨体を揺すって「おーこわっ」のポーズを作り、それを見てママや中富だけでなく藤井や古賀《こが》、津森《つもり》など一同が大笑いしたのだった。

和白の実家を訪ねたあと、国道三号線まで戻ってタクシーを拾い、三時過ぎには天神の西鉄グランドホテルにチェックインした。とりあえず今日、明日の二日間の予約を入れてあった。

中富との待ち合わせは一階ロビーで午後六時と決めていたので、部屋に入るとシャワーを浴び、それから二時間ほど仮眠を取った。

五時五十分に十二階の部屋を出てエレベーターでロビー階に降りた。フロントの前の待合スペースで佇立《ちょりつ》している中富を見つけ、手を挙げて近づいていくと彼も笑みを浮かべて会釈を返してきたのだった。

一階のカフェで簡単な打ち合わせを行った。

連続講演は十月の新校舎落成式をあいだに挟んで毎週日曜日ごとに行われる予定で、

「姫野君にはトップバッターかトリかどっちかを引き受けて貰えればと思ってるんやけど、幹事会としてはやっぱり一番手でお願いできると有難いんよね。何と言うても初回の評判があとあとに影響するし、地元のテレビ局とか新聞社とかも、できれば姫野さんで一回目をやって貰えれば大きく扱うことができるんやけどって言いよるんよ」

ということらしかった。

「その方がいいんなら、もちろん僕は一番手でも全然構わないよ」

と答える。十月のスケジュールなどまだまったくの白紙なのだ。

「そうね。そりゃありがたか」

落成式が十月十五日に予定され、第一回の講演会は十月八日日曜日に設定されているのだという。

「落成式は十五日やけど、百周年記念式典は八日にやることになっとる。月曜日が体育の日やけん、この日が一番人数を集めやすいんよ。その上、姫野君が講演してくれるとなればますます大盛況になるんやなかろうか。幹事の僕としても面目が立つよ」

中富は本当に喜んでいたのだった。

それから二人で中洲にある老舗《しにせ》のうなぎ屋に出かけて晩飯を食った。

中富はどうやら一番値の張る「うなぎ会席」で予約を取ってくれていたようだったが、わがままを言って「うな重」に変更して貰った。

「うなぎはちまちま食べんで、うな重をガツンと掻き込むのが一番やけんね」

中富と話していると錆び付いていた博多弁が自然に出てくる。

「それもそうやね」

「あと、中富もあんまり気を遣わんといてくれんね。姫野君て君づけするのも勘弁してほしか」

率直に言うと、

「じゃあ、そうすっかね。美術部で同じ釜の飯ば食うた同級生やもんね」

彼もあっさり乗ってきたのだった。

博多独特の甘いたれで焼いたうなぎの蒲焼きはうまかった。うまきやうざくも頼み、酒は二人とも生ビールだ。

空港に降り立ったときは冷たかった風も日が落ちてからは生ぬるくなっていた。やはり九州博多は南国なのだと再認識する。冷えたビールが胃の腑にしみわたるようだ。

八時前にうなぎ屋を出ると、

「もう一軒付き合って貰ってよか？」

中富が誘ってくる。

「美術部のメンバーたちが近所のスナックで姫野が来るのを待っとるんよ」

「メンバー？」

「うん。江副とか藤井とか古賀とか。津森も多分来とると思うよ」

三号線沿いのボウリング場を目にしたときに江副や藤井が部員だったことは思い出して

いた。「古賀」や「津森」という名前を聞いて彼らの顔も思い浮かんでくる。津森はあのとき思い出せなかった二人のうちの一人だった。木村庸三と同様に津森も一学年下だったはずだ。

　ということは、思い出せないもう一人がやはり木村庸三なのだろうか?

「鴨下千絵子って憶えとる?」

　中富に訊かれて首を傾げる。

「俺たちの同級生やった人よ。二年のときに姫野と俺と同じクラスやった」

「憶えとらんねえ」

　正直に口にした。

「その鴨下さんがこの近所でスナックばやりよるんよ。そこが俺たちの長年の溜まり場なんよ」

　と中富はいささか呆れた感じになっている。

　うなぎ屋は天神寄りの那珂川《なかがわ》沿いにあったが、鴨下千絵子のやっているスナック「マギーメイ」は中洲の反対側、狭い水路を挟んで上川端《かみかわばた》商店街と向かい合う場所にあった。

　中富と二人で十分ほど歩き、八時過ぎに小さな三階建てのビルの二階にあるその店に入ったのだった。

　顔を合わせてみると鴨下千絵子のことはすぐに思い出した。

　当時の福中高校は男女共学とはいえ大半が男子生徒で、女子のいないクラスが過半を占めていた。男女混合クラスになったのは確か二年時だけだったように思う。それもあって対面してみればあっという間に記憶はよみがえってきたのだ。

顔立ちの整った細身の美女で、男子生徒たちから大層人気があった気がする。

ただ、そういう往時の面影を彷彿させはしたものの、彼女もすでに還暦前とあって紺地の着物に博多帯をきりっと締めたその姿は記憶の中の「鴨下さん」とは別人と言ってよかった。

声音や物腰に至ってはさすがにほとんど憶えていないので、初対面のような印象しかない。

何しろこちらは三年間、福中高校に通ったとはいえ愛校精神はほぼ皆無だったし、あの頃は一刻も早く東京に出て立身の第一歩を踏み出すことばかり考えていた。同じ美術部の仲間である中富たちも含めて郷里の人間に対してほとんど関心がなかったのだ。

そういう点では架空とはいえ「川添晴明」の存在は例外中の例外とも呼べるものだった。

中富は福岡電力の上席執行役員、江副は「江副セメント」の代表取締役社長、藤井は地元の学校法人「福博学院」の副理事長、古賀は上川端商店街に大きな本店を構える「博多人形・こが」の社長、そして津森は西新《にしじん》で「津森弁護士事務所」を開業と、それぞれ定年世代でありながらバリバリの現役であり、芸工大に進んだ江副以外の全員が九州大学に進学して地元に根を張った人々だ。

名門福中高校でも、彼らは地元組のいわゆる「勝ち組メンバー」に違いない。

彼らと会ってまず最初に驚いたのは、「姫野部長」と全員から呼ばれたことだった。「部長」というのは当然、美術部の部長という意味で、まさか自分が「部長」だったことを忘れているとも言えず、当たり前のような顔つきで受け答えをしていると、彼らはその後もずっと「部長、部長」と呼んでくるのだった。

記憶の中では「川添」に誘われて長らく消滅していた美術部を二人で再興し、部長には一歳年長の「川添」が就任したことになっていた。だが、その「川添」が架空の人物だとすれば自分自身が部長として美術部を始めたというのも間尺に合わない話ではなかった。

一体どこまでが真実の記憶で、どこからが贋物の記憶なのか？

中富たちのあっち飛びこっち飛びの会話に付き合いながら、川添と初めて親しく会話を交わした昼休みの教室、それに先立つ「ブラジル」や「りーぶる天神」での出来事は現実なのだろうかと反芻していた。

いまも手元に古いボナールの画集が残っている点からして「りーぶる天神」や「ブラジル」での思い出は事実だった可能性が高いような気がする。

——だとすれば、「ブラジル」でボナールの画集を眺めているところを見ていた別の人物が存在したのか？

「川添」の来歴がいま目の前にいる江副将一から拝借したものであるのは間違いない。だが、あの昼休みに声を掛けてきたのが江副でないのも確かだった。

中富のみならず「マギーメイ」に集まった面々は、ママの千絵子を含めて誰もが「姫野仲昌」に関して非常に詳しかった。

みんな作品の愛読者のようであったし、雑誌やテレビのインタビュー、エッセイなどで語ったことや触れたことに精通している印象があった。こちらは高校を出てからの彼らの詳細を何も知らないにもかかわらず彼らはさまざまな事柄を知っている。そうした彼我の情報格差は、作家のような商売をしていると付いて回るものではあるのだが、それにしても長年没交渉だった自分に対して彼らがこれほど歓迎の気持ちを表わしてくれるのは有難くもあり面映ゆくもあった。

「ところで近藤はどげんしとるんかね？」

緊張もあって久々に杯を重ねていることもあり急速に酔いが回ってきていた。酔うほどに博多弁もますます自然に出てくるようになる。

和白の実家に向かう途中で思い出した面々の中で姿を見せていないのは、そう言えば同級生の近藤信二《しんじ》だけだった。

「近藤はアメリカよ。ロスででっかい税理士事務所ば経営しとるよ」

江副が言う。

「あの近藤がアメリカに行きよったとね」

これも初耳だった。

近藤は美術部とラグビー部を掛け持ちにしていて、結局、ラグビーがやりたくて同志社に進学した。大学ではフランカーとして有名選手の仲間入りを果たした男である。

「向こうでアメリカ人の嫁さんば貰って、子供たちもみんなアメリカの大学に進んだごたる。半年くらい前にロスで久しぶりに会ったら、俺はもうこっちに骨ば埋めるつもりやて言いよったよ」

と言ったのは、近藤と一番仲の良かった藤井だ。

「そうそう」

そこですっかり赤ら顔の中富が割って入るように口を開いた。

「部長が来るていう話は、先月、日取りが決まってすぐに木村にも知らせたんよ。あいつも絶対顔出すて言いよったんやけど、先週連絡があって、急にイタリアに行かないかんようになったけん今回は参加できんていう話やった。姫野部長にくれぐれもよろしく伝えてくれて言いよったよ」

木村の名前が出たのは、今夜はそれが初めてだった。

「イタリアてね」

木村と同級の津森が合いの手を入れる。

「木村はますます世界的になっていきよるね。何の仕事なんやろうか」

「なんでも、バチカンから頼まれた仕事て言いよったよ。システィナ礼拝堂を特殊効果を使って撮影するとかいう話やった」

「へぇー。やっぱすごかねー」

古賀が感嘆の声を上げる。

「福中高の美術部は他の部とはレベルが違うな。何しろ部を起ち上げた部長はいまや押しも押されもせぬ大作家で、言い出しっぺの副部長は世界的な映像作家になっとるんやもん」

太鼓腹の江副が自慢気に言う。

「ほんとにほんとやね」

中富も津森も大きく頷いていた。

「言い出しっぺの副部長」という江副の一言に耳を留めた。

「部を起ち上げた部長」が自分で「言い出しっぺの副部長」が木村だということは、美術部の再興は木村と二人でやったということなのか？

だとすれば「川添晴明」のモデルは一学年後輩の木村庸三ということになる。

「ブラジル」でボナールの画集を眺めているとき同じようにクラスマッチをサボってあの店に来ていたのは木村だったのだろうか？

そして、翌日、学校で、

「姫野君、ボナールが好きなの？」

と彼は話しかけてきた……。

だが、後輩の木村が「姫野君」などと言うわけがないし、それ以前に同じクラスでも同じ学年でもない木村が気安く声を掛けてきたというのも考えにくかった。

仮にそういうことがあったのであれば、彼とかねて面識があったはずで、実際には、

「姫野さん、ボナールが好きなんですか？」

と訊いてきたのであろう。

――では、後輩の木村庸三とどうやって知り合ったのか？

そう自問したとき、さらに新たな疑問が生じたのだった。

木村と共に美術部を起ち上げたのが事実ならば、自分が二年か三年生のときということになる。でなければ一学年下の「言い出しっぺ」と協力などできるはずがない。

この点に関しては、昨春、数十年振りに中富と再会した折に、彼が、

「姫野君、木村のこと憶えとらんと？　美術部の一年後輩やったやろうが。姫野君が美術部を起ち上げたときあいつも入部してきたやないね」

と言っていたことからも裏付けられた。

あのときは、「姫野君が美術部を起ち上げた」という言葉のみならず、「起ち上げたときにあいつも入部してきた」という中富の言い方にも違和感を覚えたものだった。

これまでずっと高校一年の秋の文化祭直前に「川添」と二人で美術部を再建したと信じ込んできたが、どうやらそのへんの記憶も現実とは相当に異なっているようだ。

「木村もこの店にはよく来ると？」

しばらく間を置いてから、誰かの水割りを作っている千絵子に訊ねてみる。

「木村先生はもうめったに来んしゃらんねえ。十年くらい前に拠点を東京に移して、こっちの事務所に顔を見せることもほとんどなくなったみたいやけんねえ」

と千絵子。

「ロスにも事務所があるみたいやね。この前会ったとき近藤がそげんに言いよった。数年前に木村から突然連絡が入って、そいでいろいろと相談に乗ってやったらしかよ」

藤井が口を挟み、

「ロスて言うたらハリウッドやもんねー」

古賀が再び感心したような声になる。

高校を出て以来四十年余り、木村庸三に対してまるで無関心だった。映像作家として名声を得てからでも、自分と関わりのある人物として認識したことはなかったような気がする。

しかし、考えてみればそれは非常に奇妙な話だった。

ジャンルは異なるとはいえお互い芸術分野で活動している仲間であり、しかも彼は同じ高校の美術部で一緒に絵を描いていた親しい朋輩なのだ。挙句、今夜の中富たちの話では木村こそが「川添」のモデルであるらしい。

――ということは、自分はどこかの時点でこの木村との関わりを記憶から消すために「川添晴明」という架空の人物を創り出したのではないか……。

そう考えるのが最も妥当なような気がしてくる。

3

翌朝はひどい二日酔いだった。

ベッドから降りても身動きがならず、備え付けの冷蔵庫から出したペットボトルの水をちびちび飲みながら窓辺に置かれた長椅子にぐったりと座っていた。

しばらくして、指で引っかけるようにしてベージュ色のカーテンを引いた。窓の向こうには天神の繁華街の風景が広がっている。

日差しは薄く、入り組んだ街路は路面といい建ち並ぶビルといい雨で黒ずんでいた。その中を傘を差した大勢の人たちが行き交っている。

いつから雨が降り出したのだろう？

空調のおかげなのか部屋の中は暑くも寒くもなかった。

昨夜は四時過ぎまでマギーメイで飲み、中富にタクシーでこのホテルまで送って貰った。したたかに酔っていて、目覚めてみると自分がどうやって部屋まで辿り着いたのかよく憶えていなかった。

案外その時分には降り始めていたのかもしれない。

ナイトテーブルのデジタルウォッチに目をやる。

午前十一時三十五分。

起きてから一時間近く、こんなふうに座っていることになる。

ゆっくりと首を回してみた。さらに頭を上下左右に、これも慎重に動かしてみる。

頭痛はだいぶ和らいだようだった。

こういう正真正銘の二日酔いは何十年振りという気がした。

飲んだくれていたあいだは不思議と滅多に二日酔いにはならなかったし、なったとしても動けないほど重かったことはない。若い頃はしょっちゅうで、ことに海老沢番の時代、彼と不仲になってからはしたたかに飲まされて、翌日丸一日使い物にならないことがしばしばだった。

酒量が減り、肺がんの一件もあって食生活にも気を遣うようになった。そうやってまともな暮らしを取り戻した途端に、大風邪を引いてみたり二日酔いになってみたりする。

要するにそれが人並みの証明ということなのだろうか。

静かに立ち上がってみた。

起き抜けのような立ちくらみも消えているし、頭の芯にかすかな痛みは残っているものの動けないほどではない。

そうそうのんびりしているわけにもいかなかった。シャワーでも浴び、そろそろ活動を開始しよう。

浴室から出ると、バスローブ姿でベッドの縁に腰かけた。大きくて分厚いバスタオルで髪をごしごし拭いても頭痛は戻ってこない。

急速に二日酔いが抜けてくれたのは日頃の摂生の効用なのかもしれなかった。

バスタオルを頭にかぶせたまま手を伸ばし、ナイトテーブルのスマホを取る。シャワーの最中に思いついたことをさっそく実行した。

スマホの画面にグーグル検索を呼び出す。

アマゾンや楽天などネット通販のページを開き、『呪術の密林』の古本を探したが、どの古書店のサイトも「売り切れ、入荷未定」の表示が出ていた。一件だけべらぼうな高値をつけているのがあったが、こういう店に注文を出すのは禁物だろう。

昨日、「赤のれん」で観たインタビュー番組での浦山美鈴の発言で一気に品切れになったのは想像に難くなかった。

こんなことならばあのとき注文すべきだったか？

だが、『呪術の密林』のあらすじを喋り始めた浦山美鈴の声を耳にして、自分はそそくさと店を出て来たのだった。こうして本を手に入れようと思い立ったのは、あのときの自分のこころの動きにいまさらながら不審を覚えたからだった。

――どうして『呪術の密林』の内容を聞くのが嫌だったのか？

シャワーを浴びながらその点に気づき、慌てて本を見つけようとしている。出遅れてしまったのはやむを得なかったと言うしかないだろう。

古書店サイトをざっと当たるとスマホの検索画面を閉じ、電話帳をスクロールする。K書店の担当者である吉岡君の番号を選んで発信マークにタッチした。

呼び出し音が三度ほど鳴って、吉岡君の声が聴こえてきた。今日は水曜日だから彼はもう出社しているだろう。

海老沢龍吾郎の『呪術の密林』を一冊探して貰いたいこと、ネット古書店は軒並み売り切れなので実店舗を当たるしかないと思う、といった用向きを伝えた。

「分かりました。少々お時間をいただけますか？」

吉岡君は理由を訊ねるでもなくてう言った。

「いま取材で福岡に来ていてね。だから、そんなに急がなくてもいいよ。ただ、案外見つけにくいかもしれないよ」

「場合によっては複写でもいいですか？」

「もちろん。中身が読めればそれでいいんだ」

「でしたら、どうしても現物が見つからないときは、国会図書館か日比谷図書館で探してコピーします。ご安心下さい」

「ありがとう。お手数をかけて申し訳ない」

型通りの礼を口にしたところで、ふと思いついたことがあった。

「そうそう。もしかしたら田丸が一冊持っているかもしれないよ。彼は前の会社で僕の後任の海老沢番だったからね」

「そう言えばそうでしたね」

吉岡君もホテルニューオータニで開かれた海老沢の「お別れの会」には田丸と共に出席していたので、二人の関係については承知していた。

「了解しました。古書店で探して見つからなかったら、社長にもちょっと訊いてみますね」

最後にそう言って、彼の方から電話は切れた。

スマホをベッドに置き、頭のバスタオルを外す。

首から上がちょっと冷えてきていた。開けっ放しのカーテンの向こうには鈍色の空が見える。雨はまだ降り続いているようだ。

九州の三月は東京ほどに冷え込むことはなかろうが、油断しているとまた風邪を引いてしまう。

何しろ、もう自分は普通なのだ。

相変わらず全身にプラスチック化の兆候は見当たらず、風邪も引けば二日酔いにもなることができる。

束の間の夢想とは分かっていても、そうやって自分がまっさらになったように感ずるのはどことなく気分がよかった。

身支度を済ませてホテルを出たのは午後一時前だった。電車を使うつもりだったが時間の節約と天気を考慮してエントランスの車寄せに付け待ちしていたタクシーに乗った。

「法務局の箱崎出張所までお願いします」

行き先を告げる。

「箱崎の出張所ですね」

年配の運転手が復唱する。

天神から箱崎まではさほどの距離ではない。車窓から覗いても雨はしっかりと降っていた。土砂降りではないが小降りというわけでもなさそうだ。

通行人に雨靴姿が目立つので、それが早朝から降り続いている証拠に違いない。

和白の実家は博多湾沿いの「和白干潟」と呼ばれる遠浅の海に臨むようにして建っていた。海風の吹き寄せる広い庭の向こうはすぐに砂浜で、家を建てたときに庭先に造りつけた十段ほどの石段を降りると直接波打ち際まで歩いて行くことができた。

浜に降りれば、左手に背の高い通信塔がある以外は一面の海で、明け方や夕暮れ時の風景はそれこそ得も言われぬほどの美しさであった。

父の伸一郎は執筆に疲れると、二階の仕事部屋の広いベランダに出て一服つけながらよく海を眺めていたものだ。

昨日訪ねたその実家は、跡形もなくなっていた。

三階建ての大きな家は忽然と姿を消し、三百坪ほどの敷地全体が格子状のスチールフェンスで囲まれた更地になっており、これにはさすがに唖然とした。悪夢にも出てきたように、少なくとも建物の一部くらいはまだ残存していると思っていたのだ。

潮風をもろに受ける厳しい自然環境で、様々な工夫を凝らして植栽を立派に育て上げ、見事な景観に仕立てていた母自慢の広い庭も打ちっぱなしのコンクリートによって完全にかき消されている。

　この光景を母が見たらさぞや胸を塞がれることだろう、と思う。

　フェンスのどこにも入口のようなものはなく、管理会社や所有者の名前や連絡先を示した看板やプレートも掲げられてはいなかった。ぐるりを取り巻くフェンスは要するに無断駐車を防ぐためだけに設置されているようだった。

　どうにも味気ない光景に、これならわざわざ訪ねて来る必要もなかったのではないかという徒労感を覚えずにはいられなかった。思い切り肩透かしを食らったような気分でかつての実家の前から立ち去ったのである。

「箱崎の登記所ももうすぐ廃止ですもんねー」

　窓越しの景色を眺めながら昨日の場面を思い出していると運転手が声を掛けてくる。

「そうなんですか？」

　意外な一言に思わず顔を運転席の方へと向けた。

「そうですばい。今年いっぱいとか、そんな感じじゃなかったですかねー」

「へぇー、そげんですかあ」

　博多弁にして相槌を打つ。

「お役所もなんでんかんでん統廃合ばっかで、そげんじゃあ景気なんかよくなりまっせんばい。出張所がなくなれば不便する人も大勢出てくっていうとにねえ」

「たしかにそげんですねえ」

和白の土地建物の登記簿をいまから閲覧しにいくつもりだった。

東区の不動産登記を取りまとめているのが福岡法務局の箱崎出張所であることは来博前に確認してきた。だが、その出張所がもうじき廃止されるというのは初耳だ。法務局のホームページにはそんな情報は載っていなかった気がする。

あの状態からして和白の実家が人手に渡っているのは確実と思われる。

一体いつ、どんな相手に売却したのか。それだけでも確認しておきたかった。

売り払ったとすると、父や母、それに自分の私物は現在どこにあるのか？　父が亡くなったとき仕事場にあった史料・文献類はすべて和白に戻した記憶がある。和白の家には父が収集した膨大な数の歴史資料、それに蔵書、さらには著作や書簡、生原稿などが保存されていた。優に倉庫一つ分はあった資料類を実家を売り払う時点でどうやって処分したのか？

史料や蔵書は古書店に譲ったとしても、少なくとも書簡や生原稿などは手元に残したはずだった。

母をグランマイオに入居させたのち成城の家に引き取ったのか？

そのあたりの記憶がまるでなかった。

十五分足らずで目的地に到着した。玄関前でタクシーを降りる。

二階建ての倉庫風の建物で白い外壁に「福岡法務局箱崎出張所」という白地に黒の大きな看板が貼り付いていた。雨はいつの間にか止んだようだが、空は分厚い灰色の雲で覆われ、光の乏しさもあってか出入口周辺にはうら寂しい雰囲気が漂っている。広い駐車場にも車の姿はない。

——これじゃあ、なくなるのもやむを得ないか……。

午後一時十五分。

腕時計で時刻を確認し、ひっそりとした建物の中へと入って行く。


博多駅に着いたところで腹ごしらえをすることにした。

とっくに二時を回っているが、今日は朝から何も食べていなかった。シャワーを浴びて二日酔いは急速に軽くなったものの身体から完全に酒が抜けた感じではなかったし、食欲も湧かなかった。無理に何か詰め込んで二日酔いが舞い戻ってくるのは御免だったのだ。

人々でごった返している駅の構内を抜け、博多口から外に出た。

空は青空に変わり、生ぬるい風が吹いている。いつの間にか羽織っているコートが邪魔なくらいの陽気になっていた。

右手の方へ顔を向けると、バスターミナルの建物が見え、その先の線路沿いには無数の大小のビルがひしめいている。

あの辺が博多駅一丁目であろう。

目星をつけたところで振り返り、六年前に建て替えられた巨大な新しい駅ビルを見上げる。記憶の中にある古色蒼然とした博多駅とはまるで違っていた。

いつも飛行機を利用していたとはいえ、帰省時には天神と並ぶ繁華街である博多駅周辺に一度は足を運んでいただろうから、目の前の新駅ビルの開業以降に福岡を訪ねていないのは確かに思われた。ということは少なくともここ六年間は自分は福岡の地に足を踏み入れていないわけだ。

すぐ先に地下街の入口があった。

地下に降りて、手っ取り早く食べることにしよう。古い博多駅にも地下食堂街があったのだからこの新しいビルにも設けられているはずだ。

時分時を過ぎているためか、さすがに食堂街は人通りもまばらだ。

居酒屋やホルモン焼きの店、もつ鍋屋や鶏料理の店、回転寿司店など博多らしい店舗が通路の両側にずらりと並んでいる。

酒気は完全に抜けていたが、食欲はそれほどでもなかった。

なかほどでのれんを掲げていたうどん屋に入る。

うどんであれば腹もたれもなく、飲み過ぎた翌日にはもってこいだろう。それに久しぶりに博多名物の柔らかい太麺のうどんを食べてみたくもなったのだ。

カウンターもテーブル席も空いている。カウンターに一人、テーブルにカップルらしき一組がいるきりだった。

「お好きな席にどうぞー」

紺色の法被を着た女性店員に言われて、入口に一番近い二人掛けのテーブル席に腰を下ろした。水を持った店員がすぐにやってくる。

「ごぼう天うどんとかしわ飯にぎりの定食を下さい」

店の入口にあったセットメニューのポスターで一番大きな写真が載っていたそれを注文する。そもそも博多でうどんをすするときはこの組み合わせが鉄板でもある。「かしわ飯にぎり」というのは鶏肉の炊き込みご飯をおにぎりにしたものだった。

「かしわセット一つですね。少々お待ち下さい」

目のクリッとした若い店員が復唱し、席から離れていった。

コップの水を飲みながら店内を眺め回していると、あっという間に定食が届いた。昆布といりこで取った博多うどんならではの出汁の匂いが鼻腔をくすぐる。うどんの上には丸形の大きなごぼうの天ぷらが載っかっていた。かしわ飯のおにぎりはこぶりのものが二個、小皿に並んでいる。

にわかに腹の虫が鳴り始め、さっそく箸を割ってうどんにとりかかる。

太い麺をすすりながら、ポケットから手帳を取り出して広げ、さきほど法務局箱崎出張所でメモしてきた内容をあらためて確認した。

登記簿によれば和白の土地と建物は、母がグランマイオに入居して二カ月足らずで福大不動産という地元の大手不動産会社に売却されていた。これはおおかた予想通りで、その売却代金は恐らく母の銀行口座に振り込まれて、グランマイオの入居費用や月々の食費、管理費の一部に充てられたのであろう。

そして、福大不動産に売った土地建物は、九年前の三月に「オフィス・ケイ」という会社に転売されていたのだった。

九年前の三月といえば小雪を失って半年余りが過ぎた時期でもあった。

登記簿から読み取る限りでは、その「オフィス・ケイ」が実家をあのような更地に戻したようだ。だとするなら福大不動産に売却した時点か、ないしは少なくとも「オフィス・ケイ」が買い取る以前の段階で家の中のものはすべて整理したと考えるのが順当だろう。父の貴重な原稿などはどこか別の場所に移したに違いない。

それらは、成城の家でもろもろと共にプラスチック化しているのか？　はたまた都内の貸し倉庫にでも預けっぱなしになってしまっているのか？

不可解なのは、九年前に手に入れた土地をいまだに更地のまま放置し続けている「オフィス・ケイ」という会社だった。

この会社は一体どういう意図であの土地建物を買い取ったのか？

あんな海沿いの住宅地に事務所や工場を建てるというのも考えにくいし、敷地がそれなりにあるとはいえ一方通行の狭い道路が一本走っているきりの立地に何かの店舗を構えるというのも合点がいかない。

あげく、転売もせずに九年以上も更地のままで抱え続けているのはどうしてなのか？

登記簿にはもちろん「オフィス・ケイ」の所在地も明記されていた。

住所は、「博多区博多駅前1‐17‐8」。

登記所にいるときにグーグルマップで調べると地番の通りで、博多駅の博多口を出て五分も歩けば辿り着けそうな場所だった。

こうなったら直接「オフィス・ケイ」を訪ねて、先ずはどんな会社なのかを実見し、場合によっては乗り込んで、いかなる理由で和白の土地を持ち続けているのか問い質すしかあるまい——そう腹を固めて、さきほどＪＲ箱崎駅から博多駅行きの電車に乗ったのだった。

4

博多駅の「博多口」側には幾つもの幹線道路が集結している。

博多港へと伸びる「大博通り」、中洲へとつづく「はかた駅前通り」、天神へと向かう「住吉通り」、そして反対側「筑紫口」へと回り込んで福岡空港に繋がる「空港通り」などが主だったものだが、地図によれば、「オフィス・ケイ」の所在地である博多駅前一丁目は、大博通りから駅を背負って右の路地へと入ったあたりだった。

とりあえずバスターミナルの前を通って「博多駅前一丁目」の交差点まで行き、左に折れる真っ直ぐな道を歩く。地図によれば、大博通りと並行して走るその「承天寺通り」の左右、大小のビルが建ち並んでいる一帯が駅前一丁目となっていた。

車の往来が激しい大博通りから一本脇道に入っただけで喧騒は消え、静かなオフィス街が広がっている。

数十メートルも歩いたところで立ち止まる。グーグルマップ上ではそこが「博多区博多駅前一丁目・17」だった。

ビジネスホテルとNTTの関連会社、二つの大きなビルが並び建っていた。「オフィス・ケイ」が入っていそうなそれらしいビルは見当たらない。

ホテルとNTTとのあいだに細い路地があったので、そこを入ってみることにする。三十メートルほど歩くと、右のホテルの側壁の一部がへこむようにして細長い煉瓦タイル張りのビルが建っていた。八階建てだが奥行きも短く、各階一室のこぢんまりとしたビルのようだ。看板のたぐいはなく、入口のガラスドアに「博一ビル」という金文字が刷り込まれていた。

ホテルは築浅に見えるから、おそらくは区画整理のときにこのビルだけは用地買収に応じなかったのであろう。外壁はきれいに磨かれているが、たしかに年季の入っていそうな建物ではあった。

ガラスドアを開けて中に入ってみる。

管理人室はなく、すぐにエレベーターホールだった。ホールの壁に各階案内のプレートが掲げられていた。それぞれの階に一つずつ会社名が記されている。「唐沢会計事務所」が二階から五階までの四フロアで、六階が「東郊通商」、七階が「MKB企画」、そして最上階の八階が「オフィス・ケイ」となっていた。

このビルで正解だったようだ。

人の気配は皆無で、建物全体が静まり返っている。だが現役のビルであるのはメンテナンスの良さからして間違いなかった。

「上」のボタンを押すと重々しい音と共にエレベーターの扉が開いた。狭い昇降籠に乗って「八階」のボタンを押す。いまどきめずらしい飛び出し式の丸ボタンだ。

再び重々しい音を立てて扉が閉まり、ゆっくりと昇降籠は上昇していった。

こんな古いビルに入居している小さな会社が、どうしてよりによってあの和白の土地を買い取ったのだろうか。しかも九年も更地のままにしているのは一体全体いかなる理由からなのか。

ますます疑問は深くなっていく。

エレベーターが止まり、扉が開いた。ホールの先に全面ガラス張りのドアがある。

昇降籠を降りてドアの前に立った。

ガラスの向こうは薄暗く、デパートの扉のようなドアノブを引いてもびくともしない。

「オフィス・ケイ」という会社名はどこにも見当たらなかったが、今日が休業日であるのは明らかだった。中に誰かいる様子はまったくない。

だが、もはやそんなことはどうでもよかった。

ガラスドア越しに内部を覗いた瞬間、正面の壁に飾られている大きな写真パネルが目に飛び込んできたからだ。

ポートレイトだった。

笑みを浮かべた中年の男性が大写しになっている。目鼻立ちのくっきりしたなかなかの美男子である。

川添晴明の写真だった。

ポケットからスマホを取り出し、登録しておいた中富の会社の電話番号を電話帳から呼び出す。そうやって手を動かしながら、昨夜マギーメイで鴨下千絵子が口にしていた言葉を思い出していた。

「木村もこの店にはよく来ると？」

と訊ねると、

「木村先生はもうめったに来んしゃらんねえ。十年くらい前に拠点を東京に移して、こっちの事務所に顔を見せることもほとんどなくなったみたいやけんねえ」

と彼女は答えたのだ。

「オフィス・ケイ」は「オフィス・K」であり、「K」は木村のイニシャルの「K」なのだろう。

――ここが千絵子の言っていた「こっちの事務所」というわけか……。

昨日、空港からタクシーで和白の実家へと向かう道すがら、古いボウリング場を見つけて思い出した美術部のメンバーのうち、名前を思い出せなかった最後の一人は木村ではなかったのだ。なぜならあのとき思い出した「川添」の顔こそが、いま目の前の写真パネルの中で笑みを浮かべている木村庸三その人なのだから。

中富の番号を表示して通話マークにタッチした。

呼び出し音が数回鳴ったあと、電話が繋がる。

「ああ、昨日はほんとうにありがとう」

中富の落ち着いた声が耳元に届く。

「こっちこそ。だいぶ酔ってしまってすっかり迷惑ばかけてから」

「そんなことなかよ。さっきも千絵子ママが電話してきて、姫野先生をお引き留めし過ぎて申し訳なかったって言いよらした。でも、久しぶりに会ってみんなすごい楽しそうやったって」

「楽しかったねー。やっぱり美術部の仲間は特別やと俺もあらためて実感したよ」

のっけのやりとりのあと、さっそく本題に入る。

「仕事中に突然電話して悪かったね。ところでなんやけど、木村の事務所がまだこっちにあるて昨日千絵子ママが言いよらしたけど、その事務所の名前ば、中富は知っとるね？」

「もちろん知っとるよ。俺も木村に連絡つけるときはその博多の事務所の秘書に電話かメールすることにしとるけんね」

「そうね。何ていう事務所か教えてくれんね？」

「オフィス・ケイていう事務所たい。博多駅のすぐ近所にあるとよ。ただ、いまは秘書がおるだけで木村はほとんど東京みたいやけどね。と言ってもこっちの仕事が入ったときはたまに使いよるみたいやね。住所と電話番号も教えようか？」

「そうやね。そのうち俺の方からも木村に連絡してみようかと思うとるけん」

「分かったよ。やったらこの電話のあと、部長のアドレスに連絡先ばメールしておくけん」

「すまんね。よろしく頼むけん」

「こっちにはいつまでおると？」

「昨日も言ったけど、ちょっと調べもので来とるけん、あと二日か三日で東京に帰るつもりたい」

「そうね。夜とか時間ができたらいつでも連絡ちょうだいよ。また一杯飲もうや。他の連中も待っとるけん」

「分かった。そんときは遠慮なく電話させて貰うけん。忙しいとこすまんやったね」

「なんもなんも」

「江副たちにもよろしく言うとってくれんね。昨日は楽しかったて」

「了解」

そうやって電話を切ったあと、あらためてガラスドアの向こうの木村の写真を見つめる。

あの一年後輩だった木村庸三が「川添晴明」の正体だった。

恐らくそうではないかと予想はしていたが、しかし、こうして事実として確定すると衝撃は決して軽くはなかった。

しかも、その木村こそが、和白の実家の土地を九年前に福大不動産から買い取り、いまも更地にしたまま所有し続けている張本人なのだ。

どうして木村があの土地を買い取らねばならなかったのか？

およそ偶然とは思えない。

架空の記憶だとはいえ、「川添」とはお互いの家を行き来するほどの関係だった。彼の吉塚の家——江副の家だったわけだが——にもちょくちょく顔を出したし、彼もまた和白の家に何度か遊びに来た記憶があった。仮に木村が何も知らずに和白の土地を買い取ろうとしたのだとしても、実際に不動産会社とやりとりをする段階で元の家主が「姫野伸一郎」であったことは知らされたに違いなかった。

そんな土地を彼はわざわざ取得し、なぜ何に使うわけでもなく抱え続けているのか？

高校二年のときに一学年下の木村に誘われて美術部を再興した。これは昨夜の中富や江副たちの話からして確かなことだ。彼らは木村が、「言い出しっぺの副部長」だとはっきり言っていた。

木村と知り合ったのは、同じクラスだったからでもなければ、クラスマッチをサボって祇園町のブラジルに出かけた折にそこで偶然顔を合わせたからでもあるまい。同じ店に居合わせたとしても先輩後輩の自分たちが気安く声を掛け合うはずもないのだ。

木村とはそれ以前から親密な付き合いをしていたのだろう。

そうでなければ二人語らって、夏休み明けにずっと休眠状態にあった美術部を復活させ、部長・副部長のコンビで部を切り盛りするようなことを始めるわけがなかった。

そこまで親しかった木村との関わりをなぜ記憶から消し去ってしまったのか？　それどころか、木村という存在を「川添晴明」という架空の人物と置き換えてまで、完全に意識外へと追いやらねばならなかったのはどうしてなのか？

「川添」は小雪の腹違いの兄だった。

ならば木村が小雪の腹違いの兄なのか？

さすがにそれはないという気がするが、木村が何らかの形で小雪に深く関与する人物であるのは恐らく間違いないだろう。そうでなければ木村を「川添」と置き換えた、そもそもの理由が失われてしまう。

疑問は尽きなかった。

いまや世界的な映像クリエーターとして活躍している木村は、なぜこちらに一切の接触をしてこないのだろうか？

自分は一体いつの時点で、木村の記憶を「川添」の記憶とすり替えたのか？

それはやはり小雪の死と密接に関連しているのだろうか？

「オフィス・ケイ」が入っていた博一ビルを出ると、人通りもまばらな承天寺通りを駅の方へと戻り、再び繁華な駅前へと戻って来た。

歩いている間も次々と推理や推測、謎や疑問が湧き起こり、頭の中で渦を巻いている。

こんなとき高畠響子がそばにいてくれたら、と思った。

彼女と二人だったら、そうした謎や疑問を分かち合い、より客観的に冷静沈着に分析していくことができるだろう。

駅前広場まで出て、駅ビルを背負って幾つもの通りが放射状に広がる周辺の風景を眺める。左の方に立つ真新しい建物へ向かって歩くことにする。マップによると「ＫＩＴＴＥ博多」となっていた。かつてあの場所には博多郵便局の局舎が建っていた。東京駅のそれと同じように日本郵便が駅ビルのリニューアルに併せて商業ビルとして再開発したのだろう。

あそこならコーヒーを飲める場所があるはずだ。

腰を落ち着けてコーヒーでも飲みながら、たったいま知った驚くべき事実についてじっくりと考えた方がいい。

ビルに近づいていくと、案の定、一階にタリーズコーヒーの大きな店が入っている。建物自体はどうやらデパートのマルイが多くのフロアを借り受けているようだ。全面ガラス張りの建物の最上階には「ＫＩＴＴＥ」の名前と共にマルイの特徴あるロゴが掲げられていた。

タリーズの店内は、びっくりするほど広くて豪華だった。窓際がほとんどすべてカウンター席となっていて、大勢の客たちが博多駅前の賑やかな光景を眺めながらドリンクを飲んでいる。

全面採光だから店内は光に溢れているが、しかし、真夏になったらこれでは暑くて仕方がないのではないかと心配になるほどだ。恐らくは紫外線や暑熱を遮断する特殊なガラスが使われているのだろう。

ホットコーヒーを紙コップで買って、たくさんのバスや車が行き交う住吉通り沿いのカウンター席に腰を下ろした。

右の隣は一つ椅子を置いて女子高生の二人組が制服姿で並んでいる。

腕時計で時刻を確かめると、いつの間にか四時を回っていた。

左隣は白髪の老人で、老眼鏡を鼻に引っかけるようにして熱心に雑誌を眺めていた。その雑誌が美術専門誌なのを見て、思わず老人の様子に興味が湧く。

白髪はふさふさと豊かだった。鼻が高く彫りの深い顔立ちは知的な雰囲気を醸し出している。ただ、首筋や頬、額に深く刻まれた皺からして相当の年齢のように思われた。八十歳は優に超えているのではないか。

広げた美術雑誌の横には薄いカバンが置かれ、その上に深いえんじ色のベレー帽が載っている。上は紺色のシャツにキャメルのストレッチコーデュロイのジャケット、下はインディゴのジーンズというでたちだった。

こんな場所のこんな店で、こんな身なりで美術雑誌に熱心に目を通している老紳士とくれば、職業は絵描きか元美術教師といったところだろう。

余り不躾に覗くのも憚られ、顔を窓の方へと戻して熱々のコーヒーを一口すすった。

先ほど見た木村庸三のポートレイトを思い出す。

上着のポケットからスマホを取り出してグーグルを呼び出す。

検索バーに「木村庸三」と打ち込んだ。ヒット数は膨大で、画像検索をかけると、ずらずらと「川添晴明」の写真が表示されたのだった。

――やはり「川添」は木村だったのだ。

あらためて現実を嚙み締めざるを得ない。

しかし、木村は芸能人やスポーツ選手ではないものの、これほどの有名人だ。長年、新聞や雑誌、テレビやネットの情報に接していれば彼の顔を目にしないでいるのは困難と言っていいだろう。

一度でも木村の顔を見れば、その瞬間に彼が「川添晴明」と瓜二つだと気づいたはずだ。

ということは、木村を「川添」に置き換えたのはそれほど昔のことではないのかもしれなかった。何十年も「木村の画像情報」を遮断するのは到底不可能だと思われるから、長くても数年程度ではなかろうか。

身体のプラスチック化が始まった四年半前から記憶がすり替えられたと推測するのが無難なようにも思われる。毎晩飲んだくれて、書く以外のことには一切の興味を失っていたあの時期であれば、木村の写真や映像に触れずにいられたのもさほど不思議ではない。

そんなことをつらつら考えながら、我ながら思考の甘さに苦笑いが出た。

高校時代に格別親しかった後輩の記憶を塗りつぶし、その上に油絵具でも重ねるようにまったく架空の人物の記憶をでっち上げてしまったのだ。そんな異様な操作を行った我が脳味噌が木村の写真を見つけるたびにその都度デリートを繰り返していたとしても、それはそれで何ら不思議ではないのではないか？

いま自分の身に起きていること、自分がしでかしていることは常識の範疇を遥かに逸脱している。普通の人間が、その普通さの一部分にちょっと深刻なトラブルを抱え込んだ――などというレベルではなく、自らが保持してきた「普通」そのものが、超弩級の「異常」へと突然変異したと捉えるべきなのだ。

木村の記憶をいつの時点で「川添」の記憶にすり替えたかなど分かるはずがない。

確実に自分が「普通」でなくなったのは小雪を失ったときだった。だとすると、それ以降ならばいつだって記憶の変容は起こり得たのではないか。

画面に並んだ「川添」の画像を一枚、一枚じっくりと確認していった。

何か小雪との繋がりを示唆するもの、和白の土地に関わるもの、自分との関連を想起させるものが一緒に写り込んでいないかと探りながら見ていったが、これというものは発見できなかった。

画像のタブを閉じ、スマホを上着のポケットに戻す。

すっかり冷めてしまったコーヒーをすすった。

日差しはだいぶ傾いてきている。四時を過ぎて、駅へと向かう人々の数が明らかに増え始めていた。

「姫野伸昌さんではありませんか?」

そんな駅前風景を眺めているところに不意に声がした。

声の方へと振り返る。

隣に座っていた白髪の老人が立ってこっちを見ていた。

老人は小脇に薄いカバンを挟み、右手に紙コップを持っている。カウンターの上にはもう美術雑誌もベレー帽もなかった。

席を立ったところで隣の人物が誰であるかに気づいたのであろう。

「そうですが……」

老人の皺深い顔を見ながら頷く。こうやって見知らぬ人に声を掛けられるのはたまにあることなので別段驚きはなかった。

ベレー帽を被った老人が口許に笑みを浮かべる。

「憶えておられませんか?」

と言った。

「はあ……」

と呟いて相手の顔をじっくり見た。

記憶の奥底からじんわり滲み出すようによみがえってくるものがあった。それが次第に人の顔形になっていく。

「野口、先生ですか?」

「はい。野口です」

さらに笑みを広げて老人が頷いた。

慌てて椅子から立ち上がる。

――こんな偶然があっていいのだろうか？

頭の中で自問する。懐かしさよりも驚きの方が断然勝っていた。

「先生、たいへんご無沙汰しております」

まずは深々とお辞儀をした。

目の前に立っている老人は、福中高校時代、美術部の顧問を務めてくれた野口富弥先生なのだった。

5

二人でテーブル席に移動した。先生の分と自分の分、新しいドリンクを買って四人掛けの席に戻る。先生は奥のソファ席にゆったりと座っている。

先生の分のあたたかいミルクティーを差し出すと、身軽に上体を起こして、

「ありがとう」

と紙コップを受け取った。

椅子を引いて先生の正面に腰掛けた。

「お時間は大丈夫ですか？」

訊ねると、

「全然大丈夫。家内がこの近所の病院に入院していてね。これから病室に顔を出すところだったんだ。面会時間は八時までだから時間は幾らでもあるよ」

「入院？　奥様がですか？」

「そうそう。まあ、大した病気じゃないんだけどね」

「何の病気ですか？」

「胃潰瘍でね。若い頃からの持病みたいなものなんだ」

「なるほど」

顔も名前も知らない人だが、とりあえず野口夫人の胃壁の潰瘍に向かって「プラスチック化しろ」と念を送ってみる。手応えも何もあったものではなかったが、何となくこれで夫人の潰瘍は完治するような気がした。

「きみの方こそ大丈夫なの、時間？」

「僕は全然平気です。一件用事を済ませてホテルに戻ろうと思っていただけですから」

こうして話していると、野口先生の若い頃の風貌がどんどん脳裏によみがえり、それと併行して目の前の年老いた顔がみるみる若返っていくようにも見える。

「しかし、奇遇だね。姫野君とこんなふうに会うなんて」

「本当です。卒業以来ですから四十年振りくらいです。ずっとご挨拶にも伺わず申し訳ありませんでした」

「いやいや。いつも遠くから活躍ぶりを拝して嬉しく思っていたんだ。教え子が立派になっていくのを見るのは教師にとって何よりの喜びだからね」

「そんなことを言われると、穴があったら入りたい気分になります」

それからしばらく互いの近況めいたものを話した。

先生は子供は娘一人で、彼女はデザインの勉強をしたあと若い頃にアメリカに渡り、いまはロサンゼルスに住んでいるらしい。

「旦那は向こうの人だし、孫二人もすっかりアメリカ人だよ。そういうわけで、もう三十年以上、家内と二人で暮らしているんだ」

こちらは、十年振りに今秋行う記念講演の打ち合わせで来博し、昨夜、昔の美術部の連中と久々に顔を合わせたばかりだと伝えた。

「そうだったんだね。古賀君や藤井君とはときどき会ったりしているよ。と言っても一番最近で二、三年前だけど」

と先生は言った。

「木村庸三とは会っていますか？」

当時の美術部員で美術方面に進んだのは木村一人だった。記憶にはなかったが、先ほど見たネット情報では木村は卒業後、関西の美術系の大学に進学していた。

「木村君ともすっかりご無沙汰だねえ。美大生の頃はよく学校に遊びに来てたんだけどね。思えば、あのとき美術部を復活させた二人が、一人は有名作家になりもう一人が世界的な映像作家になっているんだから、これは驚くべきことだと思うよ」

先生も昨夜の江副と同じようなことを口にした。

「僕も木村とは卒業以来、一度も会っていないんです。昨日の会も最初は顔を出すと言っていたみたいですが、仕事でイタリアに行ってしまって、欠席でした」

そうやってやりとりしているあいだも、これは現実だろうか、との思いがなかなか抜けなかった。

「オフィス・ケイ」が木村の事務所だと分かり、その木村が「川添」だと知った直後に、木村と一緒に美術部再興を願い出た相手である野口教諭と四十年振りに再会する——そんな偶然がおいそれと転がっているはずがない。

昨日の浦山美鈴の一件といい、これまで厳重に閉じ込めてきた過去が封印を解かれて一挙に噴き出して来ている感があった。

「しかし、あんなに仲の良かったきみたちが音信不通というのは不思議だねえ。何かあったのかね？」

先生が訝しそうに訊いてくる。

「そういうわけではないんですけど。先生から見ると僕らはそんなに仲が良かったですか？」

幾らか違和感を持たれそうな質問だったがあえて口にした。

木村庸三と自分とがどういう関係だったかを確かめるには絶好の生き証人がいま目の前

に座っているのだ。

「まるで兄弟みたいだったよ。きみたちが喧嘩しているときは原因はいつも一つだったしね」

「原因は一つ?」

先生の言っていることが分からなかった。

「きみたちはよく煙草のことで喧嘩していたじゃないか。木村君は極端な煙草嫌いだったからね」

「そうでしたっけ」

と返しつつ、そういえば「川添」も煙草嫌いだったと思っていた。

「そうだよ。これは内緒にしてきたんだが、一度なんて彼が僕のところへ泣きついてきてね。部室が喫煙所みたいになっているから、先生の方から一度ちゃんと叱ってくれって言うんだ。だけど、さすがにそれはできないだろう。あの頃は部室に限っての喫煙は黙認で、どのクラブの連中も部室ではプカプカやっていたからね。教師の誰かが一度でも介入してしまったら、そういう見て見ぬふりは二度とできなくなる。そういう話をしたら、木村君が、だったら部長の姫野さんにだけでも注意してくれって言うんだよ。姫野さんが吸わなくなれば他の部員もきっとやめるだろうからって。要するに、彼は一番のヘビースモーカーだったきみのことを何とかしたかったわけだよ」

野口先生は愉快そうな顔になっている。

喫煙は小雪と知り合って止めたのだった。

他のことでは一切注文を口にしたことのない彼女が、一緒に暮らし始めて半年ほど過ぎた頃に「お願いだから煙草だけはやめてほしい」と頼んできた。その意を決したような表情を見た瞬間、もう二度と吸うまいと決めたのである。

「木村君は体質的に煙草が無理だったんだね。いつぞや彼とこんなふうにばったり会って喫茶店でお茶を飲んだことがあったが、隣の客が煙草を吸い出した途端に『先生、店をかえましょう』と言ってさっさと席を立ったくらいだからね」

小雪も煙草が身体に合わないと言っていた。

「慣れようと思ってずっと我慢してきたけど、どうしてもできないの」

あのとき彼女はそう言った。

――木村と小雪は共に体質的に煙草を受けつけない。

二人が血縁だという明らかな証拠とは言えないが、小さな手掛かりと受け止めることもできよう。

「先生は、当時木村がどこに住んでいるかご存知でしたか？　僕には、彼の大きな家で一緒にキャンバスを並べて絵を描いていた記憶があって、昨日、みんなにそのことを話したら、どうやらそれは江副の家だったみたいなんです。木村と江副と三人で描いていたらしい。僕の記憶からは江副の存在がすっかり飛んでしまっていたんですけど。そうすると木村の家はどこだったんだろうと気になっているんですが、全然思い出すことができなくて」

江副とのあいだにそんなやりとりはなかったが、多少の嘘は方便というものだろう。

「木村君がどこに住んでいたかは忘れたが、彼は途中から学区外に転居したはずだよ。そういうことをしてもいいのかと一度相談された憶えがある。母親の転職で福中高校の校区から出なきゃいけなくなったと言ってたね」

「母親の転職？」

「彼は小さいときに父親が亡くなって、ずっと母一人子一人で暮らしていたからね」

「もしかして木村の家は大橋じゃありませんでしたか？　いまお話を伺っていて、ふと思ったんですが」

さつき荘は架空だろうが、大橋だと思い込んでいたのは木村の住まいがそっちだったからではないか。大橋であれば福中高校の学区外だった。

「どうだったかなあ」

さすがに野口先生もそこまでの記憶はないようだ。

ただ木村が母子家庭の一人息子だという情報は貴重だった。

これで小雪が彼の妹である可能性は消えたことになる。

「何となくですが思い出してきました。その大橋のアパートに何度か行って、木村の母親とも会った記憶があります。先生は、彼のおかあさんに会ったことはないんですか？」

この機会に少しでも真正の記憶を回復させたい。そのためには野口先生が知っていること、憶えていることはできる限り引き出しておきたかった。

「僕は彼のクラス担任ではなかったから、おかあさんとは面識がないな。ただ、一度伯母さんとは会ったことがある。文化祭のときに絵を見に来ていて、挨拶させて貰ったんだ」

「伯母さん？」

思わず身を乗り出しそうになった。

「ほら。きみのお父上の姫野伸一郎先生がよく通っていたレストランのマダムだよ」

「レストランのマダム？」

父の伸一郎が通っていたレストランの女主人が、木村庸三の伯母だというのか？

「姫野君、忘れたの？」

野口先生が呆れたような表情になった。

「すみません。最近、物忘れがひどくて……」

当たり前の言い訳しか思いつかなかった。だが、ここはあっさり記憶が掠れていることを認めて何でも質問できる状況に持っていく方が正解でもあろう。

「そもそもきみと木村君が仲良くなったのは、その木村君の伯母さんがお父上と親しかったからだと思うよ。伯母さんは妹の子供の木村君をたいそう可愛がっていたみたいだからね。そういう繋がりもあって彼は福中高校に入学したとき一学年先輩の姫野君と親しくなったんじゃないかな」

「そう言われてみればそんな気もしますね。その木村の伯母さんの名前を先生は憶えておられますか？」

「さすがに名前は忘れてしまったが、たしか西新のあたりで店をやっているようだった。姫野君のお父上が通っていた店だからそれなりの高級店だったんじゃないかな。背が高くてとてもきれいな人だったという記憶があるよ」

「背が高くてきれいな人ですか」

父の知り合いで「背が高くてきれいな」女性といえば思い浮かぶのは一人だけだった。

「もしかして、その人は有村鈴音という名前ではありませんでしたか？」

しかし、父の愛人だったと思われる有村鈴音は、中洲で「マッジョ」というバーをやっていたはずだ。背が高く長い髪はさらさらで、目がものすごく大きな人だった。日本人じゃないみたいだというのが第一印象だったのだ。

「さあ、どうだったかなあ」

「ちょっと日本人離れした感じの美人ではありませんでしたか？」

「そう言われればそういう感じもなくはなかったね」

先生は美術教師だから人の容姿の記憶は普通の人よりもずっと正確だろう。

――あの有村鈴音の妹の子供が木村庸三だった……。

そんなことがあり得るのだろうか？

ただ、仮にそうだったとすれば、福中高校に進学した木村が伯母のパトロンの息子に興味を示して近づいてきたとしても不思議ではない。

中学時代にはすでに父は地元では知らぬ者のいない有名人で、当然ながらその息子としていつも周囲から注目を浴びていた。物珍しさで接近してくる級友たちはたくさんいたのだ。

父がよく通っていた西新にあるレストランの女主人が有村鈴音で、彼女の妹の一人息子だったのが木村庸三。その繋がりで木村と親しくなり、彼と二人で美術部を再興した。木村は大の煙草嫌いでいつもそれが元で喧嘩になっていて、同じ煙草嫌いだった点では、木村と小雪は似通っている……。

野口先生の話を総合するとそうした推測が成り立ってくる。

有村鈴音がやっていた店の名前が「マッジョ」だった。これはイタリア語で五月という意味だ。小雪が道玄坂小路で開いたワインバーの名前は「さつき」で、「さつき」を繁盛店に導いたのは、小雪の作る洋風の小皿料理の数々だった。

そういえばいつぞや午睡したときに村正さんと一杯やっている夢を見たことがあった。場所は「てっちゃん」ではなくレストランのようなところだった。

焼き立てのピザを頬張りながら二人でワインを飲んでいて、店はやけに広くて立派だった。広尾や麻布十番あたりの値の張るイタリアンレストランという趣きだったのだ。

あの夢をきっかけに、ルミンが捨て猫ではなく、誰かから譲り受けた猫であったことを思い出したのだった。

記憶にある「マッジョ」という店名が自分の創作でなければ、そしてそれが野口先生の話から類推できるように木村の伯母である有村鈴音の店であったのだとすれば、「マッジョ」はイタリアンレストランだったのかもしれない。

村正さんとの夢に出てきた見知らぬ店こそが、記憶の底に沈んでいた「マッジョ」だったのではないか？

その「マッジョ」にローマをこよなく愛していた姫野伸一郎がしばしば通い、やがてマダムと親密な関係を結ぶようになり、最終的には妻と和白の家を捨てて「マッジョ」のある福岡市の西の街に移り住んだ――というストーリーはさほど荒唐無稽なものではないだろう。

「木村の父親というのは何をしていた人だったんでしょう？」

木村が幼いときに父親を亡くしたのであれば、小雪と彼が兄妹だった可能性は薄い。

ただ、生前に木村の母親と別れ、他の女性とのあいだに娘をもうけたとも考えられる。

そうだとすれば、木村と小雪が腹違いの兄妹だったことになり、「川添」と小雪の関係と一致する。

「さあ」

野口先生は首を傾げ、

「木村君の父親は、彼がまだ幼稚園にも上がらない時期に、白血病で亡くなったんじゃなかったかな。うろ覚えだが、一度きり会った折に彼の伯母さんがそんな話をしていたような気がするよ」

「白血病ですか」

「川添」の父、晴久もまた急性骨髄性白血病で亡くなったのだった。

第十一章　利重夫妻の告白

1

次の日は朝からよく晴れていた。

八時過ぎに目を覚まし、ベッドから降りてカーテンを開くと、まばゆいばかりの陽光が部屋全体になだれ込んでくる。

やはり東京と福岡の三月はまるで違う三月だった。

一番の違いは、光の量と度数だ。植物がそうであるように我々も季節を光の変化によって読み取っている。春も夏も秋も冬も光に乗ってやって来る。季節の本体は気温ではなく、明るさの中にある。

シャワーを浴び、一階のカフェで軽めの朝食をとると一泊延長をフロントに告げてホテルを出た。時刻は午前十時を回ったばかりだが、朝の出勤ラッシュが一段落したからだろうか、街の風景は落ち着いている。

街路樹が描き出す路面の複雑な影模様は、光のコントラストが利いていて実にいきいきとしていた。

博多の三月九日はすっかり春の気配である。

エントランスを出ると天神とは反対方向に進路を取った。ホテルからだと地下鉄空港線の「天神」駅も「赤坂」駅も同じくらいの距離だった。目指す「藤崎」駅は「天神」から五つ目、「赤坂」から四つ目。となればいつも混み合っている「天神」を使う理由はなかった。

かつては福岡市内を西鉄の路面電車が縦横に走っていた。それが次々にバス路線に取って替わられ、やがて市営地下鉄が開通した。だが、父が唐人町の仕事場に移った頃はまだ路面電車が走っていたような気がする。

木村庸三の伯母がやっているレストランは西新にあったと昨日、野口先生は言っていた。路面電車の時代でも唐人町と西新は電停三つくらいの距離だったし、地下鉄が通ってからは「唐人町」の隣が「西新」だ。仮に木村の伯母が有村鈴音だったとすれば、父は彼女の店のすぐそばに仕事場を構えたことになる。

野口先生と別れた後、ホテルに戻り、「マッジョ」というレストランが西新にあるかどうかすぐに調べた。ネットだけでなく、ホテルのコンシェルジュの女性にも問い合わせて一緒に探して貰ったが、「マッジョ」やそれに似通った名前のレストランは西新に限らず市内のどこにもないようだった。むろん「マッジョ」という中洲のバーも存在しなかった。

ホテル内のレストランで夕食を済ませて部屋に戻ると、リュックの奥に忍ばせてきた袋守りを取り出した。これはプラスチック化していた成城の家からボナールの画集、シャープペンシルと共に回収してきたものだった。

このお守りを貰ったのは、記憶では、小雪が小学校五年生のときだ。

彼女がバスケットボールの練習をしている大橋の体育館を訪ねてシャープペンシルと一緒に受け取った。

「お守りは近所の神社で貰ってきたと。太宰府に行こうかて思ったけど、太宰府のお守りは誰かくれるやろ」

小雪はあのときそう言った。

この記憶が正しいのは、成城の家に袋守りとシャープペンシルが同じ場所に保管されていた点からもほぼ確かだと思われる。「近所の神社」という小雪の言葉も事実だろうし、受領場所が大橋の体育館だというのも改変された記憶ではないのかもしれない。

小雪の住まいがどこであったにしろ、所属するバスケットボールチームが大橋の体育館で練習するというのは大いにあり得ることだったろう。

ハンカチに包んできた袋守りを取り出して手のひらに載せる。

ずいぶん古びてはいるが、紫色の布地に金糸で縫い込まれた「無病息災」の文字ははっきりと分かる。

ゆっくりと袋守りを裏返した。

そこには銀糸で神社の名前が縫い込まれ、その文字も判読するのは容易だった。

福岡にやって来る前の晩、法務局の出張所を調べたとき、ついでにこの神社の所在地も調べておいた。

「紅葉八幡宮」

非常に珍しい名前の神社だ。

インターネットで検索してみると、「紅葉八幡宮」という神社は全国でも一社しかないようだった。それはそうだろう。秋の紅葉の名所として聞こえた神社は全国に数多あるだろうが、わざわざ紅葉の名前を冠したお社となればめったにあるものではあるまい。

立派なホームページも開設されていた。

住所は「福岡市早良区高取一丁目」。最寄り駅は地下鉄空港線の「藤崎」となっていた。この紅葉八幡宮は木村庸三の伯母がレストランをやっていたという「西新」から西寄りに一つ隣の駅にある神社だったのである。

「赤坂」駅で地下ホームに降りると、「姪浜」行きの電車がすぐにやって来た。

大濠公園↓唐人町↓西新と各駅に停車しながら十分足らずで「藤崎」駅に到着する。

電車に揺られているあいだにスマホの地図で紅葉八幡宮の場所を頭に入れ、改札を抜けたところに掲示されている駅周辺案内図で再度確認した。四番出口から出るのが最も便利なようだった。

地上に出てみると前方を幹線道路である明治通りが走り、後方には明治通りから枝分かれする形で斜めに切れ込む二車線の道路がのびている。神社へと向かうには、この枝道を西新方向へと戻り、しばらく行ったところで右折するのが最短コースのようだった。

スマホの地図で右折地点を確認し、真っ直ぐの街路を歩き始める。

左右にはさまざまな商店が立ち並び、どうやらここは地元の商店街のようだ。

表の明治通りとは打って変わって車の姿もほとんど見当たらず、大勢の人たちがのんびりとした風情で行き交っている。

時刻はちょうど十時半になったところだった。

ぱっと見渡しただけでも、道の両側には、ファストフード店、整骨院、書店、花屋、コンビニ、美容院、ヘッドスパの店、ブティック、和菓子屋、ドラッグストア、酒屋、クリーニング屋、中華屋、焼鳥屋、海鮮居酒屋などの看板がずらりと並んでいる。

開発が進んで昔ながらの街並みがすっかり姿を消した天神界隈とは異なり、この西地区には随所にかつての商店街が残り、いまも活況を呈している。最も有名なのは西新に広がる西新中央商店街と中西商店街で、ここは博多の観光名所としても知られた商店街だった。

だとすれば、西新の隣町の商店街がこれほど充実しているのもむべなるかなか。

ところどころまだシャッターの降りている店舗も見られ、始業前か定休日なのかもしれない。居酒屋、焼鳥屋のたぐいは夕方からの営業なのだろう。

各店舗の上階はたいがいマンションになっているので、上の住民たちにとっては便利なことこの上ない生活環境と思われる。

歩いていると、パン屋、ハンコ屋、靴修理、眼鏡屋、電気屋、自然食品店とありとあらゆる店舗が営業していた。

百メートルほど進んで「藤崎通り商店街」というアーチ形の看板が見えてきたところに小児科クリニックが一階に入った大きなマンションが建っていた。

地図の上では、手前の右に折れる路地を入って、あとは道なりに行けば紅葉八幡宮へとたどり着けるはずだ。

見上げると空は晴れ渡っている。風も南風だった。コートを部屋に置いてきたのは正解だった。通行人たちの中にもコートやダウンジャケットを羽織っている者は誰もいない。

路地に入るとそこはもう純然たる住宅街だ。道の両側に駐車場付きの一戸建てや低層のマンションが連なっている。

電柱の住居表示は右が「高取二丁目」で左が「高取一丁目」だった。

このコースで間違いなさそうだ。

住宅街の中を五分ほど歩くと右手に比較的大きな茶色いマンションが建ち、道を挟んだそのはす向かいに「筑前早良鎮守　紅葉八幡宮参拝者専用駐車場」という看板が立っているのが見えた。

近づいてみると十五台ほどは収容できそうな広い駐車場があり、金網フェンスの入口にも看板が出ている。利用時間は「午前7時～午後5時」となっていた。

そしてその駐車場の先に左に上る階段が設えられ、「八幡宮」という扁額を掲げた石造りの大きな鳥居が建っていた。

鳥居の脇に社名の由来通りなのか、モミジの巨木がいまは緑の葉を繁らせている。

鳥居をくぐって緩やかな階段をゆっくりと昇る。

平日の昼前とあって人の気配はなかった。

階段に沿って植えられている木々も大半がモミジだ。これらが一斉に赤くなる晩秋はさぞや美しい景観となるのだろう。踊り場二面で三分割された合計四十段ほどの階段を昇り切ると左にお堂、右にやはりモミジの木が立つ中二階のような場所に出る。奥に二の鳥居があって、その先はさらに階段が続いていた。

かなりの敷地を有する立派な神社だが、ネットで調べた情報によれば福岡藩の三代藩主黒田光之がこの近在の生まれであったことから格別の庇護を受け、藩内でも有数の神社として発展したようだ。大正時代までは現在の西新二丁目に大きな社を構え、西新の町はその門前町として栄え、現在に至るという。紅葉八幡宮は西新界隈の代表的な神社なのだった。

高校までずっと東の町で暮らした身にはとんと馴染みのない名前だったが、この規模からしてもそれは充分に察せられる。

二の鳥居をくぐって再び緩やかな階段を上がっていった。階段の周囲にはそこここにモミジが植わっている。

昇りきってみると境内は思いのほか広い。

正面に楼門が立ち、その手前に社務所、門を入って右に手水舎がつくられ、参道をさらに進むと豪華な本殿の姿が見える。本殿の右脇に広い駐車場があるので車でここまで上がってくる道が裏手には付設されているのだろう。本殿左には赤い鳥居と細い階段があった。そちらは稲荷神社のようだ。

周囲は鬱蒼とした森で、神社全体が木々に囲まれた小さな丘の上に建っているのが分かった。

手を洗う前にスマホの地図を開いて確かめる。

神社を中心にして高取一丁目の三分の一ほどが「紅葉山公園」という公園になっているようだった。

駐車場に車は何台かとまっているが境内には人っ子一人いなかった。

手水舎で清めを行って、本殿の前に立つ。

賽銭箱に千円札を落として作法通り、二礼二拍手一礼をする。改めて手を合わせて、

――本当の記憶を取り戻すことができますように。

と祈った。

合掌を解いて、社務所の方へと歩いた。

社務所の窓は開き、前に置かれたケースの中には御札やお守りがずらりと並んでいるが、受付台には誰も座っていなかった。

ポケットから古びた袋守りを出す。

左手に持って、ケースの中の袋守りに同じものがあるかどうか見比べていった。

まったく同じものは見つからなかった。それはそうだろう。小雪がくれたこの袋守りはもう四十年も前のものなのだ。

社務所を離れ、楼門の手前で振り返り、もう一度本殿に向かって首を垂れる。

四十数年前、この神社の近くに小雪はきっと住んでいた。

近在の家々を訪ね、

「本村さんという一家がこの辺に住んでいたのを憶えておられませんか？」

と聞き込みをする心づもりだったが、四囲を木々で覆われたこの神社では、そうした周辺の家々に目星をつけるあてもなかった。

途方に暮れてもおかしくはないのだが、気持ちは前を向いたままだ。

昨日、野口先生から聞き出した、木村庸三の伯母の店を先ずは探してみようと考えを変えていた。

もしも、彼女が有村鈴音であれば、その店が「マッジョ」なのかもしれない。

むろん、中洲で「マッジョ」というバーをやっていた有村鈴音がどこかの時点で西新に移って別名義のレストランを開業した可能性もある。ただ、「マッジョ」がイタリア語の五月という意味である点からして、最初からイタリアンレストランだったとしても不思議ではなく、だとすれば例によって自分の記憶の方が誤りだったことになる。

テレビ局の楽屋で有村鈴音に名刺を貰ったときから、彼女は西新で「マッジョ」というレストランを経営する女主人だったのではないか？

木村の伯母が有村鈴音だと判明すれば、そこから小雪へと繋がっていくような気がした。木村が有村鈴音の妹の子供であったように、小雪もまた鈴音とのあいだに何らかの血縁関係があったのではないか。そうならば、木村から小雪を紹介されるというのも大いにあり得るし、そこらへんは「川添晴明」にまつわる記憶とも符合する。

問題はどうやって木村の伯母の店を特定するかだ。

手掛かりは唯一、その店が西新にあったということだけだった。

とにもかくにも西新まで行ってみるしかないだろう。

参道を歩き、二の鳥居をくぐろうとしたところで手にしていた袋守りをポケットにしまった。

鳥居の真下で立ち止まる。

ポケットの中に何か入っているのに気づいたのだ。袋守りをポケットに納めて、そっちを取り出した。

名刺の束だった。

そうだった。一昨日、中富や江副たち美術部の仲間とマギーメイで一杯やったときに貰った名刺を上着のポケットに入れたままにしていたのだ。

——そういえば……。

ふと思いついて名刺を一枚一枚めくっていく。

あった。

「津森弁護士事務所　弁護士　津森英樹」

連絡先は「西新三丁目二‐七」となっている。一学年後輩の津森は西新で弁護士事務所を開業していると言っていたではないか。

地元に根を張る彼に訊ねれば何か分かるかもしれない。

鳥居をくぐって階段を降り、神楽堂の前まで来てふたたび立ち止まった。スマホを取り出して名刺にある事務所の電話番号をキーパッドに打ち込む。発信マークにタッチした。

2

西新中央商店街の活気は大したものだった。

昼餉時も近づいて大勢の人たちが外に出る時間帯だというのもあろうが、それにしても盛況ぶりは藤崎通り商店街をさらに上回っている。真っ直ぐにのびる狭い街路の両側も、ときどき左右に入り込む狭い路地にもびっしりと店舗が並び、人が溢れている。そうした商店街が延々と続いているのだった。

小さな店舗群のあいだにはテナントビルや百円ショップ、ドラッグストア、パチンコ・スロット、カラオケ、ゲームセンターなどがところどころに挟まっていた。

そんな賑やかな通りを百五十メートルほど進んでいくと「西新五丁目」の交差点が見えてくる。

その交差点のある道路が明治通りとは直角に走る早良街道で、信号を渡ると商店街の名称は「西新中央商店街」から「中西商店街」に変わるのだが、そちらもまたずっと先の方まで様々な店舗が隙間なく建ち並んでいるのだった。

交差点の手前で立ち止まった。

津森の話では、このあたりに「利重文具店」があるはずだ。

左右を見回すと交差点に面した左に真新しい白い外壁のビルがあり、一階に文具店が入っている。近づいてみると袖看板に「文具のりじゅう」と記されていた。このビルがそうらしい。

腕時計で時間を確認する。

十一時二十分。そろそろ昼食の頃合いだが、いまを外すと一時間半は待たなくてはならなくなる。津森からすでに連絡は入っているだろうから、遠慮はとりあえず脇に置いて訪ねることにしよう。

さほど手間を取らせる用件でもない。先方が「有村鈴音」や「マッジョ」の名前を知らなければそれでおしまいという話なのだった。

津森は、訊いてみると西新に事務所を構えたのは五年前で、それまでは呉服町で弁護士事務所をやっていたのだという。

「港のそばのマンションからこっちに引っ越したんで、それを機会に事務所も西新に移したんですよ」

だから、西新の町事情には暗いのだと彼は申し訳なさそうに言った。

「ただ、詳しい人なら紹介できます。僕はいま西新商店連合会の顧問弁護士をやらせて貰っているんですが、そこの会長さんならこの界隈のことは大概知っているはずです。部長が探しておられるレストランのことも、彼なら分かるかもしれません。利重さんといって、中央商店街の一番端っこにある文房具屋さんのオーナーなんですが、電話を切ったらすぐに連絡しておきます。店はもう息子さんに譲られて悠々自適ですからきっと店の上にある自宅におられると思いますよ」

そう言って勧めてくれたのが、これから訪ねる西新商店連合会会長の利重光雄氏なのだった。

ビルは四階建てで二階には整骨院、三階には進学塾が入っていた。

文具店の出入口は早良街道沿いのようで、商店街に面した方には整骨院と進学塾のための小さな入口がある。

金枠にガラスの嵌ったドアを開けて中に入る。

すぐにエレベーターホールだった。階数は四階まであるが、案内板には三階までしか表示がない。利重会長の自宅は四階なのだろう。

「上」ボタンを押すとエレベーターが開く。昇降籠に乗り込んで「4」を押した。

四階で降りると目の前がドアになっていて、「401」と「402」の二つのインターホンが並んでいる。

どうやらこのフロアを二区画に分けているようだった。会長と息子の二世帯住宅というわけか。迷わず「４０１」のインターホンを鳴らす。

すぐに女性の声で応答があった。名乗ると、「どうぞ、どうぞ」と気さくな口調に変わり、オートロックが解除される音がした。クリーム色の金属のドアを引く。細長い通路があって一番奥には非常口が見える。その手前に間隔をあけて二枚のドアが並んでいた。最初のドアに「４０１」のプレートが貼られ、インターホンの上には「利重光雄」という年季の入った分厚い木製の表札が掲げられている。

インターホンを押すとまたたく間にドアが開いた。

出てきたのは髪の短い小太りの女性だった。七十になるかならないかという年回りだろう。利重夫人に違いない。

「お昼どきにお邪魔して申し訳ありません」

とお辞儀する。

「あら、本当に姫野先生だわ」

彼女は口に手を当ててニコニコしながら言った。

「ちらかしてますけど、さあ、どうぞどうぞ」

つっかけていたサンダルを蹴散らすようにして先に上がり、スリッパラックから黒い革製のスリッパを出して式台の上に揃える。

靴を脱ぎ、スリッパに爪先を入れて室内へと足を踏み入れた。

二十畳はありそうな広いリビングルームに通されると、窓際の黒いソファに座っていた痩せた老人が立ち上がる。髪も薄く、皺も目立つが血色はいい。昨日の野口教諭を彷彿させるような風貌だが、先生よりはずいぶん若そうだ。七十半ばといったところか。こちらもニコニコと笑みを浮かべている。

「突然、お邪魔して申し訳ありません」

「息子が先生の大ファンですよ。僕らはお父上のファンですが、先生の御本も幾つか読ませて貰っております」

声は太く、実に若々しい。さすがにあの大きな商店街の元締めをしているだけはある。

「会長、先生は勘弁してください」

こちらも笑みを作って言うと、

「分かりました。ではお互い、さんづけでいきましょう」

そう言いながら手を広げて自分の向かいのソファへと促してくれる。

「津森先生は、福中高校の一学年後輩なんですね」

ソファに座ると会長が先に話しかけてきた。

「そうなんですよ。彼は僕が部長だった美術部の部員だったんです。一昨日、何十年振りかで再会したんですが、顔は高校時代そのままでした」

「そうでしたか。僕は修悠館ですが、野球部だったのでよく福高には試合をしに行きましたよ」

「利重さんは修悠ですか」

東の福中高校は「福高」と呼ばれ、西の修猷館は「修猷」と呼ばれ、「之丘」と呼ばれる南の筑紫之丘高校と併せて福岡市では「御三家」と称される公立の進学校だった。なかでも「福高」と「修猷」は歴史が古く長年の交流があり、ちょうど早慶のように互いに親しみを持つ間柄だった。

そんな話をしているところへ利重夫人が紅茶とケーキを運んでくる。

あいだのテーブルに置くと、彼女は夫の隣に腰を下ろした。

紅茶を一口すすって本題を切り出す。

「ところでなんですが、この西新界隈にむかし父がよく出入りしていたレストランがあったようなんです。おそらくマッジョという名前だったと思うんですが、利重さんならご存知ではないかと思いまして」

「マッジョですか。もちろんよく知っていますよ」

利重会長は、あっさりとそう言ったのだった。

帰路はタクシーを使った。

利重会長から衝撃的な事実を聞き、頭の中を整理することに集中したかったのだ。

会長宅を辞去すると早良街道に出て、通りかかったタクシーを拾ってさっさと乗り込む。

「西鉄グランドホテルまでお願いします」

と告げたあとは目を閉じて先ほどの会長夫妻の話を何度も反芻した。

3

利重夫妻の告白。

〈閉店したのはいつ頃でしたか……。もう十年近くになるんじゃないかなあ。

ずいぶん急な閉店でしたね。店が出来たときはイタリア料理なんて誰も知らなくてね、それこそナポリタンスパゲッティくらいしかみんなの頭にはなかった時代ですよ。ピザが、「洋風お好み焼き」なんて呼ばれてたような頃でね。そこへいきなり本格イタリア料理の店が開店して、最初はなかなか客も来なかったんじゃないかなあ。

姫野先生が出入りするようになって、徐々に客足が増えていったような気がしますね。

あとはやっぱりマダムの人柄かな。それはもうすらっとした外人さんみたいな顔立ちの美人で、華があってね。だけど生粋の博多おんなだから気が回って愛想が良くて、ちょっと鼻っ柱が強くて優しかった。

姫野先生とは旅先のローマで偶然に知り合って、そしたら同じ福岡の在だというんで意気投合したと言っていましたね。

ええ、そのときはもう「マッジョ」は開店していたと思います。といっても開店直後くらいで、先生と巡り合えたのが幸運だったたってマダムはよく言っていました。

そうですねー。そこらへんは姫野さんのお察しの通りだったと私も思います。

先生が唐人町に仕事場を持って、ずっとこっちでご執筆されるようになったのもやっぱりマダムの存在があったからでしょうね。休みの日なんて、よくマダムと二人でこの西新の商店街を散歩しておられました。先生も姫野さんと同じで、とっても気さくでね。僕たちが話しかけるといろんな面白いお話を教えて下さいましたよ。作家仲間のことや東京の有名人たちのことなんか。どんな話題でも本当にお詳しかった。そんなこんなで僕も女房もいっぺんで先生のファンになってしまったんです。〉

〈主人だけでなく、というより私の方が鈴音さんとは仲良しだったんですよ。「マッジョ」もここから歩いて五分くらいの場所だったし、ランチをやっていた頃はよく商店街の奥さん連中と一緒に食べに行ったりしていました。そんなとき、先生ともときどきお目にかかってました。いつも隅のカウンターでパスタとかオムレツとかそういうのを食べてらした。必ず赤ワインと一緒にね。

こういう言い方をするとご子息の姫野さんには申し訳ないようですが、鈴音さんと先生はとってもお似合いでね、まるで本物の御夫婦みたいでした。歳は親子ほども離れていたのでしょうが。

鈴音さんが隣にいるだけで僕はこころが落ち着くんだって先生が一度おっしゃったことがあって、それはお二人を見ていてよく分かりましたね。

はい。鈴音さんには娘さんが一人いましたよ。マッジョを始めて二年か三年目に産んだんです。可愛い女の子でね。小雪ちゃんっていうんです。小さい雪で小雪ちゃん。

おかあさん似のとっても美人さんでしたよ。

鈴音さんの苗字？　有村？　そうそう。お店のマダムのときは「有村」って苗字を使っていましたね。「有村鈴音」。でも本当の苗字は「本村」なんです。「本村鈴音」。私も不思議に思って訊いたことがあります。そしたらね、お店を始めるときに易者さんか誰かに観て貰ったら、「本村」ではなくて「有村」の方がうまくいくって言われたんだそうです。それで対外的には「有村鈴音」と名乗っているんだって言っていましたね。

小雪ちゃんは高校までは地元でしたよ。近所の筑紫女子高校に通っていました。高校を出て東京の専門学校に行ったんです。たしか視能訓練士の学校じゃなかったかしら。

可愛い一人娘ですしね、鈴音さんは、本当は手元に置いておきたかったんじゃないですか。小雪ちゃんはとっても気立てのいい子で、高校くらいからはお店の手伝いもしっかりやっていましたし。

だけど、小雪ちゃんがどうしても東京に行きたいって言って聞かなかったみたいです。鈴音さんはだいぶ反対していましたけど。

小雪ちゃんですか？　結局、もうこっちには戻って来ませんでしたね。向こうで結婚して、いまは都内に住んでいるって鈴音さんが言っていましたから。

主人も言いました通り、「マッジョ」の閉店は本当に突然でした。最後までずいぶん繁盛していたんですよ。なのにある日、急に鈴音さんがうちにやってきてお店を閉めることにしたって言うんです。

はっきりとは言わなかったけど、何かの病気が見つかったような感じでした。もちろんこちらが察しただけですけど。

「これからどうするの?」って訊いたら、「東京の小雪のところへ身を寄せようかと思ってる」って言っていましたね。

そういうところもちょっと鈴音さんらしくなかった。あの人は顔はあんなに美人だったけど、誰かに頼って生きるなんて絶対に嫌なタイプの芯の強い人でした。相手がたとえ実の娘の小雪ちゃんだったとしてもね。そんなこんなで病気が見つかったのかしらねえ、ってみんなでひそひそ言い合っていたんです。

鈴音さんが現在どうしているかは知りません。店をやめて間もなく、誰にも何も言わずにこの町を出て行ってしまいましたから。「マッジョ」をやっている頃は、紅葉八幡のすぐ近くのマンションに住んでいたんです。あそこはたしか分譲だったから、それも整理して出て行ったんでしょうね。そういうことも全部あとから噂で知っただけで、以来一度も彼女から連絡が来たことはありませんね。

小雪ちゃんの父親?

さあ、はっきりとは分かりません。そういう話は一度もしたことがないんです。

ただねえ、小雪ちゃんが生まれてからも先生との仲はずっと続いていたし、よく三人でこの近所を仲良く歩いたりしていましたよ。

私たちはてっきり、姫野さんもそこらへんの事情はよくよくご存知なんだと思っていたので、鈴音さんに子供がいたことも初めて知ったと言われて、逆にびっくりしているんです。

いまになって、こんなことをべらべら喋ってしまってよかったのかと思っているくらいで……。

でも、まあ姫野さんも小説家でいらっしゃるし、そういうことも全部胸におさめて物をお書きになるお仕事ですものね。お聞き苦しいお話だったかもしれませんが、主人共々どうか勘弁してやって下さい。

どのみちもうずいぶん昔のお話ですものねえ－〉

4

ホテルの部屋に帰り着くと、先ず最初に窓のレースカーテンを引き、入ってくる光の量を調節した。部屋はエアコンのおかげで適温だが、外の日差しは午後になってますます強まってきていた。部屋の中が夕暮れどき程度のほどよい明るさに変わる。

時刻は午後一時を回ったばかり。

当然ながら空腹感はまったくなかった。

冷蔵庫から缶ビールを一本抜き、それを手に一人掛けのソファに腰を据える。開栓し、冷たいビールを一口飲んで、思考に集中した。

小雪が、有村鈴音と姫野伸一郎とのあいだにできた娘ならば、彼女は自分の腹違いの妹だったことになる。

それが事実だとすると、これまでの数々の疑問は一気に氷解し始める。

父と母が小雪との関係を知って激怒したことも、結婚を断じて認めなかったことも、彼女と暮らし始めて両親との交通を一切絶ってしまったことも、小雪を入籍できなかった理由も、二人のあいだに子供を作らなかった理由も、小雪がグランマイオに入居した母のもとへほとんど通わなかった理由も、自分が、高畠響子と義父との関係に得も言われぬ嫌悪感を覚えてしまった理由も、すべての謎が解けてくる。

そして、小雪の従兄であり、彼女を紹介してくれた木村庸三とこれほどに疎遠になってしまった原因もはっきりとする。

自分と小雪との交際を祝福する人間は誰一人としていなかっただろう。だからこそ長年にわたって小雪と二人きりの濃密な生活を紡ぎ続けることができたのだ。

南青山の原田視力研究所で小雪とおよそ八年ぶりに再会したとき、ひととおりの視力回復体操の指導を受けたところで、

「お兄ちゃん」

と彼女が不意に声を掛けてきたのは、何ら違和感のある言動ではなかったのだ。あれは

文字通り「お兄ちゃん」の謂いだったのだから。

小雪と腹違いの兄妹だったと覚って、その瞬間は少なからぬ衝撃に見舞われたが、利重家を辞してタクシーでホテルに着くまでの十数分のあいだに驚きや意外性はみるみる失われていった。

もうすでにして、その事実をかなり冷静に受け止めている自分がいた。

そうした冷静さが、むしろこの事実を確かなものだと証明しているような気がする。

これは初めて知ったのではなく、かねて骨身に沁みて分かっていたことをいまようやく思い出したに過ぎないのだと。

しかし……。

幾ら小雪との関係が、世間を憚る道ならぬものであったとしても、なぜこんな過剰な記憶の改竄を行ってまで、自分はそれを忘れる必要があったのか？

二十九歳のときに二十一歳だった小雪と再会し、それからすぐに同棲を始めた。現在の記憶が正しければ、小雪と死別したのは四十九歳のときで小雪もすでに四十一歳になっていた。彼女が血を分けた実の妹であったとしても、二十年の長きにわたって夫婦同然の暮らしを積み重ねていったのだ。

子供も作らずに二人きりでひっそりと生きた。

周囲に対して兄妹であるというただならない事実を秘匿し続けるというのであれば道理も通るし、実際そうしてきたと思われる。

だが、当の小雪が死んでしまった後で、なぜ自分自身の記憶から、〝彼女との真実の関係〟を抹消しなくてはならなかったのか？

なぜ小雪は死なねばならなかったのか？

なぜ小雪はあの晩、泣きながらコップを洗っていたのか？

なぜ小さな声で嗚咽しながら、小刻みに肩を震わせて懸命にコップを洗っていたのか？

なぜ何度も何度もしゃぼんをつけて、何度何度も同じコップを、彼女は洗い続けていたのか？

小雪とのあいだに一体何があったのだろうか？

小雪はなぜ死んだのか？

小雪は一体全体、どうやって死んだのか？

五年前の秋、かかとのプラスチック化を初めて見つけたとき、これは天罰だと直感した。

——あんな形で小雪を失った当然の報いに違いない。

そう確信した。

しかし、じゃあ、その〝あんな形〟とはどんな形なのか？

よくよく我が心のうちに問いかけてみても、漠然とした輪郭さえ浮かんではこないのだ。

小雪は本当に死んでしまったのか？

去年の十二月二十三日、高田馬場の仕事場で一緒に飲んだときに高畠響子が口にした言葉が頭にこびりついて離れたことはない。

「奥様が本当に亡くなったのかどうかだって、実は分からないのではないですか？　奥様が誰だか分からないんですから、その人が亡くなったという先生の記憶だって決して確実なものではないと私は思うんです」

彼女ははっきりとそう言った。

こうして思い出そうとしても、小雪がなぜ、どうやって死んだのかまるで思い出せない。響子の指摘は正鵠を射ていると言わざるを得ないのではあるまいか。

レース越しの光が幾分翳ったような気がして顔を上げた。

腕時計の針はいつの間にか午後四時を指している。缶ビール一本で三時間近くも座りっぱなしだったわけだ。

ゆっくりと立ち上がり思い切り背筋を伸ばした。ビールの酔いなどどこにも残っていなかった。

空腹を感じた。

デスク電話の受話器を持ち上げ、ルームサービスの番号を押す。

簡単なつまみを幾つかと、ウィスキーをボトルで一本と氷を注文した。

料理と酒が届くと、備品のタンブラーに氷を放り込み、サントリーの「山崎12年」でたっぷりと満たした。

料理と酒、アイスペールの載ったワゴンごとソファのそばに引き寄せ、再び腰を下ろす。

皿を膝に載せてあつあつのオムレツをフォークでがつがつと食べ、それから冷えた山崎を半分ほど一気に呷る。久々にアルコールの熱が直接五臓六腑に沁み込むような感覚になる。

小雪を失ってからというもの、この感覚だけを頼りに書き続けてきたのだった。

小説を書くためだけに生きながらえた。

それがすべてだった。小雪を失い、ほかのあらゆるものが人生から消えてしまった。残ったのは苦しみだけだった。その苦しみを苦しみとして引き受けることも普通だったら可能だったのかもしれない。だが、そうすると書けなくなった。

実際に書けなくなったのかどうかは分からない。〝書けなくなる〟ことではなく、〝書けなくなるかもしれない〟という恐怖がこの身をがんじがらめにしたのだ。

その恐怖に怯え、記憶を操作することを思いついたのに違いない。

日々の辛さを酒で紛らわし、決して回復することのない辛さの原因から徐々に距離を取って行った。目を背け、後ずさり、最後には背中を向けて逃げ出した。

小雪がいないという深刻な現実から逃れるためには、小雪という情報それ自体を過去にさかのぼって大幅に書き換える必要があったのではないか？

何か重大な理由で、当時の自分はそうするしかなかったのだ。

書くために生きてきたのか、それとも生きるために書き続けてきたのか？

それは恐らく両方なのだ。

書くために生き、生きるために書き続けてきた。あの最も苦しい時代を共にしてくれたのはルミンだけだった。ほんのわずかでも手を差し伸べてくれたのは吉見優香や前田貴教、それに親しい数人の担当編集者くらいのものだった。

そしてプラスチック化が起きた。

記憶の限りでは、プラスチック化はルミンを亡くす二年前に起き始めた。だが、それが正しい記憶かどうかは定かではない。

小雪の死からほどなくルミンと共に飛び出したであろう成城の家はほぼ全体がプラスチック化してしまっていた。あのプラスチック化が肉体のプラスチック化よりもあとに起きたとは考えにくい気がする。肉体のプラスチック化は五年前の秋からだったが、小雪の死はその五年も前の出来事なのだ。

仮に、小雪の死によって最初のプラスチック化が起こり、さらに五年以上が経過して肉体にプラスチック化が発生したのだとすれば、プラスチック化という現象もまた、記憶の改変と同様に、書き続けるために自らが編み出した苦肉の術法だったのかもしれない。

肉体のプラスチック化が始まって二年後、かけがえのなかった相棒のルミンを失って急激にプラスチック化が進んだ事実からも、それは明らかであるように思える。

久しぶりの強い酒だったが、すいすいと喉を通り胃袋におさまっていく。めっきり弱くなっているはずなのに、今日はかつてと変わらぬペースで飲み進めることができた。ボトルが半分ほど空いてようやくじんわりとした酔いが全身に回ってくるのが分かった。

ウィスキーは父の伸一郎が好んで飲んでいた酒だった。

実の息子と娘の関係を知って、父は一体どう感じたのか？　父がどれほど驚き、困惑したかは想像に難くないが、もとはと言えばすべて自身が蒔いた種だったのだ。

利重夫妻の話によれば、父と有村鈴音は旅先のローマで偶然知り合ったのだという。それは一体いつのことだったのだろうか？

父が亡くなった後も続けていた「マッジョ」を有村鈴音は、なぜ突然閉めてしまったのか。閉店は「十年近く」前で、「ある日、急に」鈴音がやって来て閉店を告げられたと利重夫妻は語っていた。しかも、店は「ずいぶん繁盛していた」というのにである。

鈴音は、「東京の小雪のところへ身を寄せようかと思ってる」とそのとき夫人に語っている。

十年近く前というのは小雪の死んだ時期と重なる。身を寄せるべき娘はもうこの世にはいなかった。鈴音が繁盛店の「マッジョ」をいきなり閉じたのは、むしろ愛娘の死を知ったからにほかなるまい。

ずっと交流のなかった娘の死の報に、彼女は何もかも投げ出してしまいたくなったのか。

そう考えるのが順当だとは思う。

だが、利重夫人の語る有村鈴音の人物像は、そうした推測にはいささかそぐわないもののようにも感じられた。

「あの人は顔はあんなに美人だったけど、誰かに頼って生きるなんて絶対に嫌なタイプの芯の強い人でした」

と夫人は言っていた。だからこそ、何か重い病気が見つかったのだろうと彼女は慮ったのである。

小雪が腹違いの兄と夫婦同然に暮らしていると知って、鈴音もまた父や母と同じように強い反発を示したに違いない。その時点で小雪との縁も絶たれてしまったと思われる。

だが、その後も鈴音は「マッジョ」の経営者であり続けた。

たとえ娘の訃報に接したからといって、「誰かに頼って生きるなんて絶対に嫌なタイプの芯の強い」鈴音が、おいそれと自らの半生の証とも言える「マッジョ」を放擲《ほうてき》してしまうだろうか？

生死の区別は格段とはいえ、小雪は、二十年も前に勘当同然に別れた娘なのだ。どれほどの悲しみに見舞われたとしても、だからといって〝もう一人の我が子〟と呼ぶべき手塩にかけてきた繁盛店をいきなり畳んでしまうのはあり得ない気がする。まして彼女は紅葉八幡の近くにあった自宅マンションまで整理して、忽然と姿を消しているのだ。

以来、この十年、親しかった利重夫妻のもとへも一切の連絡を寄越していない。

十年前、有村鈴音の身に一体何があったのか？

いつの間にかウィスキーボトルは空になっている。

レースカーテンの向こうも闇に沈んでいた。途中で一度トイレに立った折につけた室内灯の明かりだけとあって薄暗い。

さすがに深い酔いが訪れていた。こんなふうに意識が滲むような酔い方をするのはいつ以来だろうか。気分は悪くなかった。ただ、眠い。

考えが堂々巡りを始めてずいぶんの時間が過ぎている気がした。思考が同じところを回り続けているときに特有の徒労感が自覚できる。

何時だろうか、と思いながらソファから立ち上がる。

巻いているはずの腕時計が見当たらない。知らぬうちに外してしまったのか。

立った途端に前のめりによろけてしまう。たたらを踏むようなあんばいで数歩先のベッドに倒れ込む。

——ずっとこんなふうにして小雪のいない夜をやり過ごしてきた。そうやって俺は何年も生きてきたのだ……。

またたく間に意識は掠れていった。

5

鋭い悲鳴のようなものを聞いて目を開けた。

女の声だ。

だが、もう何も聞こえない。

ゆっくりと上体を持ち上げる。ホテルデスクの上に置いていたスマホが鳴っていた。悲鳴はそれまで見ていた夢の最後の部分だったのか、それともこの電話の着信音から脳が作り出した幻聴だったのか。夢の中身を憶えていないのでどちらとも言えなかった。

ベルに設定した着信音は鳴り続けていた。

一体いまは何時なのか？

眠り込む直前も同じことを考えたのを思い出す。いつもそうなのだが、どんなに深酒をしても目覚めると思考力だけは瞬時に回復する。

ベッドから降り、立ち上がった。

デスクに近づき、鳴り続けるスマホを持ち上げる。「高畠響子」という表示を見て、何やら嫌な予感がした。

振り返ってベッドのナイトテーブルに組み込まれたデジタルウォッチの数字を読む。

午前三時七分。

嫌な予感はますます鮮明になっていく。

通話マークをタッチし、スマホを耳に押し当てた。

「姫野先生、こんな夜分に申し訳ありません」

異様に沈んだ声が響く。

「どうしたの。何かあったの？」

「はい。前田社長が何者かに刺されて重傷を負ったそうなんです。意識不明の重体だと聞きました」

「前田が？　いつ？」

「昨日の夜、と言っても数時間前だそうです。会社を出て駐車場で車に乗り込もうとしたときに刺されたそうです。犯人はまだ捕まっていないみたいですが、社長は広尾の日赤医療センターに担ぎ込まれて、そこの集中治療室に入っているそうです」

「きみは誰から聞いたの？」

「ついさっき、トチハタ先生から連絡を貰いました。先生にはエム・フレールの人間から電話が来たそうです」

「きみはどうするの？」

「私はとりあえずこれから病院に行ってみようと思っています。ちゃんと確認してから連絡すべきかとも思ったのですが、やっぱり先生には少しでも早くお伝えした方がいいと考え直しました」

「ありがとう。ただ、僕はいま九州の博多に来ているんだ。きみを追いかけていますからすぐにそっちに行くというわけにもいかないんだよ」

「そうだったんですか」

「とにかく夜が明けたら一番の飛行機で東京に戻って、日赤に向かう。前田のことで何か分かったら、申し訳ないけど逐一メールをくれないか」

「承知しました」

「しかし、どうして刺されるような物騒なことになったんだろう」

「トチハタ先生が聞いた話によると、ここ最近、お金のことで関西の暴力組織とかなり揉めていたらしいんです。それで、こんなことになったんじゃないかと」

「なるほど、あの男ならいかにもありそうな話だね」

「かもしれないです」

響子の声が少し震えていた。

「きみも、こんな時間だし、気をつけて行くようにね。前田のことは僕が何とかするからあまり心配する必要はないよ」

「はい」

「じゃあ」

そう言ってこちらから通話を打ち切った。

スマホを耳から外したあと、最後に口にした気休めのようなセリフが自分でも訝しかった。

「僕が何とかする」とは一体どういう意味なのだろうか？

第十二章　連鎖に終止符を打つ

1

前田貴教は、日赤医療センター救急科の救命救急病棟ではなく、救命救急集中治療室（ＥＩＣＵ）に収容されていた。そのことは東京に着く前に響子からのメールで知ったのだが、もうそれだけで彼が非常に危険な状態であるのが察せられた。

響子も結局は面会を許されず、前田の顔を見ることなく引きあげたようだった。集中治療室に出入りできるのは親族だけということで、子供と共に駆けつけた阿戸宮サキコさえも入室を許可されなかったのだという。

むろん、こうした病院側の厳格な対応には捜査機関の意向が大きく反映されているのだろう。

よほど容態が落ち着かない限り、病院に出向いても前田には会えない公算が高いような気もしたが、一方で、自分だったら集中治療室に入れるような気もしていた。

予定通り、朝一番の飛行機で羽田に向かったのは、そうした予感めいた確信があったからでもあった。

午前七時の便に乗って、羽田に着いたのは定刻より五分遅れの八時四十分。空港のタクシー乗り場でタクシーを拾い、「広尾の日赤までお願いします」と運転手に告げた。

病院に到着したのは九時半ちょうどだった。金曜日の午前中にもかかわらず、日赤までの道のりは思いのほか空いていた。

救命救急センターの窓口で名乗り、前田の見舞いに来たのだが、誰か付き添っている人間に会わせて貰えまいかと頼んだところ、中年の女性事務員はすぐに電話で四階のＥＩＣＵに連絡を入れてくれたのだった。

「いましがた患者様の御親族の方が病室にお見えになって、現在医師からの説明を受けているようです。それが終わりましたら、看護師の方から御親族さまに姫野さまのことをお伝えしますので、もうしばらくこちらでお待ちいただけませんでしょうか」

そう言って彼女は左手にある待合スペースのような場所を指し示した。

実に丁寧な応対ぶりだ。

「分かりました」

と頷き、指示通りに長椅子の並んでいるコーナーへと向かう。

先客は誰もいなかった。一人で座り、前田の親族とは誰なのだろうかと考えたりしていた。十分ほどして、

「姫野さま」

先ほどの事務員に名前を呼ばれる。窓口に行くと、

「患者様の御親族の方がいまからこちらに降りて来られるとのことです。あと少しお待ちください」

と言われた。

さらに五分ほどして、薄いグレーのくたびれたスーツを着た痩せた男性が待合スペースの方へとやって来るのが見えた。人相、風体ともに前田とは似ても似つかないものだったが、しかし、彼が前田の親族に違いないと思った。

先に立ってお辞儀をすると、先方も小さな会釈を返してやや早足になって近づいてくる。短髪の胡麻塩頭で、そばで見ると顔中に細かい皺が刻まれていた。色は浅黒く、戸外で長年働いてきた人間の枯れた、それでいて芯の強そうな雰囲気を醸し出している。農業や漁業従事者にいかにもいそうなタイプと言ってよかった。年齢はこちらより五つ、六つ上だろうか。

「こんにちは、前田の父でございます」

男は正面に立つと、そう言って深々と頭を下げる。

「初めまして、姫野と申します。前田君にはひとかたならぬ世話を受けておりまして」

お返しのように頭を下げる。

「姫野先生のことは、息子から何度か聞かされておりました。こちらこそあんなやつに目をかけていただいて、お礼の言葉もございません」

すると前田の父親は意外な言葉を口にしたのだった。

「そうだったのですか」

「はい。息子は刑務所暮らしの頃に先生のご著書に触れて、それで自分は何とか立ち直ることができたんだとよく申しておりました」

彼は、さらに驚くようなことを言った。

前田の前歴について根掘り葉掘り訊いたことはないが、受刑中にファンになったというのはいかにも前田らしかろう。

「前田君の容態はいかがですか？」

肝腎な質問をする。

「先生たちのお話では、刺された肝臓の損傷が激しく、出血も大量だったので、助かるかどうかは半々だろうということでした」

「そうですか」

生死半々というのは、要するに瀕死の状態ということだ。

「彼に会うのは無理ですか？」

「いえ。私から主治医にお願いすれば大丈夫だと思います」

前田の父は言う。

こうやってやりとりしているうちに最初の印象が薄れていく。一見すると武骨で口数の少ない人物のようだが、物言いや表情に触れているうちに内面に宿る怜悧な知性のようなものが感じられてくる。

そういう一面は息子の前田にも受け継がれているのかもしれない。

前田の父と一緒にエレベーターで四階に上がった。

手術室や病理部、集中治療室と同じフロアに救急病棟とEICUもあるようだ。

エレベーターの中で名前を訊ねた。「前田明教《あきのり》」といい、岡山市でブドウ農家をやっているという。そういえば前田は毎年、季節になると岡山産のマスカット・オブ・アレキサンドリアを送って寄こした。あの見るからに立派なブドウは、この明教が栽培したものだったのだろう。

明教が主治医と交渉してくれ、特別に入室が許されることになった。

部屋の前には警察官が待機しているのかと思えば、そんなこともない。いまだ犯人が逃走中だというのにいささか不用心ではなかろうかと逆に心配になる。

「警察とは話しましたか」

病室に入る前に明教に訊いてみる。昨夜の連絡は警察からだったが、直接にはまだ誰とも話していないようだった。

白衣と帽子を身に着けて明教と共に入室する。幾つかのベッドが並ぶ大部屋で、前田は一番奥のベッドに横たわっていた。

目を閉じ静かに眠っている。口には小さな酸素マスクがつけられているが顔色も表情も充分に分かる。眠っているというよりは死んでいるようだった。

やがて目覚め動き出すだろう有様が想像できないような静謐《せいひつ》さが全身に漂っていた。

血の気がまるでない。よほど大量の出血があったのだろう。

――このままだと、この男は死ぬ。

はっきりとそれが分かった。

分かった瞬間、自分が何をしにここへやって来たのかが理解できた。高畠響子からの一報に、つい口走った「前田のことは僕が何とかする」という言葉の意味も腑に落ちる。

「前田さん、申し訳ないが、しばらく僕と彼だけにして貰えませんか」

五分ほど経ったところで隣の明教に言った。

明教は無言で頷き、息子のベッドを離れていった。

見るところ、一突きされた肝臓からの出血はいまだ続いているようだ。このままでは損傷を免れた部分の肝機能もそのうち停止してしまうに違いなかった。医師もそれを危惧しているからこそ父親に「助かるかどうかは半々」と告げたのであろう。

前田の顔から視線を外し、その腹部に目をやり、右手をかざす。

出血が続く肝臓の一部をイメージし、

――前田貴教の傷ついた肝臓よ、プラスチック化しなさい。

と念じた。

むろん前田の様子には何の変化もない。

彼は死んだように眠っている。

だが、このまま眠るように死ぬことはもうあるまい。さきほど、この男は死ぬと分かったときとまったく同じ感じ方で彼がいずれ死地を脱することが分かった。

明教と一緒に一階に降り、売店や生花店、コーヒーショップや書店などが並んだ一角にあるレストランに入った。

昼時にはだいぶ間があるためか広い店内は空いている。窓際のテーブル席に差し向かいで腰を落ち着けた。

「何か食べませんか？」

と明教に促す。

エネルギーを使ったせいなのか急に空腹を覚えていた。朝から何も食べていないが、それは向かいに座る男も同様だろう。

五目麺を注文する。明教は海老やきそばだった。

「こんなことを言うのは無責任かもしれないのですが、前田君の様子を見る限り、これで死ぬようなことはないと感じました。なので、あまりご心配される必要はないと思います」

「そうですか」

明教は呟き、

「先生と会って、きっとあいつも生きる気力を取り戻したのでしょう。私もさっきはそういう印象を持ちましたから」

上目遣いにこちらを見るような目つきになって言った。

それからしばらく二人とも喋らなかった。じきに料理が届く。

五目麺をすすっていると、

「あいつをやくざ者にしてしまったのは、私の責任なんです」

箸を止めて顔を上げる。彼の焼きそばはほとんど減っていなかった。

「ご存知かもしれませんが、あいつには本当にひどいことをしました。当時の自分には何か化け物が取りついていたような気がします。まあ、そんなことを言うと、またあいつは激怒するでしょうが」

「前田さん、僕は貴教君から昔の話はほとんど聞いていないんです。もちろん、長い付き合いなんで彼が幼少期につらい体験をしただろうことは察してはいましたが。差し支えなければ、この際です、何でも聞かせて貰えませんか」

こちらの言葉に、彼は一瞬虚を衝かれたような表情を作った。前田が散々自分の悪口を言っていたと勘違いしていたのだろう。

「貴教は……」

彼が初めて息子の下の名前を口にした。

「女房が別の男とのあいだに作った子供でした」

そこまで言って、一度言葉を止める。

「そのことを私が知ったのは、貴教が小学校に入るか入らないかの頃でした。あいつの本当の父親が自殺したんです」

思いもよらぬ告白に、言葉を頭の中で吟味する必要があった。だが一方では、それほど驚くべき話ではないようにも思える。

何も言わず、目線で先を促した。

「女房の取り乱しようでさすがにおかしいと感じました。それまでも怪しい雰囲気はあって、しかし、そんなはずはない、そんな醜悪なことがあり得るはずはないと打ち消し続けてきていたんです」

手元のコップの水を明教は飲む。

「だけど、葬式の時にさすがにたまりかねて、女房に詰め寄りました。貴教は俺の子供じゃないんじゃないか、あの男の子じゃないのかって。女房は何も言わずに黙り込んで、ただ泣いていた。その姿を見て確信したんです。貴教の本当の父親は、死んだ女房の兄貴だったんだってね。だからあいつは俺にはちっとも似ていなくて、実の伯父と瓜二つだったんだってね」

手を挙げてウエイトレスを呼んだ。半分ほどになった五目麺のどんぶりと手つかずの焼きそばの皿を片づけて貰い、かわりにコーヒーを二つ注文する。

「それで、前田君はそのことをいつ知ったんですか?」

喉が詰まったようになって声が出にくかった。

「中学の終わり頃だったと思います。私の暴力に耐えかねて、その頃にはもう家にも寄り付かなくなっていました。もとからあいつは私だけじゃなくて母親のことも憎んでいた。父親が毎日殴る蹴るの暴力をふるっているというのに、ただ泣くばかりで息子のことを何一つ守ってやろうとしないんですからね。そんな母親が許せなかったのは当然だったでしょう」

コーヒーが届いた。明教はカップを持ってゆっくりと一口すすった。

「中学の終わりに、親戚か誰かから自分が伯父の子供であること、妹との関係に悩み抜いた伯父が、それが理由で自殺したこと、そういう真相を洗いざらい聞き出したようでした。あれは、八月の暑い日の夕方だった。女房と二人で仕事を終えて家に帰ったら、何カ月ぶりかで姿を現わしたあいつが、上がり框《かまち》に腰掛けて待っていました。私と目が合った瞬間、隣の女房の方へ体当たりしてきた。後ろ手に隠し持っていたナイフで下腹を一突きにしたんですよ。女房は何とか一命はとりとめましたが、あと一センチでも場所がずれていたら駄目だったろうと医者は言っていた。あいつは本気で母親を刺し殺す気だったんです」

こめかみのあたりにキリでも刺し込むような鋭い痛みが生じ始めていた。

前田が、なぜ「姫野伸昌」の小説に惚れ込んだのか、なぜ彼が初対面のときに「センセーの小説を読んだとき、僕は本当の親に会えたような気がしたんですよ。これを書いた人が自分の本当の親なんだって。それこそ雷に打たれたみたいにそう感じたんです」と言ったのか――そういったもろもろの謎がようやく解けたような気がした。

「思えばあれが貴教の起こした最初の事件でした。以降はもう滅茶苦茶だった。私や女房があいつの消息を知るのは、きまって警察からの連絡でした。娑婆に出ちゃ刑務所に逆戻りの生活が三十過ぎまで続いたと思います。それが、ある日、何度目かの服役を終えた貴教が突然訪ねてきたんです。これから小さな会社を興すんだってはりきっていて、まるで別人のようでした。どうせろくなものじゃないと話半分で聞いていたのですが、そのうちあいつの会社の評判がポツポツ耳に入ってくるようになり、滅多に顔は見せないものの私や女房のためにいろんなものを送ってきたり、送金してくれたりし始めた。そうこうして数年経った頃に女房のがんが見つかり、あっという間に死んだんです。最後は貴教も一緒に見送ったし、葬式から何から全部取り仕切ってくれました。最近もテレビで騒がれてた頃に不意に電話してきて、『何にも問題ないから、心配しなくていいよ』って言ってくれてね。それがまさかこんなことになるなんて、こっちは思ってもみませんでしたよ」

2

病棟に戻る明教と別れ、病院の正面玄関でタクシーを拾って帰路についた。

こめかみの痛みは頭全体に広がり、ことに両耳の奥はズキンズキンという音が本当に聞こえるかのようで、聴力を奪われてしまうほどの痛みだった。耳閉感もひどい。

前田貴教の母親は実の兄と関係を結び、兄の子を身ごもった。そうやって生まれた前田は、事実を知った父親に幼少期から壮絶な虐待を受け、打擲《ちょうちゃく》を受け続ける我が子を母親は守ろうともしなかった。実父の伯父は、母との関係に悩んで自殺し、そのことも含めて前田は中学三年のときにすべてを知る。彼は寄り付くこともなくなっていた実家に舞い戻り、帰宅した母親の腹を有無を言わせずナイフで抉った。母親は何とか一命をとりとめたものの貴教は少年院送りとなり、それが前田の転落の決定的な契機となった。

そして彼は何度目かの服役中に姫野伸昌の作品と出会い、現在に至る再生のきっかけを摑んだのである。

激痛の中で、繰り返し脳裏に浮かんでくるのは、中学生の前田が母親の下腹をナイフで突き刺す場面だった。

そんな実見したこともない想像上の場面がどうして何度も何度も想起されるのか？

痛みに阻まれて、ちゃんと考えることができなかった。自分の中のもう一人の自分が、思考を邪魔するために頭の中を引っ掻き回しているように思える。

もう一人の自分は明らかに何かを恐れているのだ。

前田明教の告白、さらには利重夫妻の告白を聞いて、本当の自分が本当の記憶を取り戻そうとしていることに彼は深く怯えている。

三日ぶりに戻って来た東京は、博多同様にいつの間にやら春の装いを整え始めていた。

東京特有の突き抜けた青空の下、柔らかな南風がビルの谷間を回避するように吹いている。

痛みをこらえながら車窓越しの景色を眺めると、歩道を歩く人々の服装が軽くなり、足取りもそれに合わせて軽やかになっているように見える。

中学生の時に母親を刺した前田が、いま何者かに同じ腹部を刺されて瀕死の状態に陥っている。かつて母親がいのちを拾ったように前田もまたいのちを拾うだろう。早くに死んだ母親が、せめてもの罪滅ぼしに「あの姫野伸昌」を息子の病室に招き寄せた——きっと父親の前田明教はそう思っているに違いない。

そして息子の今後の急速な回復ぶりに、彼はその思いをさらに深くしていくのだ。

徐々にだが頭痛が治まっていくのが分かった。

耳が周囲の音を拾い始めている。窓の外の喧騒、車内のウインカー音などが少しずつ戻ってきていた。どうやら痛みはピークを過ぎたようだ。

以前、夢の中に出てきた死んだ女性の顔は一体誰の顔だったのか？

それがずっと気になっている。

利重夫妻の話を聞き、あの髪の長い女性は有村鈴音だったのではないか、とすぐさま推理した。利重夫人に、有村鈴音の写真があったら見せてくれまいかと頼んだのは、それを確かめたかったからだ。

「写真なら何枚かあるはずだわ」

と言って夫人はすぐに広いリビングルームの壁際に置かれた大きなサイドボードの引き出しを探して、数分もしないうちに三枚ほどの有村鈴音の写真を見つけて持って来てくれたのだった。

姿を消す一年ほど前の写真だという一枚に目を凝らした。

細面の顔立ちはどことなく似ていなくもない気がした。といっても、夢の記憶はずいぶんと曖昧になっている。

だが、一言でいうなら「この女性ではない」に尽きた。

決定的な違いは髪の毛だった。写真の中の有村鈴音は一度だけ会ったときの長い髪ではなくショートカットだった。夢の中の女性が長髪なのは、初対面の印象が反映されたからだと理屈はつくが、写真の有村鈴音の髪をたとえ長くしたとしても、あの顔にはならないように思えたのだ。

髪の長い細面の女性で、有村鈴音とも似ている人物。

自分がよく知っているのは一人だけだ。

何度も繰り返し見た夢の筋書きをあらためて思い出す。

殺したのは年配の女性だった。年配と言ってもずいぶん若作りの印象で、実年齢は案外還暦間近なんじゃないかといった趣だ。見知った顔ではない。痩せて背が高く、顔立ちは彫りが深く髪は長い。苦悶の表情で瞑目し、細い首筋には鬱血斑が浮いている。殺したのはずいぶん昔で、いままでずっと秘匿してきたのだが、事実を知った脅迫者がいきなり出現する。中富であったり、海老沢であったり、大河内であったり、さらには田丸のこともあれば大河内夫人の場合もある。正体不明の相手もいて、夢の中で「この男はきっと藤谷の夫に違いない」と考えたりもする。脅迫を受けて誰に相談するか悩む。結局、大半の夢では父の姫野伸一郎に相談を持ち掛けるのだ。震える声で電話すると、電話口の父は動ずることもなく「すぐに帰って来い」と命ずる。まるで最初から息子が殺人を犯したことを知っていたかのようだ。慌てて飛行機に飛び乗り、博多へと舞い戻る。和白の実家に直行するが、そこはもぬけの殻で誰もいない。母も姿をくらましている。埃の溜まった邸内に靴のまま上がり込み、広い居間に入ったところで閉じ込められてしまう。そして、窓も開かないその部屋で焼き殺されそうになるか、はたまた水を流し込まれて溺死させられそうになるのだ。犯人は父に違いない、と確信する。父が外から火を放つか、水を注入しているのだと。意識は恐怖に塗り潰され、火責め水責めのなかで小雪の名前を絶叫する。その自らの叫びを耳にしたところで決まって目を覚ました。

小雪が有村鈴音の娘だと分かったいま、この不気味な夢の意味するところはかなり明瞭になった気がする。

母が不在の実家で父に殺されそうになる――というのは両親に対する負い目と潜在的な恐怖を如実に物語っている。それでも脅迫者に怯えて父のもとへと参ずるのは、裏切った父への罪の意識が濃厚だからだろう。

――あの女を殺したのだから、これで父に許して貰えるかもしれない。

長年の満たされぬ贖罪意識の反映として父が登場し、しかし、父の怒りは、あの女を殺したくらいで容易に解けるような生易しいものではない。息子の裏切りを知った時点で、彼はあの女だけでなく息子もろとも死ななければ気が済まなかったのだ。

小雪はどうやって死んだのか？

なぜ泣きながらコップを洗っていた姿がいつも思い浮かぶのか？

コップを洗い終えたあと、彼女は一体どうなってしまったのか？

夢に出てくる死んだ女性の顔、あれは小雪なのだろうか？

小雪の死のイメージを自分は、ああした扼殺《やくさつ》された年配の女性の死に顔として胸の中に秘めてきたのか。

――それとも……。

小雪がいつどんなふうに死んだかを思い出せないのは、それが絶対に思い出したくない場面だからではないのか？

もしも、自分がこの手で小雪を殺したのであれば、小説を書き続けるためにすべての記憶を作り換えたのも充分に納得できる。

頭の痛みは完全になくなっていた。タクシーは外苑西通りで渋滞にはまって一旦停車を繰り返している。

どのあたりだろう？　国立競技場の建設現場はまだ通過していなかった。

さきほどのＥＩＣＵで前田に対して行ったことが脳裏によみがえってきた。出血が続いている傷ついた肝臓を治癒させるために彼の腹部に右手をかざし、「前田貴教の傷ついた肝臓よ、プラスチック化しなさい」と念じた。あの瞬間、前田の肝臓の出血部位はプラスチック化を開始し、数時間もすれば血は止まる。

もしも、小雪を殺したのだとすれば……。

彼女の死体を一体どうやって処分したのか？　まだあたたかさの残る亡骸を抱きしめ、取り返しのつかない後悔と懺悔に身を苛みながら、自分は何を強く願ったのか？

小雪の死の進行の停止、肉体の不朽化、そして復活——そのために、いましがた前田にやったことと同じことを行ったのではないか？

あの成城の家で、自分は必死で念じたのだ。

——小雪の全身よ、プラスチック化しなさい。

と。

3

博多から戻って一カ月余り、高田馬場の仕事部屋に引き籠って、ひたすら執筆に励んだ。

年明けから始めた新連載を最終話まで一気に書き進めつつ、合間を縫って長年続けてきた機内誌の隔月エッセイや幾つかの雑文のたぐいを片づける。

機内誌のエッセイもすでに連載開始からずいぶんになっていたので、まとめて六本、この先一年分を編集部に送ったところで、これで打ち止めにしたいと伝えるつもりだった。

一年の猶予があれば編集部も新しい作家を選任するのに苦労はあるまい。

四月十六日日曜日。

連載小説に「了」の文字を打ち込んで、すべての原稿が終わった。

明日、成城学園に出かける前に各編集部に送信して、作家としての一応の区切りをつけようと思う。

一ヵ月余りで六百枚近くの原稿を書いた。小説が五百枚、エッセイ、雑文があわせて百枚。これは、四百字詰め原稿用紙十五枚以上を毎日書き続けた計算になる。

こんなことはデビューしてこのかた初めてだった。

最も脂が乗っていた四十半ばの時期でも、月産三百枚を超えたことはなかった。

一日十枚以上になるとさすがに思考力が続かず、翌日、翌々日の執筆に渋滞が生じた。

結果的に不効率だと知って、一日の執筆枚数の上限を十枚と決めてこれまでやってきたのだ。

それが今回は毎日十五枚を超える枚数を一ヵ月以上ぶっ通しで書き切った。

内容の出来不出来はともかくも、まだまだ自分に相応以上の筆力が残っていることに我ながら驚きを禁じ得なかった。

――この先何十年も、ひょっとしたら一生小説を書いて生きていけるのではないか？

という感触を得たのはデビューして五年ほどが過ぎた頃だった。

それまでは、いつかは書くべきことが枯渇するか、見失われるかして筆を折らねばならない日が来るに違いないと想像し、それはそれで仕方がないとあきらめていた。

作品を恒常的に発表するようになって五年が経ったとき、

――書くことが何もなくなったとしても、それでも小説を書き続けることはできるだろう。

とふと悟ったのだった。

——何も書くことがなくなったら、〝小説〟だけ書けばよい。

という考えがごくごく自然に腹中におさまった。

あのとき初めて、「小説の中身」と「小説」とがまったく異なる種類のものであることを知ったのである。小説というのは「小説の中身」と「小説の本体」の二つの合成物で、「小説の中身」だけでは小説になることはできないが、「小説の本体」だけならば、それはそれで充分に小説になることができる。

小説の中枢は、要するに「中身」ではなくその「本体」の方なのだ。

そして作家というのは「中身」を作れる人ではなく、「本体」を作れる人のことであり、従って「中身」などその辺に転がっているものを適当に拾って寄せ集めれば、それを「本体」に組み入れることで幾らでも小説を書き続けることができるのだった。

作家というのは、小説を書く「機械」であり小説を書くという「機能」だった。

小雪を失った後、そうやって自らを機械と化し、機能に徹することで生き延びてきた。

それ以外に生き続ける理由がなかったし、生き続ける方法がなかった。

だが、そうした小説を書く機能としての人生も、ここで終止符を打つことになるのだろう。

明日、成城学園の家を訪ね、そこでプラスチック化した小雪を見つけた瞬間に、この人生は終幕を迎える。

小雪をこの手にかけたのがはっきりとすれば、さすがにこれ以上生きていくことはできない。

覚悟はすでに充分に定まっている。


成城の家の前に立ったのは午後二時過ぎだった。途中の桜並木もすっかり葉桜に変わり、月曜日の午後とあって住宅の建ち並ぶ街路に人影はほとんどなかった。車も、宅配便のトラックが時折行き過ぎていくくらいだ。

去年の九月半ばに来て以来、一度もこの家を訪ねたことはなかった。あの晩の余りに薄気味悪い光景を思い出すと、とても再訪する気にはなれなかった。日を改めて足を踏み入れたところで内部のほとんどがプラスチック化している状態では、過去を辿るための手掛かりを探し出すのは到底無理だとの判断もあった。

だが、今日見つけ出したいものは書類や小さな物品ではない。

プラスチック化した小雪の亡骸を探すために来たのだ。

全身がプラスチック化した人間など見たこともないが、これまでの自らの経験からして、プラスチック化によって身体各部の外形が変化したり縮んだりすることはなかった。さすれば、小雪の亡骸もそのままの形を保って家の中のどこかに安置されているに違いない。

人ひとりの身体となれば、隠せる場所はそう多くはないし、見つけ出すのもさして困難ではないだろう。

あの晩は、階段や床板、仕事場に通ずる渡り廊下もプラスチック化し、一歩上り、一歩進むたびに足元が音立てて軋んだ。踏み損なうと階段や床や渡り廊下が崩壊しそうで、仕事部屋の書類ケースから画集、袋守り、シャープペンシルの三点を持ち出すと這《ほ》う這《ほ》うの体で家を後にしたのだ。

目の前の三階建ての白いタイル張りの家は、今日は日中とあって光っているわけではなかった。両隣の大きな邸宅同様にごく当たり前に建っている。無住が長いせいか外壁は煤けたように汚れ、玄関扉や窓なども隣家よりは古ぼけて見える。ただ、そうは言ってもそこまで荒れ果てた印象はない。

十年も手付かずで放置している家には見えず、定期的に掃除や改修などのメンテナンスが施されている印象があった。

記憶にないだけで、何度かこの家に出入りしていたのだろうか。それともどこかの工務店や清掃会社と契約し、家の保守を委託しているのか。

とはいえ、あのプラスチック化した室内に誰か他人を招き入れるとは思えない。まして小雪のプラスチック化した亡骸が隠されているのであれば業者を雇うなど論外だろう。

やはり、例によって記憶の方に何らかの欠落が生じている可能性が高い。

前回同様、門扉を開けてアプローチに入る。スチール製のドアの前に立ち、ドアノブの上に設置された電子錠の蓋を持ち上げる。ボナールの生年月日をタッチパネルに打ち込み、エンターキーを押した。ロック解除の電子音が鳴る。

ドアの向こう、広い玄関の内部はすべてプラスチック化している。あの晩はライトをつけるまで分からなかったが、今日は日の光の中ではっきりと見えるはずだ。

一つ息をつき、心してドアノブを引いた。

だが、目の前に現われた光景はさらにこちらの予想を裏切るものだった。

後ろ手でドアを閉めながら我が目を疑う。

――これは一体どういうことなのか？

室内は何事もなくなっていた。どこにもプラスチック化は起きていないのだ。左手の階段も右側の壁も、ドアが並ぶ長い廊下もいかにも良質な木材で造られ、玄関の壁に掛かった大きな絵もちゃんと元通りになっている。

それは小山敬三の風景画で、ベストセラーを連発していた時期に八方手を尽くし、大枚はたいて買い求めた自慢の一点だった。日本人画家の中で最も好きなのが小山敬三なのだ。浅間山を描いた見事な絵を眺め、この家でのさまざまな出来事が脳裏によみがえってくる。

また一枚、真正の記憶を覆い隠してきたベールが吹き払われた感触があった。

小山の絵の横の細長いドアを開ける。前回はここも壁ごとプラスチック化していて中を覗くことなど不可能だったが、いまはノブを引くとドアが開く。

クローゼットだった。たくさんの靴が並び、その半分以上は婦人物だ。小雪の靴だった。

コートハンガーには白にドット柄とライトブルーのレインコートが並んで掛けてある。

雨の日は傘をささず、このレインコートに帽子をかぶってよく二人で散歩したものだった。

小雪は雨の日の散歩が大好きだった。

「雨が降ると、町中にマイナスイオンが広がるんだよ。マイナスイオンにはストレスを取る力があるの。地面に雨粒が当たるたびにマイナスイオンは生まれるから、雨の日に散歩をしたら滝の近くに行ったみたいなヒーリング効果があるんだよ」

散歩に出るたびに小雪は繰り返し言っていた。

ずっと手を握り合ったまま、人気のない道を遠くまでよく歩いたものだ。実際、雨の中を歩いていると執筆で過熱した頭がすっきりとしてくるのが自覚できた。

——あれほど愛していた小雪を、この手にかけて殺すなどあり得ない……。

そう思いながらも、クローゼットの内部を子細に点検している自分がいる。

壁も柱も廊下や階段も完全にプラスチック化していた家が、どうして今日は普通の家に戻っているのか？

七カ月前の体験は幻覚だったのだろうか？

だが、そこを疑うのであれば我が身に起きたプラスチック化やルミンの遺骨のプラスチック化、高畠響子の義父、高畠広臣に起きたプラスチック化、さらには前田貴教に恐らくは起きたであろうプラスチック化、そのすべてを幻覚だと見做す必要があろう。それはとりもなおさず、「姫野伸昌」という存在自体を幻覚と断じるに等しい行為だった。

前田は、三月十日に見舞った当日の夕方には意識を回復した。傷口の出血も止まり、その後の回復ぶりは医師の目にも驚くべきものと映ったようだった。あれほどの重傷を負ったにもかかわらず、彼はわずか十日で退院し、まだ犯人も検挙されていないというのに翌日にはもうエム・フレールに出社して社長業を再開したのである。

そうした報告は響子から電話なりメールなりで逐一入っていた。

「社長の超人伝説はいまや業界中に鳴り響いているみたいです。一度、ぜひ先生に会って御礼が言いたいって私のところにも再三連絡が来るんですよ。あの社長のことだから、何か先生がしてくれたんじゃないかと思っているんじゃないでしょうか。とにかく直感だけは鋭い人ですから」

響子には日赤医療センターのＥＩＣＵでのことを打ち明けていたので、いつもながら彼女はすべてを承知していた。

「いま連載小説の山場でね。当分は誰にも会わずに執筆に集中したいんだ。前田君にもそう伝えておいてくれよ」

と響子に話して、前田のみならず響子からも距離を置くようにしたのだった。

小雪の亡骸を見つければ、その瞬間にこの世界と決別しなくてはならない。名残り惜しい相手などいやしないが、それでも響子や前田は数少ない例外であった。死ぬ前にできるだけ縁を薄くしておくのは大切なことだろう。

クローゼットの扉を閉め、靴のまま部屋に上がる。

強く踏みしめても当然ながら床はびくともしない。

一階、二階、三階とくまなく回って、小雪の隠れていそうな場所を探った。渡り廊下を渡って別棟にも入り、仕事部屋や隣室の広い書庫も念入りに調べた。

仕事部屋の書類ケースの中には画集もシャープペンシルも紅葉八幡宮のお守りもない。そのことで、少なくとも昨年の九月にこの家に足を踏み入れた事実は確認できたような気がした。

書庫の一角には父の著作や史料、自筆原稿などがどっさり保管されていた。かねて推測通り、母がグランマイオに入居し、和白の家を福大不動産に売却した時点で、父の遺品や母が持っていた貴重品類はすべてこの家に移したのだろう。

入念に家探しすれば、宝飾品や証券類、契約書類などもきっと発見できるに違いない。

だが、今日の目的はそうしたものを見つけ出すことではなかった。

午後五時を回るまで家の隅々にわたって検分し、怪しそうな場所は何度も見直したが、それでも小雪の亡骸はどこにも見当たらなかった。

――小雪はこの家にはいないのではないか……。

家中を巡り、プラスチック化が痕跡すら残さずに消えているのを確かめて、その思いはさらに強くなった。

七カ月前に見たプラスチック化が一体いつの時点で解除されたかは知る由もないが、仮にここ数日のことだったとしても人間の死体がどこかに隠されていれば、それは強烈な死臭によって充分に察知できるはずだった。加えて、ここまでプラスチック化が消えている状態で、小雪の亡骸だけがプラスチック化を維持していると考えるのも無理があろう。

さらに一時間ほど各部屋を調べ、外が暗くなってきたところで成城の家を出た。

成城学園前駅まで戻り、駅直結の商業ビル「成城コルティ」に入る。

腹ごしらえをしつつ、今日の結果をどう考えるべきか頭を整理したかった。

四階のレストランフロアに上がって、真っ先に目についたとんかつ屋を選ぶ。

奥の四人掛けのテーブル席に案内され、メニューをさっと見てエビフライ定食と瓶ビールを注文した。

先に届いたビールをグラスに注ぎ、立て続けに二杯飲み干す。

興奮気味だった意識が少し鎮まってくる。あっという間に一本を空にし、そこでようやく全身の緊張がほどけ両肩のあたりが軽くなるのが分かった。

――最悪の事態は避けられた。

と思う。

小雪をこの手で殺《あや》めたというのはどうやら行き過ぎた妄想であったらしい。

リュックから原稿用紙の束を取り出した。ちょうどエビフライ定食が届いたので、原稿用紙が汚れないようもう一度リュックに急いで戻す。

それからしばらく食べることに専念した。途中で二本目のビールを頼む。そのときに再びリュックの中の原稿用紙を出して膝の上で広げた。

新しいビールをすすりながらじっくりとそれを眺める。

父、姫野伸一郎の直筆原稿だった。時代小説作家だった父は、最後までワープロやパソコンを使わず肉筆で原稿を書いていた。

書庫に保管されていた膨大な量の直筆原稿の中から一番好きだった父の短編を一本抜いてきたのだ。

四十枚弱の小品だが、晩年の作で、かつて一読したとき感嘆した憶えがある。

達筆だが読みやすい文字が、「姫野伸一郎用箋」と右下隅に印字された特製原稿用紙のマス目を埋め尽くしていた。父は長年、ローリングライターを使って書いていた。色はブルーブラック。愛用していたので、生産中止を恐れてダースごと何十箱も買い置き、死後も五十箱以上の新品が残っていた。そこに彼の衰えぬ創作欲と急逝の無念を見たものだった。

父は小説を書くためだけに生まれ、生きた人だった。

幼少期から神童の名をほしいままにし、小学校に入学する頃にはもう作品をものしていたという。すでにして時代小説だったというのが驚きだが、当時の原稿を祖母が大事に保存していて、中学生の頃にそれを読んで茫然となった。

さながらピカソの幼少期の作品を見たときのような衝撃を受けた。

実の親が天才だと思い知らされた人間の驚きと苦痛は、実際に体験した者でないと分からないと思う。

以来、父を乗り越えるとまではいかずとも父と肩を並べられる人間を目指して生きてきた。そのためにはとにかく一度小説家になるしかなかったのだ。

不遇だった時代、小雪から、

「ノブちゃんは絶対に大丈夫。ノブちゃんには神様がついてくれているから」

と言われることが大きな励ましとなり、慰めとなったのは、小雪が自分と同じようにその父の血を受け継いでいる人間だったからかもしれない。

たしかに、天才と肩を並べるには自らも天才であるか、神仏の力に頼る以外に手段は残されていないであろう。

父の綴った文字を追いながら、直筆かパソコンかの違いはあれども血を分けた息子である自分が、この父とまったく同じことをしているという事実に不思議な心地になる。こうして父が作品を書いた、その時間、その思いが手に取るように分かり、まるで父と自分とが一体のものであるかのように感じられてくる。

父という人間が憑依《ひょうい》した結果として現在の自分がいるような気がする。

小説を書く、というそれだけが父にとっても自分にとっても一であり十であった。その意味では父と子とのあいだに境目はなく、それは文字通り一体の存在、一続きのものだとも言えるのだ。

血を分けた妹である小雪を伴侶に選んだのは、実はそのへんに大きな理由があったのではないか、とふと思った。

こうやって天才である父の仕事をさらに引き継いでいくような、ただ小説を書くための機能として生きるような人生は自分一人でたくさんだと、熾烈な情熱で父の影を追いながらも、心のどこかで念じていたのかもしれない。

この連鎖に終止符を打つには、子孫を残すことが禁忌の相手である小雪と一緒になって姫野伸一郎の血脈を一思いに絶つしかない――そう考えたのではあるまいか。

結局のところ、小雪にまつわる記憶の捏造も成城の自宅や肉体のプラスチック化も、目指す目的は一つきりだったと思われる。

すべては小説を書き続けるためだったのだ。

そのために記憶という〝自己の物語〟を都合よく改変し、証拠品の眠る自宅をプラスチック化し、過度の飲酒によって損なわれるべき健康をプラスチック化によって防いできた。肉体のプラスチック化は、いつぞや推測したように小説を書くための正気を温存する方便として起こったのではなかろうか。肺がんという致命的な病でさえもプラスチック化によって封じ込めることができたのはそれゆえに違いない。

記憶の操作も、全身のプラスチック化ももとどのつまりは、「自己の物語」の中の「物語を書く」という中枢部分を何としても守るために起きたように思える。そうやって〝物を書く自己〟をかろうじて保持することによって、小雪を失うという決定的な悲劇に見舞われたあとも、小説だけはずっと書き続けることができたのだ。

そんなふうに考えるならば、今日再訪したあの家が元通りの状態になっていた理由も理解できる気がする。小雪の亡骸がどこにもないと証明し、「姫野伸昌」という小説を書く機械を今後も作動させ続けるために室内のプラスチック化は解除されたというわけだ。

小説を書く、という一点に焦点を絞るならば、プラスチック化を生む力を逆回しさせて脱プラスチック化を引き起こすことが可能なのだろうか？

プラスチック化を実行し、プラスチック化を解除する。

――自分は、いまやプラスチック化を自由自在に操れる正真正銘の力を手に入れたというのだろうか？

4

高田馬場に戻ったのは午後九時過ぎだった。ビール二本の酔いは電車に揺られているあいだにすっかり抜けていたが、部屋に入った途端に急激な睡魔に襲われた。

成城の広い家の中を何時間も動き回り、疲れが出たのだろう。昨日までの連日の執筆で睡眠時間が極端に減っていたのもある。

シャワーくらい浴びたかったが、とても余裕はなく着替えだけ済ませてそのままベッドに潜り込むしかなかった。

目覚めてみると部屋の中は明るかった。

最近はライトを消しても眠れるようになっていたので、光は窓の外から射し込んでくるしかない。

ベッド脇に置いた時計を見ると午前六時を指している。

四月に入り急速に日が長くなっていた。五時を過ぎれば遠くの空はもう白み始める。九時間近くも眠り込んでいたわけか……。

ベッドから降り、浴室に向かう。

シャワーを浴びて完全に目が覚めた。

半月ほど前から再開しているバナナ豆乳ドリンクを作って飲み、仕事部屋に入った。

椅子に座り、パソコンを起動させる。

これからまた小説を書く日々が始まる。

そう思うと、感慨深い。

昨日の朝、各社担当者に原稿を送信してパソコンを閉じたあと、もうこれで二度と筆を執る機会はないのだと覚悟した。

それがひどく昔のことのように思えた。

ディスプレイが起ち上がり、ドキュメントファイルを開く。昨日送信した連載小説の原稿を呼び出した。ゆっくりと字面を追いながらスクロールし、「了」の文字を打ち込んだ最終ページまで辿り着く。

この「了」が最後の「了」になるだろうと思っていたのだが、さらにこれから何度も「了」を積み重ねていかねばならなくなった。

喜ばしくもあり、煩わしく虚しくもある。

ファイルを閉じ、壁紙にしているルミンの写真をしばらく眺めていた。

連載小説もエッセイ、雑文もすべて書き終え、とりあえずやるべき仕事はない。

ＰＣの電源を落として席を立つ。

本棚の最上段にあるルミンの骨壺を取ってリビングに行く。ダイニングテーブルの椅子に座り、骨壺を卓上に載せて小さな蓋を開けた。

透明な粒子がびっしりと詰まっていた。

肉体のプラスチック化に関してはプラスチック化した部位は原形をとどめるが、肺や消化器のがん細胞は粒子状に変化してしまう。それは自身の肺がんや高畠広臣の胃がんで証明済みだった。ルミンの遺骨もまたこうして粒子に変わっていることからして、骨の場合も、がん細胞同様にプラスチック化すると原形を失うということなのだろう。

だが、そうだとするとかかとや肘、膝や両手両足の指がプラスチック化したときに、それらの内部の骨組織が粒子状にならなかったのはなぜなのかがよく分からなかった。かかとや肘、指の骨が粒子状になればむろんその部位も原形のままとはいかなくなる。

プラスチック化というのはもとよりまったく意味不明のものではあるが、それにしても何から何まで訳が分からない現象と言うほかはない。

しばらく粒子を眺めた後、

――ルミンの遺骨よ、プラスチック化を脱せよ。

そう念じて蓋を閉じてみる。

時刻は午前七時を回ったばかりで部屋の中は静かだった。明るい春の日差しがルーフバルコニーに面した窓からふんだんに注ぎ込んでいる。

小さな骨壺にも光が当たり、白い壺がキラキラと輝いて見える。

その輝きに見とれているうちに次第に意識が軟らかくほどけていくのを感じた。固まっていた意識が徐々に硬さを失い、流動化してくる。

ルミンの遺骨に向けて命じた「プラスチック化を脱せよ」という呪文が、自分の脳内にも何らかの影響を及ぼしているかのようだ。

骨壺に反射した光が束になり、瞳の奥へと狙いすまして雪崩れ込んでくる。

ぐわんと意識がひっくり返った。

分厚いパン生地を思い切り裏返したときみたいに頭の中の実質が半回転した。

地面から水が滲み出すように記憶がよみがえってくる。


〈成城の家のプラスチック化は、小雪がいなくなり、グランマイオ成城学園からも足が遠のいた時期に起きたのだった。まずはそうやって物質のプラスチック化が先行し、部屋の中のあらゆるものがどんどんプラスチック化し始めた。その奇怪な現象に恐れをなしてルミンと共に東中野の仕事場へと逃げ出した。

ところが東中野に避難してしばらくすると、今度は自分やルミンの身体にプラスチック化が始まった。最初に全身がプラスチック化してしまったのはルミンだった。ある朝、そうなっている彼女を見つけて驚愕し、いずれ自分も同じようにプラスチック化してしまうと覚った。

戸山公園に中曽根あけみの名刺とルミンの首輪を入れた箱を埋めたのは、このときだった。

脳までプラスチック化することによって起こるであろう記憶の喪失を恐れ、ある晩、動かなくなってきた身体を引きずるように必死の思いで戸山公園に出向き、真夜中を見計って園内の土を掘り返し、タブノヤの根元にチロリアンの小箱を埋めた。

東中野の部屋に置いておけば早晩、成城の家と同様にすべてがプラスチック化してしまう。できるだけ東中野から離れた場所に記憶を取り戻すヒントを隠しておきたかった。戸山公園を選んだのは、すでに借りていた高田馬場の仕事場に近く、馴染みの散歩コースだったからだ。

戸山公園に箱を埋めて数日後には全身がプラスチック化し、意識を完全に喪失した。

そうやって東中野の仕事場でルミンと共に三カ月余り、プラスチック化したまま休眠状態に陥った。当時はほとんど誰とも連絡を取っておらず、連載仕事もちょうど途切れていたために担当編集者たちに気づかれることもなかった。

三カ月が過ぎてルミンと自分のプラスチック化がほどけ、目覚めたときには案の定、成城の家のことも母や小雪のことも、さらにはプラスチック化の記憶自体も失ってしまっていた。

ルミンと一緒に東中野から高田馬場の仕事場へと移り、やがて三つの不思議な現象のあ

とにプラスチック化が再出現したときには、それが二度目のプラスチック化であると気づくことさえできなかった。〉

この記憶は果たして本物だろうか？

冷静になろうという気持ちもあって、疑いの目を向ける。

小雪を失った後、すぐに最初のプラスチック化が始まり、ルミンも自分も一度完全にプラスチック化してしまった——などという事態が本当にあり得るのか？

だが、こうして記憶を回復してみると、中曽根の名刺やルミンの首輪を埋めた理由も、成城の家がプラスチック化していた経緯も平仄が合ってくるような気がした。

——もしも、この骨壺の中が元通りになっていれば真正の記憶に違いない。

さほど根拠はないが、そんな気がした。

慎重に小さな蓋を持ち上げてみる。

ルミンの真っ白な骨が戻ってきていた。

姫野伸昌先生

すっかりご無沙汰してしまいお詫びの言葉もございません。

おかげさまで私も悠季も元気に暮らしております。

先生の方はいかがお過ごしでしょうか？　「文藝界」の新年号からの連載、とても面白く拝読しております。こういう言い方は失礼かもしれませんが、最近の先生の作品と比較して、今回の作品はどこかしら若返っているような、かつての先生の作風が久々に戻って来ているような心地良い新鮮さを感じております。

ご執筆の苦心はいかばかりかと拝察いたしますが、文章の持続的な緊張感、息つかせぬ展開の妙など既にいまから傑作の空気感に満ち満ちております。

どうかお身体にお気をつけいただき、素晴らしい作品をものされてください。一読者として心より声援を送らせていただきます。

さて、今日はご報告を、と思い立ち、メールを差し上げることにいたしました。

一年ほど前、築地のお店でお食事をさせていただいた折に、アメリカにいる別れた夫から復縁の誘いを受けているというお話をいたしましたところ、先生から悠季を連れてアメリカに渡ってはどうかとのお勧めをいただきました。

ちょうど悠季が小学校に上がる時期で、そちらの準備などにも追われ、その後も元夫からの誘いは続いたのですが、あれこれ思案するばかりでなかなか踏ん切りがつけられませんでした。それでも、先生のあのときのお勧めはずっと頭に残っており、通学を始めた悠季がどことなく精彩を欠いている姿などにも触れて、一体どうすればいいのかと悩み続けておりました。

昨年末、はっきりした返事を寄越さない私にしびれを切らした元夫が一時帰国し、直談判の形であらためてアメリカに来てくれるよう求められました。父親とは数年ぶりの対面だった悠季ですが、やはり血の繋がりというのはすごいもので、彼にすっかり懐いて、パパと一緒にアメリカで暮らしたいとはっきりと意思表示をしてきます。事ここに至り、先生からのお勧めも併せ考えて、私もようやく渡米の気持ちを固めることが出来ました。年明けに今期限りでの辞職を会社に申し出て、先月末で無事に退職のはこびとなりました。

元夫は向こうで転職し、いまはロスにあるデザイン事務所でやはりウェブデザイナーとして働いております。休暇のときは例によって西海岸のツーリングコースを大型バイクで走り、渡米すれば否応なく悠季と私も彼の趣味に付き合うことになりそうですが、仕事に関しては日本にいる頃よりもずっと真剣に取り組んでいるようです。

実は、四月初めから半月ばかり悠季と一緒にロスに行って参りました。

初めてのロスは想像とはだいぶ違っていて、正直、暮らしやすい町という印象はありませんでした。ただ元夫が家族のために用意してくれた家の所在地は、トーランスという日系企業がたくさん進出して日本人も大勢いる安全な町で、生活自体にはほとんど不便はなさそうでした。

元夫の会社もトーランスにあり、社長のリチャードは生粋のアメリカンですが、彼の奥様の曜子さんは日本人です。

ロス滞在中に私たちを自宅のホームパーティーに招いて下さり、悠季も私もあたたかい曜子さんのもてなしに楽しい一夜を過ごすことができました。

一旦、東京に戻り、来月いっぱいかけて渡米の準備を整え、六月初めにはロスに向かおうと考えております。

ロスの物価は東京以上に高く、治安のよくないエリアもたくさんあって、これから幼い悠季を抱えてうまくやっていけるのか不安は尽きませんが、さいわい元夫もだいぶ変わってくれましたし、何より悠季が短いロス滞在ですっかり元気になったのが喜びでした。

先生にもご指摘いただいたように、彼女には何か特別な感覚のようなものが備わっている気がいたします。その彼女がアメリカの自由な空気に鋭敏に反応してくれたのだと信じて、私たちは元夫のもとへ参ります。

先生には私たち母娘が一番困っている時期に救いの手を差し伸べていただき、言葉に尽くせぬ感謝をいたしております。悠季はいまでもときどき「天才おじちゃんにまた会いたいなあ」と言っております。

もしも先生がロスにいらっしゃることがありましたら、ぜひともご連絡を下さい。

精一杯の御恩返しをさせていただく所存です。

それでは、先生のなお一層の文運隆盛を祈念しております。

姫野先生、ほんとうにありがとうございました。

深い深い感謝を込めて……。

藤谷　千春

追伸・添付の写真はリチャード夫妻の家でのホームパーティーの写真です。中央がリチャード夫妻、その隣は世界的映像作家の木村庸三さんで、木村さんは高校時代、美術教師をしていた曜子さんのお父上の教え子だった由。現在はハリウッドに事務所を構えているそうです。悠季の隣にいる背の高い女の子は小春ちゃんと言って、木村さんの姪御さんです。一年ほど前からおかあさまと一緒にトーランスで暮らしているとのこと。小春ちゃんは、パーティーのあいだじゅう悠季の面倒をずっと見てくれて、可愛くて本当に気立ての良いお嬢さんでした。悠季はすっかり小春ちゃんに懐いてしまい、向こうで再会するのをいまからたのしみにしている様子です。


藤谷千春からのこのメールが届いたのは成城の家を訪ねて六日後の日曜日だった。

文面にもある通りで、藤谷や悠季とは昨年の三月に築地のビストロで食事をして以来、何の連絡も取り合ってはいなかった。

悠季のことはときどき思い出していたので、彼女の方も同じだったと知ってありがたい気持ちになった。悠季はやはり大切な友人なのだろう。

藤谷の書いているように、悠季はロスの「自由な空気」に生き返った心地がしたのだ。自分もそうだったが、彼女のようなタイプの子供が日本の学校社会に馴染むのは非常にたいへんである。アメリカで少女時代を送れるのはまたとない幸運だと思われた。

懐かしい思いで藤谷の文章を読み進め、最後の「追伸」に行き当たって度胆を抜かれた。藤谷の元夫の会社の社長夫人が、あの野口教諭の娘だと書いてあった。

そして、あの木村庸三が、招かれた社長夫妻主催のホームパーティーに〝姪っ子〟を連れて参加していたと記されているのだ。

先日「ＫＩＴＴＥ博多」のタリーズで数十年振りに再会した野口先生から、一人娘がデザインの勉強をしたあとすぐに渡米し、いまはロサンゼルス在住だと聞いたばかりだ。

「旦那は向こうの人だし、孫二人もすっかりアメリカ人だよ。そういうわけで、もう三十年以上、家内と二人で暮らしているんだ」

と先生は語っていた。

その先生によれば、木村庸三は幼い時期に父親を失い、母一人子一人で育ったという。木村に兄弟姉妹はいない。そうだとすると、彼が社長夫妻のホームパーティーに連れて来たという「姪御さん」は、木村の妻の姪っ子でしかあり得なかった。

そして、その「可愛くて」「背の高い女の子」の名前が「小春」だというのだ。

添付されている写真には木村だけでなく「小春」も写っているらしい。

メッセージバーに表示されている「リチャード夫妻のホームパーティー」というJPGの写真ファイルを震える手でクリックした。

ディスプレイに鮮明な集合写真が浮かび上がる。

前列中央のリチャードは髪の薄い小太りの男性で、いかにも好人物そうだ。隣の曜子さんはどことなく野口教諭と面差しが似通っていた。彼女の横にはたしかに木村庸三の笑顔がある。

後列には藤谷、藤谷の元夫であろう日に焼けた顔の男性、そして悠季の懐かしい顔が見える。

その右隣に、上背のある髪の長い美しい少女が、悠季の肩を抱くようにして立っていた。

少女の顔を凝視する。

拡大機能を使ってクローズアップしていく。

しばらく彼女の顔から目が離せなかった。

次第に視界がぼやけていく。

なぜだろう？

あまりにも長い歳月、この顔を求め続けていたせいなのだろうか？

どうして彼女がこの人たちの中にいるのか理由が分からない。

両方の瞳から涙が溢れているのに気づいたのはだいぶ経ってからだった。

5

藤谷と悠季が渡米するのを待っている余裕はなかった。

こうなったら単身ロスに乗り込んで、木村庸三と対峙するしかないだろう。

世界を股にかけて活動している木村が果たしてハリウッドの事務所にいるかどうかは分からない。だが、事務所を訪ねれば、「小春」と母親が暮らしているというトーランスの自宅の住所くらいは訊き出せるに違いなかった。

こちらには頼りになる仲介者がいる。現地入りしたあとは彼の協力を仰げば万事うまく取り計らってくれるのは確実だった。

仲介者とは、ロスで税理士事務所を開業している美術部仲間の近藤信二のことだ。

近藤は、木村がハリウッドに事務所を構えるときに全面的に力を貸した人物でもある。ロスの連絡先は「福博学院」の副理事長をしている藤井に訊けばすぐに分かるし、近藤と一番親しい藤井に橋渡し役を頼めば彼も尽力を惜しまないだろう。

海外に出るなど何十年振りだろうか。

最後に出かけたのはロンドンで、新聞の連載小説の取材のためだった。担当の文化部記者と二人で出向き、英国滞在中はロンドン支局の支局員たちにガイド役を頼んだ。それにしても十数年も昔の話だった。

小雪と外国に行ったことはなかった。「さつき」を長期間休業するのは無理だったし、経済的なゆとりもなかった。やがてルミンを川添凜子から貰い受け、彼女を置いて海外旅行に出かけるわけにもいかなくなった。

古いパスポートは恐らく成城の家にあるはずだ。とは言っても、どうせ失効しているのだから探す意味はない。新しいパスポートを作るしかなかった。

折悪しく四月の後半から日本はゴールデンウィークに突入する。アメリカ便も大混雑だからその期間は避けた方が無難だろう。近藤の都合も問い合わせなくてはならない。

パスポートを準備し、近藤とのアポイントメントを取りつけて旅立つとするなら、出発日は最短でも連休明け初日の五月八日月曜日あたりだった。

それまでの半月ほどをどうやってやり過ごすのか？

藤谷の送ってくれた写真を見返すたびに心の中がざわついてくる。ざわつくなどという生易しさではなく、胸を掻きむしられるような焦燥感に駆られることが再々だった。

小春は少女時代の小雪と瓜二つだったのだ。

血の繋がりのないはずの木村庸三ともどことなく似ていた。義理の姪ではなくてまるで本物の姪のようだ。そうやって小春と木村の顔立ちを見比べているうちに、初めて、小雪と木村とがよく似た容貌であることに気づいたくらいだった。二人は従兄妹同士なのだからそこは当たり前と言えば当たり前の話だろう。

こうした状況から導き出される答えは一つきりだった。

だが、それがどうしても信じられない。

そんなことがあり得るはずがないのだ。

藤谷に返信を出して、確かめられそうな点をあらかじめ確認しようかとも思った。

小春は木村にとって義理の姪なのか？

小春の母親は何をしているのか？

一年ほど前にロスに移り住むまで母子はどこで暮らしていたのか？

小春の父親はなぜ一緒ではないのか？

そして、小春の母親の名前は何というのか？

藤谷は木村庸三が曜子さんの父親の教え子だと誰に聞いたのだろう？　曜子さんか、それとも木村本人にだろうか？

どちらにしろ、姫野伸昌の名前はその場で出なかったのか？

「へぇー、藤谷さんはB社に勤めてらしたのね。だったら、作家の姫野伸昌さんをご存知じゃない？　彼もうちの父の教え子で、木村さんとも同じ美術部仲間だったみたいよ」

少なくとも曜子さんはそんなふうに言った可能性がある。

一方、木村の方は、藤谷がB社に勤めていたと知って、強い警戒心を持ったのかもしれなかった。

藤谷のメールに言及がない点からして自分の名前は出なかったのだろうが、しかし、ちゃんと確認するならば本人に連絡するのが一番である。

だが、結局、藤谷に対してあれこれ問い合わせるのは自粛した。藤谷を通じて小春や母親にこちらの存在を勘づかれてしまってはやぶへびだからだ。

可及的速やかに渡米し、直接本人たちを見つけ出すのが最善の方法に他なるまい。

アメリカ行きの準備をしつつ、一日の大半をふたたび執筆に費やすようになった。

とりあえずの仕事は片付いていたので、久しぶりに肩の力を抜いた短編でも一本書いてみようかと思い立ったのだ。

ここ十数年、エッセイや雑文は書いても、短編小説はほとんど書いたことがなかった。もとから長編主義であまり短いものに興味がない。近年流行りの連作短編というのも一度もやったことがなかった。一人の主人公が様々な出来事に遭遇するといういわゆるシリーズ物と呼ばれる小説も書いたことはない。

だが、長編と長編とのあいだ、谷間の時期に短い小説を書くことはたまにあって、そうやって気分転換を図り、文章の密度を調整し、新しい作品へと向かっていくのはある種の執筆儀式のようなものでもあった。

父の伸一郎の場合は、仕事と仕事との間はほとんどが資料読みや選考委員を務めている文学賞の候補作を読むことに充てていたようだった。自分の場合は、よほどの義理がない限り選考委員は引き受けないようにしているし、他の作家の作品を読むこともあまりない。話題作のたぐいにはざっと目を通すが、それが自分の作品の糧となることは経験上ほとんどなかった。

小説を書き出すとやはり気持ちが落ち着き、楽になった。

一時間おきというくらいに見ていた藤谷からの写真も、書いているあいだは見なくて済んだし、そのうち日に一、二度眺める程度になった。

連休を挟んでいることもあって、パスポートの再発行で意外なほどの時日が必要となり、藤井を介して近藤の協力はあっさりと取り付けられたものの、ロスへの出発日は五月十五日月曜日と決まった。結構な日にちが空いたので、短編に手をつけたのは間違いではなかったと胸を撫で下ろす感じもなくはなかった。

出発日が決まり、旅立つ前に高畠響子に一度会っておこうかとずいぶんと迷った。

三月七日の博多行き以降、響子にはいまだ伝えていない数々の〝真相〟が明らかになっている。それらを彼女に説明し、本物の記憶を取り戻すための推理を二人で巡らせるのは実に生産的な行為でもある。

成城の家を訪ね、この手で小雪を殺めたのではないことも確認できた。藤谷の写真によって、かつて響子が指摘した重要な点についても一定以上の傍証を得たと考えていいだろう。いまこそ響子と会うべき機会なのかもしれなかった。

だが、どこかしらその気になれないのだった。

理由は何だろうか、と考えたがこれというものは思いつかない。ただ、気が進まない理由の一つに、小雪と自分とが血を分けた兄妹であるという事実を響子に伝えることの是非があるのは確かだった。

血は繋がってはいないものの彼女自身が義父である高畠広臣との関係にずっと悩んでき

たのだ。その悩みを幾らかでも緩和する手段として姫野伸昌の作品を愛読してきている。そんな彼女に小雪との本当の関係を伝えていいものかどうか、そこに迷いがあった。連休中もさいわい響子からの連絡は入らず、やはり会うのはロスから戻ったあとにしようと考えを固めたのである。

五月十日に無事にパスポートの交付を受け、五日後に迫った出発のための旅支度を始めた。

いまだ借り続けている築地の仕事場に数カ月ぶりに出向き、クローゼットの奥にしまい込んでいた大型のキャリーケースを引っ張り出し、持っていく軽めの上着や靴などをキャリーケースと共に高田馬場に運んだ。

そのサングラスを見つけたのは、築地から取ってきたキャリーケースを開けたときだった。

貴重品を入れる袋状のポケットが膨らんでいるのでファスナーを引いて中身を確かめるとサングラスが出てきたのだ。

——このサングラスは一体どうしたのだろう?

すぐに記憶がよみがえってきた。これは神戸の大学に講義に出向いた折、その晩の打ち上げで響子にサングラスを進呈してしまったので、翌朝、ホテルのそばにあったデパートで急遽買い求めたものだった。

――そうだった。これをかけて東京行きの新幹線に乗ったのだ。車中でK書店の吉岡君から大河内朗の訃報がもたらされ、東京駅に着くと旅装のままに大河内の自宅へと駆けつけた。その際、大河内宅へ向かうタクシー内で上着のポケットにしまっていたこのサングラスをキャリーケースに移し替えた。弔いの席に座るのに〝ポケットにグラサン〟というわけにもいくまいと配慮したからだった。

振り返ってみれば、そうやって神戸に出かけて以降、このキャリーケースを使うような長旅はしなかったということか。

あのときは講義のための資料やら何やらでちょっとした大荷物になり、そのために連泊用の大型のキャリーケースを持って行ったのだった。

大河内の亡骸と対面したあと一度築地の仕事場に戻り、ケースの中身は取り出したものの、袋ポケットに納めておいたサングラスのことはすっかり失念してしまったのだ。

不義理にしていた親友の突然の死に気が動転していたのだから、その程度のミスは充分にあり得るだろう。

何のことはない。グリーン車のシートの色調が変化していたのは、やはりサングラスが原因だったのだ。泥酔の挙句、サングラスをかけたり外したりしたせいで、シートのマス目柄の色合いが違ったふうに見えてしまった。サングラスを買い直していたことさえ忘れていたほどだから、もとから当時の記憶自体が覚束ないとも言える。

結局、「シート問題」は単なる勘違いに過ぎなかったのだろう。

ルミンの遺骨の脱プラスチック化に成功した際に本物の記憶の一部を取り戻した。

最初のプラスチック化が起きたのは小雪を失った直後で、プラスチック化した成城の家から逃げ出した後、東中野の仕事場で今度は自分とルミンが共にプラスチック化し、三カ月余りも休眠状態に陥っていた。プラスチック化がほどけたとき、プラスチック化のことも母や小雪のこともすべて忘れ去ってしまっていたのだ。

この記憶を取り戻したいま、最も大きな疑問は、にもかかわらずなぜ二度目のプラスチック化が起きなくてはならなかったのか、という一点だった。

初回のプラスチック化で記憶の改竄が完了していたはずなのに、どうして再度のプラスチック化が必要だったのだろうか?

最も考えられる理由は、あの五年前にも今回同様に記憶を取り戻すような何らかの出来事が起きたということだろう。それに慌てて二度目のプラスチック化が起こり、再び真実の記憶が改竄されてしまった……。

では、五年前の秋、一体何が起き、なぜ記憶を回復させてしまったのか?

そこで思い浮かぶのは、例の検針票の一件だった。

検針票に印字されていた「木村小雪」という名前を見ることで本物の記憶がよみがえってきた——そう類推するに足る事実がいまや手の中にあるのではないか?

「木村小雪」を「本村小雪」と読み間違えた瞬間、

——小雪が生きている。

ないか？

と思った。と同時に、小雪が死んではいないという事実をはっきりと思い出したのではないか？

高田馬場の東都ガスライフブティックの所長は「本村小雪」でデータベースに検索をかけ、ヒットする名前を見つけることができなかった。だが、あのとき検針票の通り、「木村小雪」で調べていればきっと該当者がいたのだろう。

検針票に「木村小雪」の名前が印字されてしまったのは、おそらくはシノザキという検針員の使っていたハンディターミナルがたまたま一度きりの誤作動を起こしたからなのだ。

検針票によって小雪の生存を思い出し、それが引き金となって二度目のプラスチック化が生じた。ということは、かかとのプラスチック化を見つける前後に自分とルミンは東中野のときと同じように一定期間の休眠状態に入っていたのかもしれない。一カ月程度の期間であれば、あの頃でも誰にも気づかれることなくプラスチック化したままでいられたはずだ。目覚めたときには、前回と同じように本物の記憶は塗り潰されてしまっていた。

小雪は生きている。

彼女には「小春」と名付けた娘がいて、いまは従兄の木村庸三のもとに身を寄せ、ロスで暮らしている。そもそも木村がロスに事務所を開いたのは、小雪母娘をロスに住まわせるためだったのかもしれない……。

高畠響子がかつて口にした「奥様が誰だか分からないんですから、その人が亡くなったという先生の記憶だって決して確実なものではないと私は思うんです」という指摘はまさしく当を得ていたというわけだ。

小雪はなぜいなくなったのか？

小雪とのあいだに一体何があったのだろうか？

五年前の秋、かかとのプラスチック化を初めて見つけたとき、これは天罰だと直感した。「あんな形で小雪を失った当然の報いに違いない」のだと。その記憶自体がいまとなってははなはだ疑わしいが、しかし、依然として肝腎の「あんな形」の部分が思い出せないのは事実だ。

血を分けた兄妹である小雪とは子供を作らないという強固な黙契があった。小雪自身も十二分に暗黙の了解を受け入れていたはずだった。

その小雪になぜ娘がいるのか？

藤谷から送られてきた写真を見る限り、小春は明らかに小雪の実の娘だった。そうでなければあれほど顔立ちが似ているはずがない。

だとすると……。

小春の父親は一体誰なのか？

終章　『呪術の密林』

1

出立を明後日に控えた五月十三日土曜日の正午過ぎ。

カップラーメンをすすっているとインターホンが鳴った。出てみると宅配便だった。オートロックを解除し、配達のおにいさんが来るのを待つ。いつもの人で、分厚くて大きな封筒を持参していた。ハンコをついてそれを受け取り、リビングルームに戻る。

食べかけのラーメンを処分し、さっそく封筒から中身を取り出した。

特大のバインダークリップで綴じられたＢ４サイズの大量の紙束が出てくる。一枚目に『呪術の密林』というタイトルが刷り込まれていた。

透明ビニールで包まれた『呪術の密林』には、ビニールの上から封筒がメンディングテープで貼り付けられている。

吉岡君からの添え状であろう。

封筒をはぎ取って中の手紙を抜いた。

〈拝啓

『呪術の密林』の送付がすっかり遅くなってしまい、誠に申し訳ありませんでした。お電話をいただいた後、ネットの古書店も含め、八方手を尽くして探してみたのですがどこも在庫切れで入手困難な状況でした（現存する冊数が極端に少ないものと思われます）。

田丸にも問い合わせて蔵書を調べて貰いましたが、残念ながらこちらにもなく……。日比谷図書館で複写したものを届けさせていただきます。

現物でないのは心苦しいのですが、どうか何卒ご寛恕下さい。

今日は、一つ耳寄りな話を聞きましたので、ご報告いたします。

実は、ノンフィクション部門におります私の同期が、「真実探究堂」の若林念堂教祖と離婚し、現在は教祖と激しく敵対している若林志保夫人の独占手記の出版を進めております。

で、その暴露手記の中に大河内先生の『霊言集』の話が出てくるのだそうです。

長年教祖と共に布教に励み、副教祖として活躍していた若林夫人の告白ですので信憑性は非常に高いと思われるのですが、それによりますと、大河内先生没後にあすか夫人が出版した『我が夫　大河内朗からの霊言集』は、大河内朗先生が生前に既に書き上げていたものだとのこと。

噂ではあすか夫人が「真実探究堂」の活動に深入りし、そのことを大河内先生は快く思わず、夫婦仲も冷え切っていたということでしたが、実際は正反対で、数年前のスランプの時期にあすか夫人を介して教祖と出会い、それで再び書けるようになった大河内先生の方が近年は夫人以上に深く教祖に帰依していたようなのです。

そこで、万が一のことがあったとき、最後の教団への奉仕として先生夫妻が一計を案じたのが件の『霊言集』で、葬儀での着信履歴のトリックなども先生が亡くなる前からすでに計画されていたものだったようです。若林夫人の手記によれば、あの葬儀の日、参列していた会葬者の一人（もちろん信者）が、預かった大河内先生の携帯からあすか夫人の携帯に電話し、そののち電源を切った先生の携帯をたくみに夫人のバッグに戻したとの由。

参列した方々は、彼らの芝居にまんまと一杯食わされてしまったわけです。『霊言集』は私も拝読し、正直、文体から何から大河内先生そのままで内容もしっかりとしており、あすか夫人の語っている話はもしかすると真実なのではないかと、斎場での着信履歴の一件も加味して考え続けておりました。今回このような真相が教祖夫人によって暴露され、得心がいくと同時にどことなく夢を奪われたような淡い失望もあります。

大河内先生と親しかった姫野先生には、真っ先にお知らせしなくてはと思い、こうしてあらましを述べさせていただきました。

教祖夫人の手記の見本ができましたらすぐに送らせていただきます（それまではご内密にお願いいいたします）。

「文藝界」の連載、毎回とてもたのしみに拝読しております。

近年にない筆のみずみずしさにはただただ驚かされ、第何期目かの姫野伸昌時代がこの作品によって到来するのではないかといまからワクワクしております。

またご入用の資料などございましたらいつでもご指示下さい。それでは引き続き、今後とも何卒よろしくお願い申し上げます。

五月十二日

吉岡　孝弘

追伸・田丸が近々、ぜひ一席持たせて欲しいと申しております。

ご都合が付く日取りなど教えていただけるとありがたいです。何卒よろしくご検討ください。〉

手紙を封筒に戻したところでため息が出た。

大河内の『霊言集』は、S社の担当者から転送されてきたときにざっと目を通した憶えがあった。あまりに荒唐無稽な内容にあすか夫人の神経を疑ったのだが、吉岡君が「文体から何から大河内先生そのままで内容もしっかりとしており」と記しているところを見ると、あのときの感想はいささか感情的過ぎたのかもしれない。

教祖夫人の告白が事実で、あれが大河内の筆によるものならば、たとえ教団への奉仕が目的の文章だったとしても吉岡君の言うようにそこまで質の低いものにはなっていない気がする。

ただそれにしても、例の着信履歴が大河内サイドの自作自演であったのは充分に証明されたと言っていいだろう。

これで「シート問題」も「着信履歴問題」も「検針票問題」もすべて何ら不可思議な現象ではなかったということがはっきりした。

やはり、検針票の「木村小雪」を「本村小雪」と読み間違えてしまったことで真実の記憶がよみがえり、それを隠蔽するために二度目のプラスチック化が起きたという推理は正しいように思われる。

小雪の生存はもはや疑いようがないのではないか？

そのことも、明後日にはロスに飛び、来週中には真実が明らかになるだろう。

近藤のメールによれば、来週はどうやら木村もロスに滞在しているらしい。近藤には藤井からもこちらからも、ちょっと事情があるので訪米の件は木村に知らせないようにと伝えてある。近藤の了解も得ていた。

電話が鳴ったのは、一度ダイニングテーブルを離れてコーヒーを淹れ、マグカップを持って戻り、『呪術の密林』のコピーの入ったビニール袋に手を掛けたまさにそのときだった。

立ち上がり、ソファのミニテーブルまで行って、卓上のスマホを手に取る。

「グランマイオ成城学園」という着信表示を一瞥し、嫌な予感がした。

応答マークにタッチしてスマホを耳元に当てる。

「姫野先生でいらっしゃいますか？」

久々に聞く中曽根あけみの声だった。

「そうですが、何かありましたか？」

「さきほどおかあさまが散歩中に転ばれて、いまクリニックで治療を受けておられます。さいわい頭は打たなかったのですが、右手側から倒れて右肩を強く打たれたようです。レントゲンで異常は見つからなかったのですが、少し大きな痣が出来ておられます。散歩にはスタッフも同行していたのですが、とっさのことで転倒を防ぐことができなかったようです。こちらの不注意で、まことに申し訳ありません」

心なしか中曽根の声が震えて聴こえた。

「頭を打っていないということは意識状態に問題はないんですね」

「はい。ただ、傷が腫れてきていて痛がってはおられます」

「まだクリニックにいるんですね」

「東郷院長より、しばらくはクリニックのベッドでお休みいただくようにとの指示をいただきました」

「そうですか」

　さいわい大事には至らなかったようだ。とはいえ、明後日からの渡米を考えると今日、明日中に見舞いに行った方がいいだろう。東郷院長にも会って、詳しい説明を聞いておく必要もある。ロス滞在はそれほど長期にはなるまいが、相手の出方次第では数日で済まなくなる可能性は充分にあった。

「いまからすぐそちらに向かいます。クリニックに直接伺っていいのでしょうか？」

「もちろんです。フロントに一声お掛け下さい。連絡が来たら私もすぐにクリニックに参りますので」

「すみません。御迷惑をかけて」

「とんでもありません。完全にわたくしどもの落ち度です。お詫びはお目にかかったときにあらためてさせていただきます」

　中曽根の対応はあくまで丁重だった。

　スタッフ同行中に入居者を転倒させてしまったのは「落ち度」には違いあるまいが、しかし、たとえ手を繋いでいたとしても隣の人間が急につまずきでもすれば、転倒を防ぐのは容易ではあるまい。

「じゃあ、いまからタクシーで向かいます」

「お待ちしております」

中曽根の声を最後に通話を切った。

スマホを手にしたまま窓の方へと目をやる。

今日は久し振りの雨だった。ひと月振りくらいの雨空ではないか。ただ、気温は晴れていた昨日よりあたたかいくらいだ。

雲に覆われた鈍色の空を眺めながら、どこかしら既視感のようなものを感じた。

――前にもこれと似たようなことがあったのではないか？

薄っすらとだがそんな気がする。

やけに慇懃な中曽根の口調が、そういう記憶を呼び覚ましたようでもある。

ダイニングテーブルの『呪術の密林』はそのままにして、出かける用意を始めた。

息せき切って駆けつけたところで母の塔子にとっていかほどの意味があるかは分からない。

何度顔を合わせても、彼女の瞳に息子の姿が宿ることはないのだ。

ただ、こちらの訪問を嫌がっている様子はなかった。

スタッフの人たちに訊ねても、

「姫野先生がいらっしゃった日から数日は、おかあさまは普段以上にお元気になるんですよ」

という答えが返ってくる。

半分は気休めなのだろうが、残り半分は事実だろうと素直に受け止めていた。

急いで身支度を終えて部屋を後にした。

マンションの玄関を出て、目の前を走る明治通りでタクシーを拾う。

時刻はちょうど午後一時になったところだ。

2

母は、よく眠っていた。

東郷院長に聞くと、鎮静剤を打ったわけではなく、

「相当ショックを受けられたのでしょうね。最初は気持ちが高ぶって強い痛みも訴えておられましたが痛み止めを注射しましたら、しばらくしてお眠りになられました。このまま一晩寝かせてあげれば明日にはお元気になられると思います」

とのことだった。

クリニックの病室は窓もなく狭かったが、二十四時間体制で常駐する看護師がケアしてくれるのだという。院長のアドバイスに従うのは当然だろうと判断した。

ベッドサイドに丸椅子を持って来て、眠っている母の顔を眺める。

眉間にわずかに皺を寄せているが、痛みは感じていないようだ。打撲だけで骨には異常は見当たらないという。鎮痛剤も効果が出ているのであれば、わざわざ何かをする必要はなさそうだった。

腫れている患部をプラスチック化させることはできるが、そんなことをしたら明日包帯

を代えるときに大騒ぎになってしまう。

東郷院長とは二度目の対面だったが、こちらの顔を見ても別段訝しそうな表情は見せなかった。レントゲン検査で明らかな肺がんを見つけた患者が、一年近く経ってこうしてぴんぴんしているのだ。常識的に考えれば、「あの肺がんはどうなったのですか？」くらいは訊いてきてしかるべきだが、医師たちはそういうことは決してしない。

自分たちの理解の範囲を超えた〝奇跡的治癒〟に関して、彼らは、見ざる聞かざる言わざるに徹する習性を持っている。臨床医は、要するに科学者ではない。それだけのことだった。

母のそばに付いて五分ほどすると中曽根がドアを開けて顔を見せた。

「いま眠っているので、ちょっと外で話しましょう」

小声で彼女を促し、病室から出た。

クリニックの待合スペースの長椅子には数人の入居者が座っている。

診察室の扉から一番遠い長椅子が無人だったので、そこに彼女と並んで腰を下ろした。

「このたびは誠に申し訳ありません」

中曽根が深々と頭を下げる。

「おかあさまはとても健脚でいらして、いつもの散歩では脇を抱えたり手を繋いだりはしていないんです。傘をさしていたこともあり、今回はそれが結局、仇になってしまって。

そうは言ってもうちのスタッフの注意が足りなかったことに変わりはありません。まことに申し訳ありません」

詫びを繰り返す中曽根に、

「散歩には僕も何度か付き合っているので状況ははっきりと理解しています。スタッフさんの責任でないことも分かりますから、余り重大に考えないでください。それにさいわい軽傷で済んだわけですし……」

「無事に傷が癒えてお元気になられるまで万全の体制でサポートさせていただきますし、今後このようなことが起きないように手段を講じていこうと思っております。再発防止策に関しては決まり次第、姫野先生にご報告させていただきます」

「中曽根さん、まあ、そんなにしゃちほこばらないで下さい。世の中には弾みってものがあるし、どんな人間でも運不運は人生にはつきものなわけですからね」

「それはそうかもしれませんが……」

さきほど電話してきたときと同様に中曽根は、いかにも深刻に事態を受け止めているふうで、面と向かってその反応を見ているといささか不自然にさえ感じられてくる。

「僕は明後日からちょっと旅行に出るんです。一週間くらいになると思います。そのあいだに何かあったときはいつでも携帯を鳴らしてください。今日はもうしばらく母に付き添って引き揚げます。明日も顔を出せるようだったら出しますので」

そう言って自分の方から腰を上げた。中曽根も立ち上がり、

「本当に申し訳ありませんでした」

とまた深く頭を下げ、殊勝な面持ちでクリニックを出て行ったのだった。

病室に戻り、再びベッドサイドに座る。

母は、相変わらずかすかな寝息を立てて眠っていた。

その顔にじっと見入った。

——この人は本当に一人息子のことが識別できなくなっているのか？

一度だけ、おやっと思ったことがある。

去年の七月頃だったか。三度目か四度目かの訪問のときに半袖のポロシャツを着て行った。母は例によって相手が誰だか分からないようだったが、ふとその視線がポロシャツの袖から伸びた左腕に注がれたとき、一瞬だが彼女の眉がかすかに動いたように見えたのだ。左腕にべっとり張り付いているはずの息子のやけど跡が消えていることに彼女は気づいたのではないかと疑った。

だが、その後の様子を見ているうちに自分の錯覚だったと思い直したのである。

そういえば中曽根に転倒時の詳しい状況を聞くのを忘れていた。

彼女の方もただ謝るばかりで具体的な話は何もしてこなかった。

母が転んだのは中庭でだろうか？　それとも外出先でだろうか？

これまでの経験では、中庭の散歩は日課だが、雨の日の外歩きはしない決まりになっているようだった。安全面を考慮すればもっともな規則ではある。

ということは、母は中庭で転んだのだろう。階段も起伏もないあの広い庭で転んだとなれば、足腰が急速に弱ってきているか、ないしは何かにつまずくといった不測の事態が起きたに違いない。

どちらにしろ、だからと言って今回の一件で母の唯一の楽しみである毎日の散歩が取り上げられるような成り行きにはさせたくない。

中曽根は「再発防止策」などと大仰なことを言っていたが、それが外出の禁止や減少に類するものであれば断固拒否するしかあるまい。

認知症を患う母が一人で出かけることはあり得ない。常にスタッフが同行する。中曽根としては、こういう出来事をきっかけに母の散歩の頻度を減らし、危険回避と同時にスタッフの負担軽減に結びつけたいのかもしれない。副支配人という歴とした管理職である以上、彼女がそんなふうに考えるのは不自然ではない。あんなに謝罪を繰り返してみせたのも、裏にその種の魂胆があってのことか……。

だが、あれほどの恐縮ぶりはそれだけが理由ではないような気もした。

彼女から連絡を貰ったときにも感じた既視感が舞い戻ってくる。

――やはり、前にも似たようなことがあったのではないか？　だから中曽根は過剰なほどの低姿勢を示しているのではないか？

病室は奥まった場所にあるためか母の寝息のほかは無音だった。

窓のない部屋だが、狭苦しさや息苦しさは感じなかった。さながら防音室のようで意識を集中するにはもってこいの空間だ。

顔を上げ目を閉じて呼吸を整える。
自分が何か大切なことを思い出そうとしているのが分かった。
記憶のドアを小さくノックするような心地で、短い問いを意識にぶつける。

なぜ小雪は出て行った？

彼女に何があった？

どうして二度と連絡を寄越さない？

何度もノックを繰り返す。
一分ほど経ったところでザーッと雨が降り出すような音がして思わず目を開けた。
何も聞こえなかった。
窓もない部屋で雨音というのも面妖だ。母の方に顔を向ける。変わらずに眠っている。
さきほどより寝顔は安らかなくらいだった。
首を回して、もう一度瞑目する。
あの〝雨音〟は一体何だったのだろう。
「そうだったのか……」

頭の中で不意に声が聞こえた。

「小雪は流産したわけではなかったのだ……」

また別の声だった。どちらも聞き覚えのない声だが他人の声という感じでもない。

ふたたび雨音が聞こえた。さきほどよりさらに激しい。土砂降りのような轟音に加えてまるでおんなの悲鳴のような鋭い風音も混じっている。

再び目を開ける。

音が止んだ。

そして、その瞬間、すべての記憶が帰ってきた。

3

父の伸一郎が亡くなって十年ほど経った頃、絶縁状態だった母の塔子が認知症になっているという連絡が福岡から突然入った。連絡してくれたのは母が雇っていた野島という家政婦さんで、そのときに初めて知ったのだが、母は身の回りのことにも不便をするようになり二年ほど前から野島さんを和白の家に住み込みで入れていたらしかった。

慌てて福岡に飛んで行き、専門医の診断を仰いだ。

重度というわけではないがすでに中程度の認知症を発症していると宣告され、独居はもはや難しい段階だろうと宣告された。

小雪とも相談して自宅のある成城から遠くない介護施設を物色し、「グランマイオ成城学園」という恰好の老人ホームを見つけて母を入居させた。

しかし、グランマイオに移った直後から母の症状は急速に進行していった。

やがて息子の名前も分からなくなってきて、三カ月も過ぎると顔を出してもぽかんとした表情を作ることが多くなった。

小雪が初めてグランマイオを訪ねたのは、息子を識別することが完全にできなくなってからだった。彼女の訪問には、ある種の〝ショック療法〟という側面があった。

小雪の姿を見た瞬間、強烈な憎しみの感情と共に一時的にでも過去の記憶を取り戻してくれるのではないか――そんな仄《ほの》かな期待があった。

むろん小雪の存在については母は当然分かっていたし、その容姿に関しても写真なり、盗み見るなりでよく知っていたはずだ。ただ、二人が面と向かって正対したのはそのときが恐らく初めてだった。

母の居室に一緒に入り、

「おかあさん、今日は小雪を連れて来たよ」

と紹介したが、母にはそれが何を意味するか理解している様子はなかった。安堵と落胆とがないまぜになった奇妙な感情が胸に込み上げてくる。

だがその先の反応は予想外のものだった。

「あら。新しい担当さんなのね」

母は珍しく満面の笑みを浮かべて、

「小雪さんておっしゃるの？　どうぞこれからよろしくね」

応接セットの椅子から立ち上がり、背後に隠れるようにして立っていた小雪の方へとつかつか歩み寄るとその手を取ってしっかりと握りしめたのである。

最初は薄気味悪がっていた小雪も、母との面会が度重なっていくにつれて徐々に警戒心を解いていった。

数カ月も経つと、小雪が一緒でないと母はあからさまに不満そうになり、「姫野さんが来るときだけしか小雪ちゃんは担当でついてくれないのに、どうして今日は一緒じゃないの？」などと不平をこぼすようになった。

ある日、母が風邪で高熱を出している、と施設から連絡が入った。女性職員が申し訳なさそうな口調で、

「おかあさまが、あの職員さんを呼んで欲しいとしきりにおっしゃるんです」

と言う。

その日はたまたま雑誌の対談が入っていて駆けつけることができず、初めて小雪ひとりでグランマイオへ赴かせた。

対談を終えて帰宅してみると、先に戻っていた小雪が、

「私が行くと本当に喜んでくれて熱もすぐに下がったのよ。これからはときどき一人でも行ってあげたいと思うの。あんなに喜んでくださるんだもの」

と言った。

認知症は進行の速度を抑えることはできても改善は容易ではない。すでにして息子のこともすっかり忘れてしまっている母であれば小雪ひとりで世話に通っても問題はないだろうと判断した。

そうやって小雪が足繁く母のもとへ通うようになって三カ月ほど過ぎた頃、小雪の妊娠が分かった。

身ごもったのはこれで二度目だった。最初はまだ一緒に暮らして一年にも満たない時期で、二人で話し合って堕胎することにした。以降は避妊には十二分の注意を払い、二度目のときも彼女が妊娠するようなセックスをした覚えはまるでなかった。

ただ、唯一思い当たったのは、数週間前、避妊具を使わずに挿入し、射精前に慌てて抜いた記憶があったことだ。自分では射精寸前で事なきを得たつもりでいたが、実際はほんの微量の精液が洩れ出ていたのではないか？　小雪の胎に宿った子が我が子であるのは疑いようもなく、そう受け止めるほかはなかった。

小雪もすでに四十歳を超え、お互いに油断が生じていたのだろう。

小雪は強く産みたいと言った。

それは不可能だと事を分けて説得したが普段の小雪とは別人のように頑なだった。

とりあえずは彼女の判断に従うしかなかった。それでも堕胎可能なギリギリの時期まで小雪の健康状態や心理状態を念入りに観察しながら説得を積み重ねていこうと目論んでいた。

あの日も、連絡をしてきたのは中曽根あけみだった。

切迫した雰囲気は今日の電話の比ではなかった。言葉を発する前の息詰まる気配だけで、何か重大な事件が出来したのが読み取れたくらいだ。

妊娠が分かって二カ月ほどが過ぎていた。

転んだのは母ではなかった。母と二人で散歩に出ていた小雪がいつも散歩コースにしている公園の階段で足を滑らせてしまったというのだ。

「奥様のいのちに別条はないのですが……」

そこで中曽根は口ごもった。その沈黙が意味するものは明らかだった。

正直に言おう。

内心ではホッと安堵のため息をついていた。

これですべてが丸くおさまる。そう思った。

急いで小雪の搬送先の病院に向かった。一緒にいた母の方は通りかかった人がグランマイオに連絡をつけてくれ、迎えに来た職員に付き添われて無事に戻っていた。小雪だけが救急車で病院に運ばれたのだった。

駆けつけてみると一般病室で小雪は横になっていた。顔は青ざめていたが存外元気そうに見える。

「大丈夫？」

声を掛けるとこちらに大きな瞳を向けた。

「赤ちゃんが死んでしまったの」

そう言って大粒の涙をこぼした。

念のために一泊して小雪は退院した。

数日塞ぎ込んでいたが、徐々に元気を取り戻していった。ただ、もう二度とグランマイオへは行こうとしなかった。それは仕方のないことだったろう。

事故から二日後、中曽根から電話があった。

「今回の奥様のお怪我については私どもの責任を痛感しております」

彼女は言い、

「一度、支配人ともどもお詫びに参上したいのですが……」

と切り出す。

要するに母の散歩に職員が一人も付いて行かなかったことを謝罪しているのだった。ただこう付け加えるのも忘れなかった。

「最近はおかあさまがどうしても奥さまとお二人だけで歩きたいとおっしゃって、他の職員の同行を認めなかったようなのです。なにぶんおかあさまにすれば奥様も職員の一人という認識ですので、こちらとしても余り強くは申し上げられず……」

ひと月ほど経ったところで予定していた取材旅行に出かけることにした。担当編集者と二人で東北から北海道を一週間かけて回る旅だった。

出発の前日、食事の後で、

「申し訳ないけど、僕が留守の間に一回だけでいいからお袋のところへ行ってくれないか。最近、どうも元気がなくて、おそらくきみが急に来なくなったのが一因じゃないかと思うんだ。気持ちは分かるけど、五分でも顔を出してくれればそれでいいんだから」

と持ちかけてみた。

実際、数日前に母を訪ねるとひどく落ち込んでいて、スタッフの人たちも「やっぱり奥様が来られなくなったのがさみしいんじゃないでしょうか」と言っていたのだった。

この一言で小雪の顔色が変わった。

「もう二度と、あの人とは関わりたくない」

小雪にはあり得ないような、これまで一度も耳にしたことのない酷薄な物言いだった。

「どうしたの？」

びっくりして訊ねると、

「分からないの？」

瞳に涙を溜めて言った。

黙ってダイニングテーブルを離れ、彼女はキッチンに向かった。

ただごとでない気配に席を立って後ろ姿を追った。

すると小雪は、悲しいときにそうするように水道の蛇口を大きく開いて、食器を洗い始めた。背中が震え、嗚咽しながら洗い物をしている。

少し間を置いてから背後に近寄り、その細い身体を抱きしめた。

「触らないで」

再びぞっとするような声音で言われ、身が竦んだ。

小雪がそんな態度を取ったのはまったく初めてだった。

凍えるような空気を感じて身を離す。

「所長、なんで死んじゃったのかなあ……」

と呟き、同じコップをすすいではまた洗剤をつけて何度も何度も洗い直している。

この晩、初めて一人で仕事部屋で寝た。彼女がそれを望んだわけではないが、そうするしかない雰囲気が二人のあいだに漂い続けていた。

翌朝も彼女は寝室から出てこなかった。

荷造りをし、リビングルームのテーブルに置き手紙を残して家を出た。

結局、小雪を見たのは前夜のキッチンの後ろ姿が最後だった。

取材旅行から戻ってみると、残してきた置き手紙は消え、代わりに彼女の短い手紙がテーブルの上に残されていたのである。

仲昌さま

あの日、公園の階段の上で、私はおかあさんに突き飛ばされたのです。

おかあさんはどうして私が身ごもっていることを知っていたのでしょう?
誰が教えたのでしょう?
仲昌さんとこんなふうにして別れるなんて信じられません。
でも、私はもう一緒に暮らすことができない。
さようなら、仲昌さん。
ルミンのことをお願いします。

小雪

4

小雪は母のもとへほとんど顔を出さなかったと中曽根あけみは言っていたが、あれは、小雪の事故を思い出させないための嘘だったのだろう。事故の管理責任をあらためて問われるのを恐れたのだ。

彼女は、塔子が小雪を階段から突き飛ばしたことも知っているに違いない。喋ったのは自分だ。

小雪が去った後、中曽根あけみとは何度か肉体関係を持った。それがある意味、彼女の責任の取り方だったのだろうし、こちらは、ほかの女の身体に溺れることでなんとか小雪を忘れようとしたのだ。だが、そんなことができるはずもなかった。

あけみとの関係が気まずくなったのも、グランマイオから遠ざかる一因になったのである。

小雪の妊娠を母に告げたのは一体誰なのか？

小雪が確信していたように自分だったのか？

正直なところ、よく憶えていなかった。

だが、例の女性を殺す夢から察するに、自分が母に告げた可能性も充分にある。

死んだ女性の顔は有村鈴音でも小雪でもなかった。彼女こそが抹殺したかった我が子だったのではないか？

ある日、息子の顔も分からなくなっていた母に、小雪が身ごもってしまった事実を愚痴のようにこぼしたのかもしれない。どうせ何を聞いても分からないのだからと高をくくりつつも、こころのどこかでは、認知能力をすっかり失くしてしまった目の前の塔子に〝何か〟を期待した部分があったのかもしれない。

それゆえに、五年前、かかとのプラスチック化を見つけて「天罰」だと思い、「当然の報い」だと感じたのだろう。

小雪の残した短い手紙を読んで、錯乱し、すべての記憶を改竄するほどの異常な状態に陥ったのは、彼女の告発が事実だったからではないのか？

だからこそ、小雪は本当のことを言わなかった。

「赤ちゃんが死んでしまったの」

と偽り、お腹が目立つようになる前に家を捨てたのだ。

小雪は母親の有村鈴音のもとへと身を寄せ、鈴音は娘を受け入れて長年続けてきた店も家も手放して二人で姿を隠した。彼女たちの〝失踪〟を手引きした協力者が鈴音の甥であり小雪の従兄でもある木村庸三だったのは間違いあるまい。

小雪はどこかで母と従兄に見守られながら「小春」を産んだのだ。

グランマイオ成城学園の正面玄関にタクシーを呼んで貰い、フロントの女性に見送られて車に乗り込んだ。

乗り込む前に見上げた空は、鈍色の雲の切れ間から春の日差しを覗かせている。雨は止んでいた。

――これは一体、何なんだ……。

本物の記憶を取り戻してみれば、身に沁みるのは衝撃でも驚きでも激しい悔悟や絶望でもなく、ただひたすらに圧倒的な虚脱感だった。

腹違いの妹と関係を結び、親たちと決裂し、あげく妹の身ごもった我が子を認知症の母親をそそのかして無き者にしようと図る。それが露見して最愛の妹を失い、罪の意識に苛まれて自らの記憶を都合のいいように書き換える。苦悩や後悔に背中を向け、酒浸りの日々の中で小説の森に逃げ込んで保身に身をやつし、その過程でプラスチック化という突拍子もない現象を肉体のみならずルミンや周囲の環境にまで招き寄せてしまう――この筋書きを一編の小説と見做すならば余りにも陳腐な物語と言わざるを得なかった。

そしてその陳腐な一編において、唯一見出せる〝小説的な救い〟は、やはり「プラスチック化」という意味も理由も不明で奇怪な現象ひとつきりなのだ。プラスチック化という理解不能の現象が絡みつくことで、物語はかろうじて新しさを獲得し、独自性を発揮しているように思える。

姫野伸一郎から学んだことの一番は、とにかく人間が生きていく上で最も肝要なのは〝バランス〟だが、小説家にとって何より大切なことは、常に自分が持つそのバランスを意図的に壊し続けなければならないということだった。

「どんな時、どんな場所でも人間は安定することによって幸福を持続できるようになる。だが、その幸福の中には一片の芸術も存在し得ない」

というのが彼の口癖であった。

――この物語は、〝プラスチック化〟によってどうにか作者の持つバランス感覚を突き崩すことに成功している。

姫野伸一郎であればきっとそう評したに違いない。

高田馬場へと向かうタクシーの中で益体もないことをつらつらと考えながら、再び奇妙な既視感に強く捉えられているのを感じていた。

何だろう？

この感覚は？

遠い昔にも、これと同じようなことがあった。

このままでは、せっかくの素晴らしい物語が死んでしまう。誰にも真似のできない工夫を、想像もつかない発想を、まったく新しい息吹をどうして作品に吹き込もうとしないのか?

なぜもっと真摯に真剣に小説と向き合おうとしないのか?

焦燥感に駆られる思いで、歯噛みするようなもどかしさで、とある作品と対峙したのではなかったか。

それが自分自身の書いたものでないことははっきりと分かっていた。

そして、あの小説が自分を作家へと導いてくれたことも。

高畠響子と「時の化石」で待ち合わせた日、駅の高架の向こうに巨大な渋谷ヒカリエの輝く姿を見て、

――まるでプラスチックのようだな。

と思った。そこからの連想で、東京そのものがプラスチックのような街だと感じた。

いまは、さらに思う。

――この世界全体がもともとプラスチックのようなものではないのか?

我々は、そのプラスチックの世界の一部を自分の意識によって実在化することで「私」や「私の世界」を形作っているだけなのではなかろうか?

ゼリーのように柔らかな何もないプラスチックの海を我々の意識は進み続ける。意識が触れる部分のゼリーが「体験」という形でとりあえず造形され、その「体験」の記憶を積

み重ねることで我々は「私」という一つのまとまった認識を保持する。

だが、実際は我々の意識が通り過ぎた途端に「体験」は再びゼリーに戻ってしまうのだ。

最近、村正さんが「てっちゃん」で語っていたことは要するにそういうことだったのではないかという気がしていた。

プラスチック化が異常なのではなく、脱プラスチック化の方が異常なのだと発想を逆転させればすべての説明がつくのは確かだった。

身体の一部がプラスチック化したことも、成城の家がプラスチック化したことも、さらにはルミンの骨がプラスチック化したことも、自分や高畠広臣のがんがプラスチック化したことも、大阪のホテルでズボンとベルトがプラスチック化してしまったことも、ありとあらゆる存在が本来はただのプラスチックに過ぎないと考えれば納得がいく。

プラスチックの粒子に戻っていたルミンの遺骨を元通りに戻せたのは、ルミンの骨をあらためて「私」の中で体験化したからではなかろうか？

成城の家が元の姿に戻っていたのも、やはり同じ理由からではなかろうか？

人間は、自己意識によってプラスチックをいろんな事物に仕立て上げ、それらを繋ぎ合わせることで更なる自己意識を編み上げていく。そうやって連なり続けていく自己意識を、我々は「私」と呼び「私の人生」と呼ぶ。

しかし「私」や「私の人生」とは、ただの無味乾燥、無味無臭の柔らかで薄っすらと光るプラスチックの集合体に過ぎず、実際には自己意識がそこから逸れた瞬間に、あらゆる事物は元のプラスチックに戻ってしまうのだ。

つまるところ、プラスチックをプラスチックならざるものにしているのは、あくまで「私の人生」という一個の有限な〝物語〟に過ぎないのであろう。その〝物語〟というサングラスをかけたときにのみ、巨大なプラスチックのかたまりであるこの世界を、我々は別の姿で見つめることができるのだろう。

5

高田馬場のマンションに帰り着いたのは午後四時過ぎだった。

明後日の出発に向けて、今日、明日で旅装を整えるつもりだったが、いまとなってはロス行きは中止せざるを得ない気がしている。

日本を離れ、アメリカで母娘二人の暮らしを重ねている小雪たちをいきなり訪ねて、彼らに無用の不安を与えることに意味があるとは到底思えなかった。

この十年近く、何一つ連絡を寄越さなかった点からして、彼女たちに接触の意志がないのは明らかだった。小雪に去られたあともこうして作家としての活動を続けている以上、先方が連絡をつけようと思えば幾らでも手段はあった。二人の行方は杳《よう》として知れなかったが、こちらの動向は常に彼らには丸見えの状態だったのだ。

虚脱感は続いていた。

身体がだるく、意識も冴えている部分と曇っている部分とがまだらになっている。全体としてはぼんやりとした靄がかかったようだった。

ただ、見えざるものを見ようとするとき、見えざるものが見えてくる局面での意識というのは案外そういうものだった。過熱している部分と冷え切っている部分が同時に存在し、その境目の広い領域は熱と冷えが溶け合って、ふやけたようなぬるい状態になる。「変性意識」と呼ばれるのはそのような状態なのだろうと思う。

部屋着に着替え、水で顔を洗ってからキッチンで濃いめのコーヒーを淹れた。

ダイニングテーブルの上には小説家へと導いてくれた「とある作品」が置きっぱなしになっている。ビニール袋に手を掛けたちょうどそのときに中曽根あけみからの着信が入ったからだった。

マグカップを持ってテーブルの方へ向かった。

だが、そこにあるはずのB４サイズの分厚い紙束は透明のビニール袋ごと白い塊になってしまっていた。

表面を触ると、ビニールの質感がわずかに残っている。

一ページ目に刷り込まれている『呪術の密林』というタイトルがかすかに読み取れる。

だが、特大のバインダークリップで綴じられたコピー用紙はクリップごとプラスチック化してしまっていた。

ダイニングテーブルの椅子に腰を下ろし、コーヒーを一口すすると、マグカップを置いて、プラスチック化した『呪術の密林』の上に両手を乗せた。慈しむような心地で一分間

ほどそれを撫で回す。それから目をつぶり、

――プラスチック化を脱せよ。

と強く念じた。

すると手のひらの感触が変化した。冷たく硬かったものがすーっと柔らかくなっていくのが分かる。

目を開けると紙束は元通りになっていた。

あっという間の出来事だった。

ビニール袋を破り、『呪術の密林』を取り出す。

これを読むのは一体何十年振りだろうか。

バインダークリップを外して、タイトルページをめくる。かすかに指先が震えているのが自覚できる。二ページ目は「目次」だった。「第一部　第二部　第三部」とあり、各部の開始ページが下段に記されている。

三ページ目には「第一部」の級数を上げた文字。

海老沢龍吾郎の名前はどこにもないが、別段不自然なことではなかった。最終ページの奥付まで辿り着けば、海老沢の名前が見つかるはずだ。

四ページ目を開いた。左右の版面にびっしりと活字が並んでいる。第一章のスタートは算用数字の「1」だった。

『呪術の密林』第一部は次のような書き出しで始まっていた。

1

小雪は、**私の**高校時代の同級生、川添晴明の腹違いの妹だった。

当時の福岡では、大学進学を目指すならば県立高校に何としても合格しなくてはならなかった。現在のように県立と肩を並べる私立高校がほとんどなかったのだ。県立高校の入試は全県統一試験だったので難易度は決して高くはなかったが、その代わり、難関校に入るためには全ての科目でほぼ満点に近い点数を叩き出すことが求められた。たまたま一科目でもミスをしてしまうとそれだけで合格は覚束なくなってしまう。

そういうわけで、毎年中学浪人を強いられる生徒たちがかなりいたのだった。**私の**母校は県内有数の進学校だったので、クラスに二、三人は中学浪人組がいた。川添晴明はそんな浪人組の一人だった。

十五歳と十六歳は、二十五歳と二十六歳とはまるで違う年齢差だ。浪人組はクラスの中では浮いた存在だった。現役組にすればどんな言葉遣いで話しかけていいかも分からない相手だったのだ。

クラス分けに従って、これから一年を共に過ごす級友たちと教室で席を並べた最初の日、**私は**唖然とするような事件に遭遇した。

高原という数学担当の若い担任が、

「いまから学級委員長を決めたいと思うが、立候補する者はいますか?」と口にした途端、何とクラスのほぼ全員が一斉に挙手をしたのだ。**私は**、目の前に出現した信じがたい光景にめまいを感じた。

当時のいなかの学級委員長というのは、クラスで一番勉強ができる男子と女子が選ばれるのが通り相場だった。選挙とは言っても普通は担任の指名があって、その二人を承認するだけだったのだ。ただ、勉強はできても指名を受けない生徒も稀にいて、クラスをまとめる能力がないと見做されるか、まるでやる気がないと思われればその名誉な役目から免れることができたのだった。

私の場合、もちろん中学時代から学級委員長など一度もやらなかったし、積極的にそんなバカげたことを引き受ける連中の気が知れないと思っていた。なので、まさか男女含めてほとんど全員が自ら名乗りを上げるとは思いもよらなかった。

——これはとんでもなく場違いな学校に入ってしまった。

泣きたいような気分になった。

手を挙げなかった数人の一人が川添だった。あとの二人の浪人組は立候補し、男子の学級委員は結局、そのうちの一人が当選したのだから挙手しなかった川添の姿は印象に残った。

級友たちは勉強だけでなく運動能力にも秀でている者が多かった。いわゆる文武両道というやつで、質実剛健を校訓とするバンカラな校風だっただけにそういう〝ちょっと無頼な優等生〟がもてはやされていた。

走るのも球技もからきしで、勉強はそこそこできるものの本ばかり読んでいる〝作家の息子〟は軽んじられるわけではなかったが、教師にも級友たちにも敬遠されがちだった。

夏休みが近づいてきても校内で軽口をきく相手はともかく校外で親しく付き合うような仲間は一人もできなかった。

スポーツ奨励の学校とあって年がら年中、クラス対抗マッチというのが行われていた。バスケ、バレー、サッカー、柔道、剣道、それにラグビーの強豪校だったからラグビーのクラス対抗戦というのまであった。

入学間もなくバレーボールのクラスマッチが挙行され、よせばいいのに「全員参加」が決まりとなっているせいでコートに立つ羽目になった。私は、サーブもレシーブもスパイクも何もできなかった。飛んでくるボールを避けながらコートの中を逃げ回るような無様を同級生たちの前で演じるしかなかった。その上、隣のクラスの蒲原という男が打ち込んできた強烈なスパイクを顔面で受け、鼻血を出して負傷退場という惨めな結末が待っていた。

あのときの屈辱感はいまでも忘れることができない。

次のバスケットボールのクラスマッチには出なかった。病欠したのだ。

その次の柔道のクラスマッチが夏休み直前で、これも欠席した。バスケのときは家に引き籠っていたが、柔道のときは登校するふりをして繁華街に出かけた。ようやく受け身を習い終えたばかりというのに、柔道の対抗戦を、しかも全員参加で行うという柔道教師の発想が私にはまるきり理解できなかった。

――これじゃ、いのちが幾つあっても足りやしない。

と本気で思ったのだ。

柔道の初授業のとき、畳の上に登場した柔道教師の帯は、かつて見たこともない赤白だんだらだった。すると真新しい柔道着に身を包んで体育座りをしていた一団の中で、一部の連中からどよめきが上がり、聞き耳を立ててみれば紅白だんだら帯を締めることができるのは六段から八段の有段者だというのである。

痩せっぽちの風采の上がらない教師だったが、その話を聞いた途端に背筋が冷たくなってきた。歳もさほどいっている感じでもない。

「飯島先生は講道館八段やぞ。オリンピック寸前までいったんや」

柔道部に入っているクラスメートが誇らしそうに言った。

当時から福岡は柔道王国として知られ、数々のメダリストを輩出していた。ただ、そういう気の遠くなるほど縁のない世界の住人がいま自分の目の前にいる、という事実だけで私は逃げ出したくなるような気分に陥ったのだった。

『呪術の密林』を夢中になって読んだ。またいつなんどき手元のコピーがプラスチック化してしまうか分からない。それまでに読破するには一心不乱に集中するしかなかった。飲まず食わず、トイレにさえ立つことなく何時間も読み耽った。

驚くべき内容であった。

主人公である「私」の名前はなんと「姫野伸昌」になっている。「伸昌」や「小雪」だけでなく、主要登場人物のすべてが実名だった。「私」の父親は「姫野伸一郎」。母親の名前は「姫野塔子」。旧姓もそのまま「横山」となっている。

「私」が「小雪」と出会う場面も事実の通りで、「小雪」の勤務先「原田視力研究所」も「原田石舟斎」も実名で登場する。「ルミン」や「チロ」も出てくるし、「村正さん」も「てっちゃん」も出てくる。

「川添晴明」や「川添晴久」、「川添秋代」、「川添秋久」は厳密には実名とは言えないが、しかし、彼らのことを最近まで実在の人物と見做していた点からすると半ば実名のようなものだと言えるだろう。「川添晴久」に関しては役回りは異なっているものの原田石舟斎の親友として現実にいた人間でもある。

要するに『呪術の密林』という小説は、プラスチック化に一切触れていない点を除けば、丸ごと主人公の「私」こと姫野伸昌の最近までの体験を描いたものだった。むろん作者であるはずの「海老沢龍吾郎」の名前も物語の中にしっかりと登場する。

『呪術の密林』という「海老沢龍吾郎」の作品名も出てくるし、そこには、

〈もつれにもつれた家族関係を背景に母親が殺され、その真犯人を突き止めていくという

のが大筋だったが、数々の怪しげな人物たちの中で海老沢が最終的に真犯人として持ち出したのは、被害者の実の娘だった。

しかも、女子大生だった彼女が母親を殺した理由というのが、母親に対する嫉妬心ゆえだったというのだ。直截な表現は避けているものの、海老沢は作中で娘と小説家である父親との近親相姦を色濃く匂わせて物語をしめくくっていた。

私からすれば、このラストは余りにも唐突で、それまで紡がれてきたストーリーとの整合性に著しく欠けていると言わざるを得ないものだった。〉

というあらすじがそのまま記されていた。

——この『呪術の密林』は一体いつ頃出版されたものなのか？

だが、吉岡君が送ってくれた複写には奥付のページが抜けていた。

発行年月日も版元の名前も分からず、むろん作者が「海老沢龍吾郎」なのかどうかも確かめられない。

とはいえ、『呪術の密林』の作者は、どう読んでみても「私」でしかあり得ず、「私」とは本文中にある通り、姫野伸昌でしかあり得なかった。

——ということは、自分は気づかないうちにこの『呪術の密林』を書き上げていたということか……。

自分が忘れていたのは、小雪のことでも、海老沢龍吾郎のことでも、木村庸三のことでも、有村鈴音のことでも、姫野伸一郎のことでも、姫野塔子のことでも、川添晴明、晴久、秋代、秋久のことでも、ルミンやチロのことでも、川添凛子、晴子、熊田泰男のことでも、村正さんのことでも、藤谷千春と悠季のことでも、吉見優香のことでも、大河内朗やあすかのことでも、田丸亮太のことでも、石坂禄郎のことでも、K書店の吉岡君のことでも、前田貴教や明教のことでもなく、この『呪術の密林』という小説を書き続けていたということだったのではないか？

——これは一体どういうことなのか？

そしてなぜ、プラスチック化に関する部分がこの長大な小説の中からすっぽり抜け落ちているのだろうか？

「高畠響子」だけが作中に登場しないのは、一体いかなる理由からなのだろうか？

一枚読み終えるごとに裏向きで積み上げたコピー用紙の上に最後の一枚を重ね、分厚い束を持ち上げて手元に引き寄せる。表側に戻してページの角をきれいに揃えてバインダークリップで右隅を束ねた。

『呪術の密林』というタイトル文字をあらためて見つめる。

——いつの間にこんなものを書いていたのか……。

姫野伸昌とは一体誰なのか？

「私」とは一体誰なのか？

ふと顔を上げると部屋は青白い光で満たされていた。

ルーフバルコニーに通ずる大きな窓へ目をやれば、レースのカーテン越しにその青白い光が流れ込んでいるのが分かる。窓の外はキラキラと輝いていた。

何かさやさやと柔らかで素直な音が聞こえる。

耳を澄ますと、それはどうやら雨音のようだった。

いま何時頃なのだろう?

雨音はやがて激しくなってきたが、しかし、窓の光は一向に翳る気配もない。むしろますます輝きを増しているようだった。

部屋の中はいつの間にか真昼のような明るさになっている。壁や天井の四隅に青白い光が溜まっているのが分かった。

椅子から立ち上がり、ルーフバルコニーの窓に近づいた。

両手でレースのカーテンを思い切り開く。

もの凄い量の光が注ぎ込んできた。

眩しさをこらえながら大きく目を見開く。雨は降っているのに、とにかく明るい。

ベランダの窓を開けて、ルーフバルコニーに出た。

生ぬるい雨が全身を濡らしていく。

正面に建つサンシャイン60の巨大なビルが青く発光している。

ビル全体が光り輝いていた。

空を見上げれば漆黒の闇に覆われている。

まだ真夜中に違いない。
雨脚はさらに強まっている。
雨に煙る見渡す限りの風景がプラスチック化していた。
東京の街全体がプラスチック化していた。
「私」はその荘厳な景色に見とれながら、小さな声で祈りを捧げる。
物語よ、終われ。
そして始まれ。

解説
小説を書く機械

タカザワケンジ

ある日突然、身体の一部が透きとおった「何か」に置き換わってしまう。最初はかかとの一部、次に肘の先端。プラスチックのかたまりのように見える「何か」があちこちにできるということは、やがて身体がまるごと透明になってしまうということなのだろうか。しかし、その物質は数日でぽろりと身体から離れ、ふたたび透きとおったかと思えば新しい皮膚ができることもあり、まるでつかみどころがない。

『プラスチックの祈り』の主人公、姫野に起きたのはそのような奇妙な現象だった。前触れはあった。三年ほど前、新幹線に乗った時、トイレから戻ってみるとシートの柄が変わっていた。その直前に訃報を受けた作家仲間の葬儀に駆けつけると、火葬中に夫人の携帯電話に死者からの着信が入った。そして決定的だったのは、ガスの検針票に書かれた検針員の名前が、数年前に亡くなった妻の結婚前の氏名だったということだ。しかし調べてみるとそんな名前の人物はガス会社にいなかった。

姫野伸昌は五八歳。父に続く親子二代の作家だ。著名な文学賞を受賞し、映画化、ドラマ化されている作品も多い。だが、その内実は、妻を亡くした上に愛猫まで失ったことで酒量が増え、人づきあいも絶えるという精神的危機にあった。したがってこれらの現象が記憶違いや勘違い、幻覚でないとは言い切れない。姫野は医療機関に相談するといった常套手段はとらずに、自分で考えたやり方でこの現象が客観的事実であることを確かめようとする。

姫野は誰にも秘密を打ち明けることなく、プラスチック化現象について考えていくのだが、そこにまずこの作品の面白さがある。姫野の思考はプラスチック化という中心に向かって進むのではなく、その周辺へと拡散していく。たとえば、姫野が東日本大震災の一年後に書いた「私の原発反対論」というエッセイがまるごと紹介されたりもする。初めて白石作品を読む読者は、こうした語り口が小説らしからぬと思うかもしれない。しかし、このエッセイが小説の中に登場することには意味があるはずだ。

なぜか。小説の中ではすべてに因果関係が生まれてしまうからである。姫野が「たまま」そのエッセイを紹介したということは小説ではありえない。

私自身、ずっと気になっていることなのだが、小説の中では書かれたことすべてに意味がある。作品の完成度という視点で見れば、余計な描写、無駄なエピソードはあるかもしれないが、それは読者の批評的観点による判断にすぎない。

小説という形式の美学、完成度云々という視点を捨てれば、小説に書かれていることすべてに解釈の余地があり、必然性を見いだせる。たとえ作者がまったく意味のないエピソードを入れようとしても、読者はそのエピソードに込められた意味を読みとろうとしてしまうだろう。少なくとも出版された小説で、まったく意味がない文章やエピソードにはお目にかかったことがないし、それに近いものは解決できない「謎」として、かえって忘れがたい印象を残す。

小説は読者が書かれた文章を読むことでそれぞれの脳内に一つの世界をつくる。その世界ではすべてが緊密につながり、調和を保っている。しかし姫野はそれを小説のみならず現実に対しても感じているようだ。

「いかなることにも必然は存在するのだ。／それは、姫野伸昌という作家が長年にわたって書き続けてきたことでもある」

いかなることにも必然は存在する。当然のことながら、姫野はプラスチック化という現象も必然だと捉え、その原因を突き止めようとする。しかし、姫野が作家であることを考えれば、思索は怪現象を物語化し、小説世界の一部に取り込もうとすることではないだろうか。実際、姫野はプラスチック化現象をくり返し解釈しようとする。その一つが小説を書くためではないかということだ。

「父から学んだことの一番は、とにかく人間が生きていく上で最も肝要なのは〝バランス〟だということだ。そして、小説家にとって何より大切なことは、常に自分が持つそのバランスを意図的に壊し続けなければならないということだった」

父は歴史作家であり、姫野は親子二代の作家ということになる（このプロフィールは白石一文と重なる）。姫野は父から大きな影響を受け、作家になるべくしてなった。現在の姫野は、酒浸りの日々を送ることでバランスを崩していたつもりだったが、その状態に慣れきってしまっているのかもしれないという自覚がある。プラスチック化は「究極の不幸」ではないかと「たまに思うこともある」と姫野は書く。

読者から見れば、『プラスチックの祈り』は身体がプラスチック化するという物語だ。作者の白石一文の中にプラスチック化というアイディアが生まれたところから執筆が始まったと想像できる。しかし作中の姫野伸昌にとっては、プラスチック化という現象が先にある。因果関係が逆なのだ。

作家が小説で作家として文章を書くということは、出来事の因果が逆転することなのである。書いている作家と書かれている作家は別人だが、同じ脳を共有している。あたかもマトリョーシカのように、作家の中に作家がいて、それぞれに考えていることが固い殻となって存在の輪郭をかたちづくっているのである。

しかし、姫野はプラスチック化をきっかけに、その存在の輪郭がゆっくりと溶け始めるという危機に直面する。存在の輪郭とはすなわち記憶である。

記憶が怪しくなってくるのは五八歳という年齢から考えれば自然なことだ。この年代に近づいてきた私にはよくわかる。久方ぶりの同窓会などで旧友と言葉を交わすと、自分の記憶とは違うことを相手が話していて驚きを覚えることがあるのだ。姫野もまた編集者時代に人気作家から受けた仕打ちについて、自分の記憶違い、勘違いがあったのではないかと衝撃を受ける。それだけならよくあることだ。しかし、姫野はやがて自分の母、妻といった身近な存在の記憶が欠落していることに気づき愕然とする。こうなるとさすがに恐怖としか言いようがない。記憶は自分という存在のアイデンティティを保証するのだから。

　これまでも白石一文の作品で記憶はたびたびモティーフになってきた。『プラスチックの祈り』の三年前に刊行された『記憶の渚にて』はタイトルの通り、記憶が中心的なテーマになっている。

『記憶の渚にて』は、五四歳で亡くなった天才作家・手塚迅の残したウソだらけの随筆に秘められた謎を、義理の甥にあたる作家、白崎東也が解こうとする物語だ。予知能力や千里眼、病気治癒などの超自然的な現象に新興宗教団体がからんでくるスリリングな小説である。そこで白崎東也が記憶についてこんな考察をしている。

「私たちには、『自分が忘れていた、勘違いしていたんだ』とすぐに記憶の方を訂正する癖がついているが、実は、そうしたケースの何パーセントかは自身が忘れたり勘違いしていたのではなく、世界の方が違う形に変化してしまったのではないか？」

　私の記憶が間違っているのではなく、世界が変わってしまったのではないか？　現実世界で口にすれば妄想だと断じられるだろうが、物語の中ではむしろ逆転の発想に新鮮さを覚える。一方、『プラスチックの祈り』では記憶について姫野がこんな表現をしている。

「事実というものを事実たらしめているのは、我々がそれを見た、聴いた、触った、嗅いだ、味わったと認識し、しかも、そうやって認識したことを死ぬまで記憶しているからでしかない」

この世のすべてが幻想ではないと誰が言えよう。

記憶というテーマを書くにあたって作家という主人公ほどふさわしい人物はいないのかもしれない。小説と記憶と言えば、すぐにプルーストの『失われた時を求めて』が思い浮かぶが、語り手が回想する内容が小説だということはあらためて考えてみるべきだ。回想記ではなく小説なのだから、その記憶が本当に正しいかどうかを問うことに意味はない。『失われた時を求めて』自体が小説の成立過程そのものを小説化したような内容でもあるのだが、小説は現実から材料をえて物語化する。そして作家の記憶は小説にとって何より重要な原資なのである。そう考えると、『プラスチックの祈り』は、語り手の記憶がバグを起こし、エラーを頻発するうちにとてつもない物語を編みだしていった作品だと言えるのではないか。

興味深いことに、白石一文は『記憶の渚にて』以降、立て続けに作家が主人公かつ語り手を務める小説を書いている。

二〇二〇年刊行の『君がいないと小説は書けない』は著者初の自伝的小説。作家の野々村保古がこれまでの歩みを回想する作品だ。記憶についてこんな一節がある。

「私は長年、『時間』と『記憶』というものにこだわって小説を書いてきたのだが、五十歳を過ぎた頃から、この二つの強い連関が見えるようになっていた」

このあと時間と記憶についての独特な考え方が書かれているのでぜひお読みいただきたいのだが、ここでは年齢について指摘しておきたい。『君がいないと小説は書けない』の主人公は五九歳。『プラスチックの祈り』の姫野は五八歳で、『記憶の渚にて』の手塚迅が五四歳。続く二〇二一年刊行の『ファウンテンブルーの魔人たち』の主人公もやはり五四歳の作家・前沢倫文だ。白石一文が作家を主人公にした小説を書き始めたのは、五十代になり、記憶について、小説そのものについての考察がある臨界点に達したということなのではないだろうか。

『ファウンテンブルーの魔人たち』はこれまでの白石作品と比較しても異色の作品だ。近未来を舞台にしたSF小説なのである。新宿二丁目に巨大隕石が落ちた五年後。落下地点につくられた巨大タワーマンションに暮らす前沢が、マンション内で起きた謎の連続死の真相を探るという物語である。前沢は幽体離脱することができ、人間そっくりのロボットとともに事件の真相に迫ろうとする。隕石落下の背景に米ロ中印の思惑が見え隠れするなど、SFのみならずミステリ、ホラー、国際謀略小説の要素もある（むろん哲学的、文学的な要素もたっぷりある）。ジャンル横断的、あるいはジャンル複合的なスケールの大きなエンターテインメント作品なのだが、物語の基調をなすのは次のような主人公の認識である。

「――どうやらこの世界のありとあらゆる現象には、事の大小を問わず、すべてにおいて明確な原因があるらしい……」

そして、人間がその原因を知ることができないのは、この世界の真実を覆い隠そうとする存在があるからだというのである。前沢はこの世界の秘密を暴こうとする存在でもあるのだ。

一体、作家とは何者なのか。

『プラスチックの祈り』で姫野はこう書いている。

「作家というのは、結局のところ、小説を書く機械のようなものだと思う。部品が壊れるか燃料が切れるかするまで、作家は小説を書き続ける。そこに御大層な志や目的など、実のところあってもなくても構わないのではないか」

この言葉は物語の後半で変奏されるのだが、この作品の底流にある作家論だと言っていいだろう。そこで私は妄想するのだが、姫野の身体に起きた現象の要となる透明な物質を仮にプラスチックだとすると、人工的につくりだされた素材がなぜ？　という疑問が浮かぶ。しかし、物語もまた人間が人工的につくりだすものだ。姫野にとって身体がプラスチック化するということは、すなわち考えたことがそのまま小説になってしまうという現象に見舞われたと考えられないだろうか。

不幸な事件であれ、幸運な出来事であれ、人生で何かが起これればそれが小説になってしまう。それはぞっとするような恐怖かもしれない。いや、それとも作家だけが味わえる恍惚だろうか。

この本を閉じた時、読者は言葉によって世界をつくりだす作家のとほうもない力を思い知ることだろう。


（たかざわ　けんじ／書評家）

プラスチックの祈《いの》り　下　朝日文庫

2022年2月28日　第1刷発行

著　　者　白《しら》石《いし》一《かず》文《ふみ》

発 行 者　三宮博信
発 行 所　朝日新聞出版
〒104-8011　東京都中央区築地5-3-2
電話　03-5541-8832(編集)
03-5540-7793(販売)
印刷製本　大日本印刷株式会社

Published in Japan by Asahi Shimbun Publications Inc.
定価はカバーに表示してあります

ISBN978-4-02-265029-0
落丁・乱丁の場合は弊社業務部(電話 03-5540-7800)へご連絡ください。
送料弊社負担にてお取り替えいたします。

角田 光代
坂の途中の家
娘を殺した母親は、私かもしれない。社会を震撼させた乳幼児の虐待死事件と〈家族〉であることの光と闇に迫る心理サスペンス。《解説・河合香織》

市川 拓司
壊れた自転車でぼくはゆく
もうこの世に存在しない祖父と、ぼくはかつて旅をした。そこで語られたのは、精一杯自分たちの命を生きた、切ない純愛の物語。《解説・樋口柚子》

市川 拓司
発達障害だから強くなれた
ぼくが発達障害だからできたこと 完全版
「偏り」こそがぼくの個性。そう認めた瞬間、人生が輝き始めた！ 問題児と呼ばれたぼくはいかにして世界的作家となったのか。《解説・星野仁彦》

窪 美澄
クラウドクラスターを愛する方法
「母親に優しくできない自分に、母親になる資格はあるのだろうか」。家族になることの困難と希望を描くみずみずしい傑作。《解説・タナダユキ》

小川 洋子
貴婦人Aの蘇生
謎の貴婦人は、果たしてロマノフ王朝の生き残りなのか？ 失われたものの世界を硬質な文体で描く傑作長編小説。《解説・藤森照信》

小川 洋子
ことり
《芸術選奨文部科学大臣賞受賞作》
人間の言葉は話せないが小鳥のさえずりを理解する兄と、兄の言葉を唯一わかる弟。慎み深い兄弟の一生を描く、著者の会心作。《解説・小野正嗣》